린과 비밀의 도서관

린과 비밀의 도서관

—●●● 이형서 지음 ●●●—

좋은땅

차례

 제1부 **그곳으로!**

 제2부 **새로운 세계**

제3부 비밀의 도서관

제**1**부

그곳으로!

1.

슬픈 대관식

그날은 유나판타지아가 생긴 지 꼭 백구십오 년 되는 날이었다.

유나의 대관식.

그녀가 여왕이 되는 첫날이었다. 궁전이 있는 높은 산꼭대기는 짙은 안개에 둘러싸여 있었다. 안개 속에서 두 여자가 서로 대적하고 서 있었다.

"유나, 넌 배신자야."

산 아래쪽에서 칠흑같이 검은 머리를 가진 여자가 궁전 앞에 서 있는 여자에게 말했다. 그녀의 목소리는 건조했다. 그러자 궁전 앞에 있는 여자가 고요하지만 위엄 있는 목소리로 말했다.

"난 너에게 이 보석만 빼고 모든 것을 줄 수 있어. 하지만 이 보석은 안 돼. 네가 계속 이렇게 나온다면 난 어쩔 수가 없어."

그녀의 손에는 자줏빛의 빛나는 두 개의 보석이 들려 있었다. 처음 말했던 여자가 지팡이를 빼 들며 날카롭게 외쳤다.

"흥! 그것 참 반가운 소리군. 어서 시작해. 넌 나보다 세잖아. 겨우 나 같은 걸 두려워하는 거야?"

유나도 지팡이를 꺼내 들며 말했다.

"제발 그만해. 도대체 왜 그래? 그래, 난 널 상대로 싸우는 게 겁나. 이제 제발 그만둬!"

그러자 검은 머리의 여자가 피식 웃으며 유나를 겨누던 손을 내렸다.

"그래, 천하의 유나가 겨우 내가 두렵단 말이지."

"이제 그만둬! 넌 절대 날 이기지 못해, 엘린! 이 보석이 뭔지 너도 잘 알잖아!"

엘린이 지팡이를 든 손을 떨었다.

"그래, 나도 알아. 그래서 그 보석을 빼앗으려는 거야. 이 세상을 멸망시킬 힘은 그 보석에만 있으니까 말이야."

엘린은 지팡이를 떨어뜨리지 않으려고 떨리는 손에 힘을 꽉 주며 말했다. 유나는 공중으로 솟아오르거나 땅으로 꺼질까 두 다리에 힘을 주고 땅 위에 붙어 있으려 했다. 긴장하면 종종 하늘로 솟아오르는 경우가 있었다. 지금 그랬다간 무슨 일이 벌어질지 몰랐다. 유나는 떨리는 목소리를 엘린에게 드러내지 않으려 최대한 자연스럽게 말하려고 노력했다.

그곳으로!

"네가 날 죽인다고 해도 이 보석이 네 손에 들어갈 일은 절대로 없을 거야! 내가 상속 마법을 걸어 놓았으니까!"

그 순간, 유나의 지팡이 끝에서 강한 붉은빛이 뿜어져 나갔다. 엘린은 그 빛을 정통으로 맞았고 충격에 순간 눈을 감았던 유나가 다시 눈을 떴을 땐, 엘린은 흔적도 없이 사라진 후였다.

유나는 그 자리에 털썩 주저앉고 말았다. 투명한 눈물이 그녀의 선홍빛 뺨 위로 흘러내렸다. 그녀의 은빛 망토가 칼 같은 겨울바람에 이리저리 펄럭거렸다.

"미안해, 엘린……."

겨울바람이 한 번 더 스치고 지나갔다. 안개가 양옆으로 갈라졌다. 유나의 앞으로 안개가 뚫린 한 줄기 길이 생겨났다. 유나는 자신의 손을 들여다보았다. 그녀의 손에서 작은 불꽃이 일었다 이내 사그라들었다.

"아, 저주받은 능력이여……."

엘린은 내 생각보다 강하게 자랐어.

무거운 돌이 가슴에 내려앉았다.

그 애는 더 강해져서 돌아올 거야, 반드시…….

가슴이 꽉 조여 왔다. 눈물 한 줄기가 다시 흘러내렸다. 이제 그녀가 할 수 있는 일은 단 하나였다. 유나는 궁전 안으로 들어가 망토를 벗었다. 자신 앞으로 나오는 수많은 사람들을 제치고 꼭대기 방으로 갔다. 그녀는 자신의 손에 들린 보석을 보았다.

“내 후손이여, 부디 나 대신 그녀를 막아 주세요. 그때까지는 내가 하겠습니다.”

그 순간 그녀가 입고 있던 은빛 망토와 들고 있던 보석이 빛나는 한 줄기 막에 싸였다.

“봉인! 봉인!”

몇 번 빛이 번쩍거리더니 망토와 보석은 유나의 눈앞에서 사라졌다. 이곳과는 다른 차원의 세계에 영원히 봉인된 것이었다. 유나 대신 그녀, 엘린을 막을 수 있는 사람이 나올 때까지…….

힘이 빠졌다. 유나는 다시 한번 자리에 주저앉고 말았다. 유나 대신 그녀를 막을 수 있는 사람이 나오기까지 얼마나 오랜 시간이 걸릴지, 그 누구도 알 수 없었다. 어쩌면 영원히 안 나올지도…… 그러나 이 세계를 위해서, 그리고 모두를 위해서 누군가가 꼭 나와야만 했다.

그녀가 방금 봉인한 물건들은 절대로 엘린의 손에 들어가서는 안 되는 두 개의 물건이었다. 또 다른 하나 유나의 지팡이는 절대로 엘린이 빼앗을 수 없는 물건이었다. 이 세상 최초의 지팡이. 백구십사 년 전 유나와 엘린이 함께 만든 지팡이. 그때 두 사람은 서로의 지팡이에 본인 인증 마법을 걸어 놓았다. 유나의 지팡이는 유나만, 엘린의 지팡이는 엘린만이 쓸 수 있는 것이다. 하지만 만약 엘린이 그 지팡이를 그냥 부러뜨린다면…… 그래서 그 안에 있는 마법들이 뿜어져 나온다면…… 그렇게 된다면 엘린이 얼마나 더 강

그곳으로!

해질지 알 수 없었다.

엘린이 더욱 강해질 수 있는 방법에는 또 다른 한 가지가 있었다. 만약 엘린이 유나를 죽인다면 엘린은 유나의 마력을 흡수할 수 있을 것이다.

그 또한 위험하겠지.

그 때문에 절대로 유나는 엘린의 손에 목숨을 잃을 순 없었다. 그럼 이제 남은 길은 하나였다. 유나는 생각했다.

안개가 점차 걷히기 시작했다.

2.

초대

"으으음······."

한 여자애가 자고 있다. 그렇게도 좋아하는 판타지 소설책을 안고.

여자아이가 꿈을 꾸고 있다.

어디에선가 아련히 들려오는 아름다운 목소리는 여자아이의 귓속으로 파고들어 여자아이를 이 세상에 존재하지 않는 빈 공간으로 이끈다. 아름다운 목소리가 여자아이를 이끌고 빈 공간을 거느리는 긴긴 방황을 끝내고, 천천히 입을 떼어 천사의 음성으로 여자아이가 알아들을 수 없는 말을 한다.

'한린. 당신은 '그곳'으로 가야만 해요. 당신을 기다리고 있어요.
당신의 도움이 필요해요.

악의 세력이 '그곳'을 노리고 있어요.

당신은 어서 '그곳'으로 가. 비밀의……'

은은한 여운을 남기고는 그 목소리는 거짓말처럼 사라져 버렸다. 눈앞의 안개가 걷히고 꿈속의 세계가 눈앞에서 아득히 멀어진다. 꿈속의 세계가 너무나 멀어져 더 이상 시야에 보이지 않고, 검은 빈 공간 속에 여자아이 홀로 남겨져 있을 때,

'휘이익'

창문 틈새로 차가운 아침 바람이 파고 들어왔다.

'띠링 띠리링'

'띠링 띠리링'

잠을 깨우는 귀 따가운 문자 메시지 알림 소리를 두 번이나 듣고 나서야,

"아!"

린은 소리치며 깨어났다.

"으음…… 뭐지? 아, 5시잖아? 어제 책 읽다가 늦게 잤지? 후아함!"

린이 기지개를 활짝 일으켰다. 린의 허리까지 닿는 긴 머리카락이 흔들렸다. 린의 머리카락은 유난히 빨리, 그리고 길게 자랐는데 누구도 린에게 정확한 이유를 알려 주지 못했다. 린은 눈을 깜박이며 자신의 방 안을 응시했다. 그 순간, 다시 한번 메시지 알림 소리가 방 안에 울려 퍼졌다.

'띠링 띠리링'

"아, 시끄러. 누가 아침부터 이렇게 문자를 보내는 거야?"

린은 서둘러 문자를 확인했다. 그랬더니 똑같이 생긴 광고 문자가 3개나 와 있었다.

"아, 진짜, 뭐야."

린은 서둘러 그 문자를 스팸으로 등록했다. 침대에 다시 누웠지만 이미 잠은 멀리 달아난 상태였다. 침대에서 일어나 창을 열었는데, 편지 한 장이 창틀에 있었다. 차가운 아침 바람에도 용케도 날아가지 않은 편지였다. 오래된 책 느낌이 나는 낡은 종이의 편지는 옛날 소설에 나올 법한 분위기를 풍겼고, 린은 그런 편지를 코앞에 바짝 대고 숨을 깊이 들이마셨다.

"켁! 켁켁!"

그러자 먼지가 린의 콧속으로 들어왔다. 린은 눈물까지 흘려가며 한참 동안 기침을 했다.

"응? 뭐지? 요즘에 손편지 보내는 사람이 다 있네?"

린이 의아해하며 편지 겉봉을 뜯었다.

'유나판타지아로!'

별 내용은 없었고, 놀이공원이나 뭐 그런 것의 광고 같았다.

"뭐지? 놀이공원인가? 방학도 아닌데 갑자기?"

린은 보낸 사람을 보기 위해 편지를 뒤쪽으로 돌렸다.

'강제인.'

"음? 모르는 사람이네."

그곳에는 린의 예상과는 달리 회사의 브랜드나 이름이 아니라, 생판 처음 들어 보는 이름이 적혀 있었다. 처음에는 편지가 잘못 온 건가 싶었다. 그리고 두 번째 든 생각은 아까 휴대폰 광고와 내용이 비슷한 것 같다는 것이었다. 잠이 덜 깬 상태여서 잘은 기억이 안 나지만, 비슷했던 것 같았다.

이상한 생각에 엄마를 깨워 볼까도 생각했지만, 곤히 자고 있는 엄마를 깨우는 것은 별로 좋은 생각이 아닌 것 같았다. 그렇다고 린이 아빠를 깨울 생각은 할 수도 없었다. 린은 아빠가 없었다. 언제부터 없었는지는 모르지만, 린은 아빠를 본 기억이 없었다. 그 때문에 아빠가 언제 떠났는지는 물론, 아빠의 생김새나 목소리 등은 전혀 상상할 수조차 없었다. 그나마 알고 있는 건 아빠의 이름뿐.

"한호성…… 호성."

린은 엄마가 아빠 이름을 알려 줬을 때, 그 이름을 잊어버릴까봐, 잃어버릴까 봐 두려워서 틈만 나면 그 이름을 되뇌어 보고는 했다. 벌써 6년 전, 오래전 기억이라 가끔 기억이 안 날 때도 심심치 않게 있었다. 린은 그럴 때마다 인상을 잔뜩 찌푸리고 앉아 기억해 내려고 애를 썼다. 그러나 그마저도 요즘은 기억이 잘 나지 않을 때가 많았다. 한번 이름을 잊어버리면 엄마가 "얘가? 무슨 소리를 하는 거니? 너에게는 아빠가 없어."라고 하며 알려 주지 않을 것 같았다. 요즘 들어 그런 두려움은 커져만 갔다.

이제 완전히 잠이 깨어 버린 린은 더 잘 기분이 아니었다. 그녀는 자리에 앉아 나무 상자 하나를 열었다. 그 안에는 오래된 보석 하나가 들어 있었다. 엄마는 그 보석이 진짜라고 박박 우겼지만, 보석 도감을 아무리 뒤져 봐도 그런 보석은 없었다. 이미 린은 엄마가 아무리 우겨도 그 보석이 플라스틱이나 뭐 그런 거라고 생각한 지 오래였다. 사실 그 보석에 대한 기억도 사라진 지 오래였다. 다만 이제 기억나는 것은 겨우 오래전에 엄마가 이 보석을 주며 어떤 말을 했다는 것뿐이었다. 오래전에는 그 말도 기억이 났던 것 같은데, 이제는 아무 기억도 없었다. 린은 이렇게 기억이 드문드문 있다는 것이 불만이었다. 그 무엇도 속 시원히 기억나는 것이 없었기 때문이다.

린은 항상 자기가 언젠가 소설 속 여주인공이 되길 꿈꿨다. 예를 들면, 여러 마법을 부릴 수 있는 마법사나, 비극의 공주나 하는 것들 말이다. 그러나 이제는 마음속 깊숙이 묻어 두고 있을 뿐, 더 현실적인 꿈을 꾼 지 오래였다. 린은 어렸을 때는 혹시 꿈이 이뤄질지도 모른다는 희망을 갖고 열심히 아빠에 대해서 엄마에게 물었다. 그리고 그 이후에도 린은 엄마에게 아빠에 대해 알려 달라고 끈질기게 졸랐지만, 엄마는 이름 외에는 아무것도 알려주지 않았다. 언제부터인지는 몰라도 린은 아빠에 대한 기억을 떠올리는 것을 반쯤 포기하고 있었다.

린은 책상에 놓여 있는 액자 하나를 집어 올렸다. 분명 린과 엄

그곳으로!

마, 아빠, 셋이 찍은 가족사진이었을 텐데, 어째서인지 아빠의 얼굴은 없었다. 다른 것은 기억이 안 나지만, 린이 아주 어렸을 때, 엄마가 린을 무릎에 앉혀놓고는 슬픈 얼굴로 아빠는 이제 없다며 사진 속 아빠 얼굴을 모조리 찢어 버리던 것은 어렴풋이 기억났다. 린은 아빠만 모르는 것은 아니었다. 아빠를 포함해 친척이나 할머니(외할머니를 빼고)나 할아버지, 그 외에 많은 가족들의 얘기를 단 한 번도 들어 보지 못했다. 아니, 이제는 들어보지 못했다기보다 아예 없었던 게 아닐까 하는 생각까지 들었다. 그러나 친척들은 몰라도 할머니, 할아버지는 분명 계셨을 텐데, 머리 한구석에 블랙홀이 있는지 모든 생각을 다 빨아들인 것 같이 단 하나의 기억 조각도 없었다.

어렸을 때부터 린의 소원은 단 한 가지였다.

내가 누군지 알고 싶어.

어쩐지 옛날부터 린은 지금의 자기 자신의 모습이 진짜 자신의 모습이 아니라는 생각이 들곤 했다. 그런 생각을 하다 보면 자신이 누구인가 하는 생각이 들었고 엄마에게 물어보면 엄마의 얼굴에는 당황하는 기색이 조금 비쳤다. 그러나 곧 엄마는 "넌 너야."라고 말하고는 자리를 뜨고는 했다.

린이 특별하게 생기거나, 린에게 특별한 일이 있어서 린이 그런

린과 비밀의 도서관

생각을 하는 건 아니었다. 린은 그저 여느 평범한 열두 살 아이에 불과했고, 머리카락이 좀 길다는 것을 제외하면 딱히 특별하게 생긴 것도 아니었다. 린은 못생기지 않은, 어떻게 보면 조금 예쁘다고도 할 수 있는 보통의 얼굴을 가졌고, 키도 보통 열두 살 아이들의 평균 정도였으며, 성적도 그리 나쁘지 않았다. 친구인 민에 비하면 엄청나게 좋은 성적은 아니었지만, 적어도 평균 이상이었다. 이렇듯 린은 겉으로 보면 그냥 평범한 여자아이에 지나지 않았다.

하지만 그 누가 말했던가. 아이들의 장점은 창의적인 생각이라고. 린의 특별한 점은 그 아이의 머릿속을 들여다보면 확실히 알 수 있었다. 린은 정말 말도 안 되는 상상들을 하곤 했으며, 가끔은 그 상상들이 실제로 일어난 것 같은 느낌을 받기도 했다. 어쩌면 정말 그 일이 실제로 일어났을지도 모른다. 예를 들면 린이 열 살 때 일이었다. 린은 학교에서 자신을 놀렸던 남자아이가 학교에서 사라지기를 간절히 상상했던 적이 있었다. 그로부터 정확히 3일 뒤, 그 남자아이는 갑작스럽게 전학을 갔다. 물론 우연이라고도 할 수 있는 일들이었다. 하지만 문제는 그런 우연들이 매우 자주 일어난다는 것이었다. 가끔은 차마 우연이라고는 말할 수 없는 일이 일어나기도 했다. 일상생활에서 일어날 가능성이 매우 없는, 신이 제대로 마음먹은 게 아니라면 웬만해선 일어나지 않을 일들이 린이 상상만 하면 생길 때가 있었던 것이다. 하지만 상상에서 시작한 일은 항상 상상으로 끝나곤 했다. 린은 혼란스러웠다. 뭐가 상상이고, 뭐가 실제인지 분간이 가지 않을 때도 있었다.

이런 생각을 어른들께 말씀드리면 어른들이 린에게 해 주는 이야기들은 보통 이런 것이었다. "아유, 상상력이 풍부하구나. 크면 이런 생각도 안 하게 되는데 말이야." 혹은 "누구나 가끔은 그런 생각을 하는 때가 있지. 자기 자신을 개척하는 일은 좋은 일이야." 등의 이야기들. 어른들의 머릿속은 도대체 어떻게 되어 있는 것인지 놀라울 만큼이나 늘 똑같은 대답을 하고는 했다. 그때마다 엄마의 얼굴에는 약간 슬픈 기색이 비쳤지만 늘 웃어넘기고는 했다. 그런데 문제는 어른들이 생각하는 것보다 심각했다. 어른들은 크면서 그런 감정조차 다 사라질 것이라고 호언장담했었지만, 말과 현실은 다른 법이다.

그리고 이 상황 역시 그랬다. 어른들의 말과는 정반대로 린의 그런 상상은 점점 더 심해졌다. 아니, 이제는 상상이라기보다는 현실처럼 느껴졌다.

그래, 어쩌면…….

이런저런 생각을 하던 린은 잡념을 떨치기 위해 이리저리 고개를 흔들었다. 조금 더 시간이 지나자 린은 이제 그만 환상에서 깨어날 시간이라는 것을 깨닫고 자리에서 일어났다.

일 층으로 내려가자 무거운 정적이 감돌았다. 차가운 공기 안에 조용히 자리를 잡고 있는 낡은 가죽 소파에 린은 쓰러지듯 앉았다. 먼지가 조금 피어올랐지만, 그런 것은 그다지 문제가 되지 않았다.

린이 사는 시골 마을에 조금씩 먼동이 터 오기 시작했다.

　조금 더 날이 밝자 린의 엄마가 층계를 내려오며 늘어지게 하품을 했다. 린은 그런 자신의 엄마를 물끄러미 쳐다보았다. 엄마는 린을 보고는 살짝 웃었다. 엄마가 밝게 웃었던 게 언젠지 잘 기억이 나지 않았다. 엄마가 층계를 다 내려오더니 린의 옆에 앉았다.

　"일찍 일어났구나. 몸은 좀 어떠니?"

　엄마가 물었다. 린은 며칠째 지독한 감기로 고생하고 있었다. 린이 작게 대답했다.

　"괜찮아요."

　린의 엄마가 희미하게 웃고는 말했다.

　"다행이구나. 엄마는 민네 집에 갔다가 올게. 냉장고에 밥이랑 반찬 있어. 먹고 있어. 금방 올게."

　엄마는 옆집으로 갔다. 옆집은 엄마 친구네 집이었다. 이제 엄마 친구는 없었지만. 그 집에 남아 있는 사람은 엄마 친구의 남편과 그의 딸 '민'뿐이었다. 요즘 들어 엄마는 자주 그 집에 갔다. 그러고는 한참 이야기를 나누곤 했다. 린은 그 이야기가 미치도록 궁금했지만, 무슨 마법이라도 쓴 건지 그동안은 그 집 가까이에 갈 수조차 없었다.

　한편, 두 사람이 만나 하는 이야기의 주제는 늘 같았다.

　"'그 시기'가 됐어요. 이제 린도 안전하지 않아요. 그녀는 린도 노릴 거예요. 린을 그곳으로 못 가게 막을 방법은 없어요. 그건 그 아이의 운명이에요."

"그래요. 그걸 막을 순 없어요. 그 애는 '마법의 딸'이니까요. 그 애를 믿어요……."

주말이 지나고 어느새 월요일 아침이 밝았다.

8시. 린은 서둘러 학교에 갔다. 린의 단짝인 민은 일주일 전부터 학교를 빠지고 있었다. 린은 교문에 들어서자마자, 주위를 둘러보았다. 그런데 아무리 둘러보아도 민이 보이지 않았다.

"어, 오늘도 안 나오나?"

린은 울상을 짓고 주변을 다시 둘러보았다. 그러나 그 어디에도 민의 모습은 보이지 않았다. 린은 결국 한숨만 폭폭 내쉬다가 교실로 들어갔다. 수업 시간에도 그녀의 머릿속에 떠도는 생각은 민과 주말에 꾼 꿈, 이상한 문자와 편지에 대한 생각뿐이었다. 그때, 갑자기 그런 생각들이 강렬해지더니 어딘가로 빨려 들어가는 기분이 들었다. 순식간에 많은 것들이 환하게 보였다. 놀란 표정으로 한 여자를 쳐다보고 있는 민…… 하나의 동굴과 낡은 성…… 늘 꿈에서 들려왔던 여자의 목소리…… 그 순간, 다시 꿈에서 누군가 끄집어내는 느낌이 들더니, 린의 눈앞의 풍경이 순식간에 다시 바뀌었다.

린의 눈앞에는 커다란 초록 칠판과 화난 얼굴의 선생님이 보였다. 그녀는 린에게 눈을 부라리더니 칠판에 무엇인가를 급히 휘갈겨 적었다. 린은 그 글씨를 보려고 애썼지만, 선생님이 가리고 있어 보이지 않았다. 한참 뒤, 선생님이 물러서자 그녀가 칠판 한쪽 귀퉁이에 써 놓은 글씨가 보였다.

'월/수/금 화장실 청소: 한린'

그 순간 린은 이번 주도 편하게 지내기는 글렀다는 생각이 들었다.

린이 힘든 한 주를 보내는 동안에도 민은 오지 않았다. 그다음 주가 돼서야 그녀는 모습을 나타냈다. 연분홍색 가방, 짧은 단발, 청바지, 하얀색 운동화. 민이다.

"민! 민! 이쪽이야!"

린은 크게 소리쳤다.

"어? 린! 오랜만이야!"

민도 소리쳤다.

"넌 늘 오랜만이래. 네가 자꾸 학교에 안 나오니까 그렇지. 학교 좀 나와."

"어…… 미안."

"미안하면 학교 좀 나오라고! 어?!"

린은 섭섭한 기분이 들어 바락 투정을 부렸다.

"어…… 진짜, 진짜 미안! 근데, 너 좀 피곤해 보인다?"

민이 물었다.

"응…… 어제 늦게 잤거든. 아, 그런데 저번 주 아침에 이상한 광고가 세 번이나 와서 5시에 깼다. 그런데 요즘에도 자꾸 그 생각이 나지 뭐야. 무슨 마법이라도 걸린 것처럼…… 통 잠을 못 자."

린이 졸린 목소리로 대꾸했다. 그런데 민이 깜짝 놀라 물었다.

"이상한 광고 세 번? 무슨 광고였는데?"

"응? 음…… 무슨 놀이공원 광고 같았는데? 유 무슨 판타지아랬나?"

린이 말했다.

"꺄악! 잘됐다, 잘됐어! 야, 린, 너 지금 폰 있지? 나 좀 줘 봐."

민이 소리를 질렀다.

"어, 어, 응. 야, 근데 나 그거 스팸 등록하고 지웠어."

린이 핸드폰을 건네며 말했다.

"괜찮아, 상관없어."

'띠리리리리리링'

민이 핸드폰을 켜며 말했다.

"야, 너 지금 뭐 해?! 폰 켜면 안 돼, 알잖아! 샘한테 압수당한다고!"

"야야, 됐어. 어차피 너 자주 압수당하잖아!"

민이 킥킥거리며 '유나판타지아'라는 앱을 켰다.

"어? 나 그런 앱 없는데? 이상하다?"

후홋 하고 웃으며 민이 '1'을 꾹 눌렀다.

'띠리리리링'

"어! 그 광고…… 내가 지웠는데?"

린은 조심스럽게 핸드폰을 받아들었다. 핸드폰에는 이상하게도 그 광고가 아무 일도 없었던 듯 태연히 떠 있었다.

'유나판타지아로!'

"린, 이건 초대야. 아주 엄청난 초대!"

민이 신나서 소리쳤다.

"무슨…… 초대?"

"가 보면 알아! 나, 오늘 너희 집에 놀러 가도 되지?"

"응…… 그래, 그럼. 대신, 이게 도대체 뭔지, 왜 이게 아직도 내 폰에 있는지 꼭! 알려 줘야 돼. 알겠지?"

"그러엄! 당연하지."

"꼭이다! 꼬옥! 너, 나랑 약속했다!"

"아유, 얘가 또 의심이 많아요. 그래, 이 언니가 다아 알려줄게. 걱정 붙들어 매!"

"뭐어? 언니? 너, 뭐야! 생일은 내가 더 빠르거든!"

"그래, 네가 언니해라, 됐냐?"

"그래, 그래야지."

린과 민은 그렇게 아옹다옹하며 교실 안으로 들어갔다.

5교시 쉬는 시간이었다. 민이 조심스럽게 일어나 어디론가 나가고 있었다.

"민! 너 어디가!?"

린이 소리쳤다.

"으……응? 아, 나 선생님 좀 뵈려고. 학교 못 나오는 것에 대해서 드릴 말씀이 있어."

"응, 그래? 나도 같이 가!"

린이 투정 부리며 매달렸다.

"안 돼. 너희 엄마께 먼저 허락을 받아야지 갈 수 있어."

민이 딱 잘라 말했다.

"뭐? 우리 엄마? 그게 무슨……."

린이 어리둥절해하며 물었다.

"아…… 아무것도 아냐. 정말로! 진짜야, 응? 그냥 선생님이 혼자 오라고 하셔서…… 음…… 너도 알잖아. 그냥, 어, 그냥…… 선생님이 따로 부르시는 때 있잖아, 응? 알지? 나 간다!"

민은 횡설수설 이상한 말들을 늘어놓더니 협의실 반대편으로 뛰어갔다.

"어어? 민! 협의실은 이쪽인데?"

린의 외침을 듣고 민은 끼익하고 멈추어 서더니, 눈을 찡긋하고는 다시 협의실 쪽으로 뛰어갔다.

"흥, 따라오지 말라면 안 따라가겠냐? 나를 그렇게도 몰라요. 으휴~ 게다가 누가 봐도 거짓말 같은 거짓말! 도대체 누가 그 거짓말에 속는다고."

린은 혼자 중얼거리며 민을 쫓아갔다.

"그래, 알겠다. 전학 가기로 한 학교는 어디니?"

"네, 아, 저 그게…… 외국이라고 들었어요."

린은 협의실 문 앞에 서서 선생님과 민의 대화를 엿듣고 있었다.

'민이 전학을 간다고? 그것도 외국으로?'

린은 순간 어딘가로 떨어지는 느낌이었다. 갑자기 참을 수 없이 화가 났다. 그래서 협의실 문을 활짝 열어젖혔다. 그리고 떨리는 목소리로 물었다.

"전학을 간다고? 외국으로? 그런데, 그런데 어떻게 나한테는 말 한마디도 없었어? 제일 먼저 얘기해 줬어야 하는 거 아냐? 어떻게, 어떻게…… 그럴 수가 있어. 그게 무슨 베프야! 그게 무슨 단짝친구냐고, 으흐흑."

눈물이 뚝뚝 떨어졌다. 린은 눈물을 닦고 고개를 들었다. 3명의 선생님과 민이 있었다.

"린, 너…… 다 들은 거야?"

민이 파랗게 질려서 물었다.

"그만! 한린, 너 뭐 하는 거니? 선생님이 분명 민한테 혼자 오라고 했는데? 민이 말 안 해 줬니? 아님 몰래 따라온 거야?"

린은 그제야 선생님의 성난 얼굴이 눈에 들어왔다.

"죄송합니다……."

린은 열심히 머리를 굴려 보았지만 할 수 있는 말은 결국 사과밖에 없었다.

"당장 교실로 가서 책 읽고 있어!"

린은 교실로 돌아올 수밖에 없었다.

'딩동댕동'

잠시 뒤, 수업 종이 치자 민이 선생님과 함께 왔다. 민은 한껏 풀이 죽은 모습이었다.

'북—'

린은 연습장을 뜯어냈다.

'야, 무슨 일인데? 응?'

린은 조심스럽게 민에게 쪽지를 건넸다.

'미안, 이따 얘기하자.'

민은 금방 답을 줬다.

'너무하네. 진짜 너무해.'

린은 생각했다. 그럴수록 섭섭한 마음은 더해져만 갔다. 점점 쪽지의 속도가 빨라졌다.

'지금 말해. —린—'

'얘기가 좀 길어. 집에서 얘기해. —민—'

'뭐, 집? 싫어! 수업 끝나고 얘기해! —린—'

'안 된다니까! 기다려, 좀! —민—'

그때였다.

"민, 린, 너희들 뭐야? 그거 갖고 나와!"

선생님이었다. 선생님은 린의 행동들에 이미 충분히 화가 나신 것 같았으므로 린이 더 이상 선생님을 화나게 할 필요는 없어 보였다.

"뭐야, 쪽지? 수업 시간에 감히 쪽지를 돌려? 이쪽에 손 들고 서

있어! 아니, 거기 말고. 민은 왼쪽 린은 오른쪽. 자, 그래서 고조선
은 이렇게……."

　30분 뒤, 마지막 수업을 마치는 종소리가 울렸다. 린은 떨어져
나갈 듯 아픈 팔을 주무르면서 말했다.

"너 진짜 말 안 해?"

"있다가 말해 준다고!"

민이 지지 않았다.

"지금 말해!"

린이 민을 계속 다그쳤지만, 오늘따라 민은 만만치가 않았다.

"왜? 왜 네 맘대로 그러는데! 나도 사정이 있어서 그러는 거라고!"

"그러니까! 그러니까 그 사정이 뭔데?"

린과 민이 티격태격하는 사이, 학교는 끝나가고 있었다.

"…… 그러니까 손 잘 씻고, 알았죠? 자, 반장 인사!"

"차렷! 선생님께 경례!"

"감사합니다!"

인사를 마치자마자 아이들이 우르르 달려 나갔다.

"어허, 뛰지 말고! 다친다!"

뒤에서 선생님이 소리쳤지만, 아이들 귀에는 들리지도 않는 혼
잣말이나 다름없었다.

3.

입구

3월. 아직은 날씨가 쌀쌀했다. 린은 두 손을 주머니에 넣고 걷다가 휘청거렸다. 민이 순간 린을 잡아 세우며 말했다.

"주머니에서 손 빼라."

린은 '치' 하며 손을 주머니에서 뺐다. 귀가 시렸다. 얼마 전 비가 온 탓에 군데군데 작은 물웅덩이가 있었다. 두 아이는 학교에서 린의 집까지의 거리가 얼마나 되는지 계산해 본 적이 없었다. 또한, 그 거리가 생각보다 멀다는 사실도 몰랐고, 지금 제일 빠른 길이 공사 중이라는 사실도 몰랐다. 한참을 걸어 저 멀리 린의 집이 작은 점으로 보이기 시작했다. 그 순간 맨홀에 빠질 뻔한 린을 민이 잡아 세우며 말했다.

"주머니에서 손 빼고, 앞도 좀 봐라."

린은 민 몰래 넣고 있던 손을 슬그머니 뺐다.

"어떻게 알았냐?"

린이 물었다.

"다 보이거든. 설마 그게 안 보일 거라고 생각했냐?"

린은 그 짧은 대화가 끝나자 그제야 고개를 들어 앞을 보았다. 그리고 신음했다.

"이런."

그들의 앞을 커다란 주황색 포클레인 한 대가 서서 길을 막고 있었다. 안전모를 쓰고 현장을 감독하던 한 여자가 두 아이에게 다가왔다.

"미안하지만 지금 공사 중이니 조금 돌아가겠니?"

린은 그러겠다고 하고 발걸음을 돌렸다. 그러나 린과 민은 두 번째 길이 얼마나 먼지 몰랐다. 또한 그 길과 제일 빠른 길이 얼마나 차이가 나는지도 몰랐다. 결국 30분이면 갈 길을 한 시간이 거의 다 되어서 도착했다.

얼마나 걸었는지 집에 돌아온 두 아이는 녹초가 되었다. 그러나 린은 거실 바닥에 엎어져서도 민에게 학교에서 하던 얘기를 계속해 달라고 졸랐고, 민은 린에게 함께 방으로 갈 것을 요구했다. 린은 한숨을 쉬더니 일어났고, 둘은 무거운 몸을 움직여 방으로 갔다.

"음…… 이건 역시 제인 교수님이 보낸 게 틀림없어."

벌써 5분째 민은 똑같은 말을 중얼거리고 있었다.

"그게 무슨 말인데?"

린 역시 5분째 똑같은 질문을 하고 있었다.

"잠깐만."

민은 방을 나갔다가 채 5분도 안 되어 돌아왔다.

"이상해. 정말 이상해. 그럴 리가 없는데……."

민은 중얼거리며 방으로 들어왔다.

"뭐, 일단 설명은 해 줄게."

민은 인심 쓴다는 듯, 뻐기면서 말하였다.

"린, 잘 들어. 그래, 어쩌면 넌 내 말을 믿지 않을지도 몰라. 하지만 꼭 믿어야 해. 왜냐면 그게 사실이니까. 알았지?"

"으응."

린은 갑자기 진지해진 민의 모습에 조금 놀랐다.

이러다가 나한테 슈퍼 초 울트라급 비밀이 생기는 거 아냐?

게다가 그 광고의 정체가 무엇인지 걱정이 되었다.

"린, 모든 것은 네가 받은 그 편지에서 시작되는 거야. 그 편지는, 우리와는 다른 차원에 사는 사람이 보낸 거야. 이 세상은 아주 넓어. 이 세상에는, 어…… 우리와 좀 다른 사람들이 사는 세상이 있어. 물론 넌 보지 못했겠지. 그곳은 숨겨져 있으니까 말이야. 그곳은 초대받지 않으면 갈 수 없어. 하지만 넌 초대받았어. 봐!"

민이 광고가 떠 있는 핸드폰을 불쑥 내밀었다.

"이 광고가? 어째서?"

린은 의아한 듯 광고를 훑어보았다.

"유나판타지아로! 이건 새로운 세계야, 린. 완전히 다른 세상이라고."

민이 말하였다.

"그게 무슨 말이야. 새로운 세계라니? 말도 안 되는 소리 하지 마. 지금 장난치는 거지?"

린은 잔뜩 긴장한 상태로 물었다. 그러나 민은 장난이라는 이야기 대신 놀라운, 어떻게 보면 말도 안 되는 전설 같은 이야기를 시작했다.

"린, 유나판타지아는 마법사들과 마녀들의 세계야. 강유나라는 분이 매우 오래전에 만든 세계지. 원래 400년 전까지는 유나님의 후손들이 대를 이어 유나판타지아를 관리하시고, 그곳에 올 사람들을 직접 골라 초대하셨어. 그러나 400년 전, 갑자기 누군가가 당시 그곳을 관리하던 은아님을 공격하였고, 은아님은 그 자리에서 바로 돌아가셨지. 그런데 은아님의 딸이었던 '윤하'라는 분이 도망가 계속 대를 이었다는 속설이 있어. 하지만 그 속설이 사실이라고 해도, 지금은 그 후손들이 자신이 누군지도 모르고 그냥 살아가고 있을 가능성이 아주 많대. 뭐, 어쨌거나 지금은 유나님의 6촌의 딸의 사촌의 아들의 5촌의 사촌의 아들의 먼 친척 여동생의 딸의 막내딸의 오촌의 아들의 막내아들의 막내딸의 7촌의 6촌의 막내딸의 막내딸인, '제인'이라는 분이 관리해 주시고 있어."

민은 의기양양하게 설명을 했다. 하지만 린은 별로 알아듣지 못한 것 같았다.

"어…… 그래. 음…… 그래서?"

"어휴, 이 바보야! 넌 초대받았고, 그곳에 가야 해. 너는 한 달 동안 그곳에서 생활하게 될 거야. 그곳에 가면 부모들이 이미 마법사거나 마녀여서 어느 정도의 지식을 갖고 있는 아이들이 많을 거야. 그러니 아무런 지식도 없는 우리는 더 열심히 공부해야 하고, 각오는 단단히 해야 할 거야. 아 참! 그리고 한 달 뒤에는 선택을 해야해. 첫 번째는 그곳에서 학교를 다니고, 마녀준비학과에 들어가서 마녀가 되는 것이고, 두 번째는 다시 인간 세상으로 돌아와 평범한 다른 아이들처럼 사는 것이지. 나는 첫 번째를 택할 거야. 그곳에는 우리 엄마가 있으니까."

린은 설명을 듣다 말고 깜짝 놀라 소리쳤다.

"너희 엄마?!"

그렇다.

민에게는 엄마가 없었던 것이었다.

"응, 우리 엄마 아빠는 두 분 다 마녀와 마법사라서, 유나판타지아에서 만나서 그곳에서 나를 낳으셨대. 그러나 내가 아직 초대받지 못했었기 때문에 내가 태어난 지 100일이 되기 전에 인간 세상으로 돌아와야 했대. 엄마는 그곳의 교수라서, 인간 세상으로 오실 수가 없으셨대. 결국, 아빠만 나를 데리고 인간 세상으로 오신 거야.”

“아…….”

린은 조용히 탄식했다. 그러면서도 한편으로는 가슴이 뛰었다.

새로운 곳, 새로운 세상! 그곳에 가면 내가 누구인지 알 수 있을지도 몰라!

“자, 린, 가자. 너에게 어서 그곳을 보여 주고 싶어! 너희 엄마께 허락도 받았어!”

“허락?”

린이 놀라 물었다.

“응. 아까 나 나갔을 때, 그때 허락받았지. 미성년자는 부모의 허락이 있어야 하거든. 그런데, 너무 쉽게 허락해 주시더라고. 무슨 일 있었니?”

민이 물었다.

“어, 아니. 아무 말 없으셨는데?”

너무 쉽게 허락해 주셨다고?

린은 방 밖으로 뛰쳐나가 안방으로 뛰어갔다.

“엄마!”

린은 안방 문을 열어젖히고 소리쳤다.

“엄마! 제가 유나판타지아에 가는 것을 허락하셨다고요?”

“그래, 왜 그러니?”

엄마는 너무도 태연히 대답했다.

"엄마, 거기가 어딘지 아세요?"

린이 물었다.

"그래, 민이 잘 설명해 주더구나. 마녀와 마법사의 세계라며? 어서 가렴. 시간이 많이 늦었다."

엄마는 어서 가라며 손을 휘휘 내저었다.

이상해. 정말 이상해. 너무도 쉽게 허락해 주셨어. 게다가 그 말을 정말 믿으셨다고? 아님, 그냥 애들 장난인 줄 아시는 거야?

린은 한 가지 의문을 품고 민을 따라나섰다. 둘은 한참을 걸었다. 어느새 날이 어둑어둑해졌다. 둘은 길에서 빠져나와 뒷산 산기슭으로 접어들고 있었다.

"어, 민, 진짜 이 길이 맞는 거야?"

린은 점점 불안해졌다. 둘은 점점 어두워지고 있는 저녁 시간에 더욱더 어두워지고 있는 산속으로 들어가고 있었다. 그 누구라도 겁이 나지 않을 수 없는 상황이었다.

"괜찮아, 원래 이래. 오히려 일부러 이렇게 해 놓은걸?"

민은 린을 안심시키며 점점 더 깊은 산 속으로 들어갔다.

"어어…… 아직 멀었니?"

린은 초조하게 물었다.

"응, 다 왔어!"

민은 커다란 덤불 앞에 서서 나뭇잎들과 덩굴을 조심조심 걷어 냈다. 그러자 신기하게도 전혀 보이지 않았던 바위 구멍이 나타났다. 그러는 사이 너무 어두워져 앞은 거의 보이지 않았고, 간신히 더듬으며 구멍을 찾을 수밖에 없었다. 그저 그 어딘가에 다 왔다는 게 다행일 따름이었다. 둘은 더듬으며 구멍을 찾아 몸을 숙였다.

"자, 들어가."

민이 말했다. (어두워서 표정은 보이지 않았지만, 분명 민은 린이 놀랄 것을 생각하고 고소해하며 웃고 있을 것이다.)

"에엑?! 들어가라고? 너 제정신이야?!"

린은 놀라 소리쳤다. 아무리 생각해도 말이 안 되는 것을 지금 민은 태연히 이야기하고 있다. 분명 거짓말은 아닌 것 같은데…… 들어갈 수는 없을 것 같았다.

"응, 제정신이야. 못 믿겠으면, 먼저 들어갈 테니 잘 봐."

민이 자신 있게 말했다.

'음, 어쩌지? 저 말은 안 믿기지만, 쟤가 먼저 들어가면 내가 혼자 남게 되잖아? 으으, 그건 안 돼! 하지만 내가 먼저 들어가자니 그것도 무섭고…… 아아, 어떡해!?'

린이 고민하는 사이, 민은 벌써 굴 안으로 들어갈 태세였다.

"아아, 아니야! 내가 먼저 들어갈래!"

린이 소리쳤다.

"그래! 먼저 들어가!"

민은 후훗 하고 웃으며 옆으로 살짝 비켜섰다.

'아, 도대체 저 안에 뭐가 있는 건데!'

린은 뭔가 속아 넘어간 것 같은 기분이 들었다.

"으아! 됐다!"

린의 머리가 굴 반대편으로 나오면서 린은 뭔가 홀린 듯한 기분이 들었다. 그곳에는 나무가 아주 많았는데, 그 나무는 모두 신비한 빛에 둘러싸여 있었다. 린은 자신의 눈을 믿을 수가 없었다. 세상에 이렇게 아름다운 것이 있다니!

"'아름다운 나무'야. 아름다워 보이지만 독으로 둘러싸여 있어. 조심해야 해."

뒤따라 나온 민이 설명했다.

"헉! 저렇게 아름다운데 독이라니!"

린은 몸서리치며 나무 사이의 길로 걸어갔다. 분명 작은 바위 구멍이었는데, 어떻게 이렇게 안이 클 수 있는지 보면 볼수록 신기했다. 게다가 분명 동굴인데, 점점 숲같이 울창해졌다. 둘은 몸이 나무에 닿지 않도록 잔뜩 긴장하며 걸어갔다. 저 멀리 황토색 나무문이 보였다. 아마도 이 길의 끝인 듯했다. 둘은 끝까지 잔뜩 긴장하면서 걸어갔다.

민이 문고리를 잡으려고 하자, 린이 소리쳤다.

"잠깐! 그건 잡아도 돼?!"

"응, 이건 괜찮아, 린."

민이 웃으며 말하였다.

"휴우, 얼마나 긴장했는지 몰라."

린은 한숨을 쉬고는 방긋 웃음을 지었다.

그사이 민이 문을…… 열었다.

"꺄아아아아악!"

둘은 어딘가로 빨려 들어가고 말았다.

"아야야야! 으, 여긴 어디지?"

잠시 후, 간신히 정신을 차린 린이 아픈 머리를 살살 문지르며 물었다. 민은 전혀 다친 곳은 없어 보였지만, 조금 어지러워 보였다.

"여긴 '보석 정원'이야."

민이 많이 어지러운 듯, 얼굴을 살짝 찌푸리며 말했다.

"아, 그러고 보니 여기는!?"

린은 그제야 주위를 둘러보고는 깜짝 놀라 벌떡 일어나며 소리쳤다.

"온통…… 보석뿐이야!"

"그래, 여기는 보석이 아주 많아. 하지만 이곳 역시 조심해야 해. 보석에 독이 있거나 한 것은 아니지만……."

민이 말하였다.

"그럼 뭐가 위험한데?"

린은 도대체 왜 위험하다는 것인지 알 수가 없었다.

"이 보석을 가져가기 위해 뽑았다가는……."

"뽑았다가는?"

"여기서 무슨 일이 일어날지는 아무도 몰라."

민의 말에 린은 깜짝 놀랐다.

"아무도 모른다니?"

"나도 잘 몰라. 학교에 가면 알게 될 거야."

민이 건성으로 대꾸했다.

"학교? 거기에도 학교가 있어?"

린이 물었다.

"그래, '매직 판타지아 블랙'과 '매직 판타지아 화이'가 있어. 초급생들은 '매아블랙'에 들어가게 돼. '매직 판타지아 블랙'의 줄임말이지. '매직 판타지아 화이'는 '매아화이'고. 장화홍련이라고도 불려. 매아블랙이 장화, 매아화이가 홍련."

민이 설명했다.

"왜?"

린이 물었다.

"응, 그게, 유나님한테 여동생이 있었대. 그래서 유나님과 그 동생이 같이 유나판타지아를 만들고 학교도 세웠는데, 그 동생이 갑자기 죽고 유나님도 얼마 후 딸을 남기고 돌아가셨대. 뭐, 어쨌거나 자매가 같이 지어서 장화홍련이야."

민이 설명하는 사이, 둘은 두 번째 문에 다다랐다.

"휴, 연다."

린이 긴장되는 목소리로 말했다. 민이 싱긋 웃으며 옆으로 비켜섰다.

덜커덕!

문이 열렸다.

"아아, 이곳은…… 너무나 아름다워!"

그곳은 푸른 에메랄드빛으로 휩싸여 있었는데, 천장에 박힌 돌들에서 그 빛이 뿜어져 나오는 듯했다. 그곳은 동굴이었으나 무척 밝았다. 바닥 한가운데에는 아주 큰 호수가 있었는데, 호수 가장자리는 빛이 나오는 돌들로 둘러싸여 있었다. 그곳은…… *아름다움* 그 자체였다.

"린, 먼저 갈게."

민이었다.

"안돼! 안돼, 민!"

민은 호수로 떨어졌다.

"꺄아아아아악!!!"

그 동굴 안에는 공허한 외침만이 떠돌았다. 그때였다.

"린…… 여기야…… 나 여깄어…… 이리로 와…… 하하하하……."

"꺄아아아!"

린은 너무나 당황했다. 귀신이란 존재는 생각해 본 적이 없었기 때문에.

'귀신이란 것은 없다고 믿었는데…… 으아아아앙!'

"하하하…… 울지 마…… 여기로 와서 같이 놀자…… 어서……."

"아아앙, 나 무섭단 말이야! 으아아아앙!"

"린…… 하하하하…… 그렇다면 내가 거기로 갈게. 널 데리러……."

"꺄아아아아악!"

그때, 푸하, 하는 소리가 들리며 민의 머리가 나타났다.

"꺄아아아아아아악!"

린이 소리를 꽥 질렀다.

"윽, 고막 터지겠네. 야, 한린! 조용히 해!"

민의 머리도 꽥 소리를 질렀다.

"꺅! 꺅! 꺄아악!"

린이 또 소리를 질렀다.

"어후, 알겠어! 알겠어, 됐냐? 나 살아 있다."

민이 물에서 빠져나오면서 소리쳤다.

"어…… 너…… 사, 살아 있어? 아니, 아니지. 이 귀신! 썩 꺼져!"

린이 다시 소리를 꽥 질렀다.

"야! 나 살아 있다고오! 몇 번을 말해야지 알아들을 건데!?"

민이 되받아치며 소리쳤다.

"어? 진짜? 너, 물에 빠졌잖아?"

린이 한층 경계심을 풀며 물었다.

"휴, 그래그래, 나 살아 있어. 그냥 장난이야. 이 물은 그곳으로 통하는 입구야."

"야, 너 그럴래? 너, 또 그러면 진짜 유령으로 만들어 버릴 거 야?! 알아들었어?"

린이 사납게 협박했다.

"알겠어! 그만하고! 자! 가자!"

민이 말했다.

"엥? 가자고? 어디로?"

린이 물었다.

"야! 너 내 말 안 들었어? 당연히 이 물 안으로지! 여기가 입구라니까?"

민이 어이없다는 듯 대꾸했다.

"엥? 이 물 안으로? 꺄아악! 여기 얘가 날 죽이려고 해요!"

린이 그 말을 듣고 소리쳤다.

"야! 너 뭘 들은 거야? 여기가 입구라고! 입! 구우우우! 알아들었어!?"

"응, 알아들었어. 그래도…… 음…… 조금…… 더 안전하게 가면 안 될까? 응? 제발…….."

린이 애걸했다.

"린, 괜찮아. 이건 음…… 그러니까 일종의 가짜야. 마법으로 된 가짜 물!"

민이 린을 설득했다.

"진짜지? 그럼 같이 들어가자."

린이 마지못해 조건을 달았다.

"그래. 같이."

민이 약속하자, 린은 옅은 웃음을 띠었다.

그때 뭔가 휙, 하고 지나갔다.

"어머! 저, 저게 뭐야? 민, 여기 동물이 사니?"

린이 놀라 소리쳤다.

"아, 아니. 그런 얘기는 처음 들어보는데? 저, 저게 뭐지? 안 되겠다. 린, 내 손을 꼭 잡아. 물속으로 들어갈 거니까. 알겠지?"

민이 당부했다.

"으응."

린은 두려움에 얼른 대답했지만, 이렇게 빨리 들어갈 줄은 몰랐던 터라, 긴장감에 덜덜 떨고 있었다. 그때 또 무언가가 휙, 하고 지나가더니 물속으로 풍덩 뛰어들었다.

"엥? 뭐야?"

"엥? 유나판타지아 주민인가?"

둘은 어이가 없어서 한참 동안 가만히 서 있었다. 그러다가 민이 고개를 설레설레 흔들었다.

"아니지, 저렇게 빠르려면 마법을 써야 하는데, 이 안에서는 마법을 쓸 수가 없는걸?"

민의 말에 린도 고개를 갸웃했다.

"어쨌든, 이제 다 지나갔으니, 우리만 가면 돼! 가자!"

민이 소리쳤다.

"가자아아아!"

린도 소리쳤다. 둘은 물속으로 몸을 던졌다.

4.

유나판타지아

둘은 어느새 유나판타지아에 와 있었다. 그곳의 밝은 햇살이 둘을 비추고 있었다.

"야아— 이거 대단한데! 진짜 신기해!"

린은 정말 신기한 것을 본 듯 주위를 이리저리 둘러보았다.

"야, 린, 우리 저 배 타야 해. 여기는 통로일 뿐이야. 저 배를 타야 진짜 유나판타지아에 갈 수 있어. 음, 물론 이곳도 유나판타지아지만, 음…… 어쨌거나 그곳과 이곳은 달라."

둘은 얼른 달려 커다란 여객선처럼 생긴 배에 타는 줄 맨 끝에 서려고 했다. 그때, 한 남자아이가 빛의 속도로 달려와 그녀들 앞에 섰다.

"아! 뭐야!"

놀란 린이 소리쳤다.

"어? 너희는 아까 동굴 안에 있었던 애들이네?"

남자아이가 고개를 갸우뚱하며 물었다. 둘은 아까 지나간 것이 무엇이었는지 어리둥절했었는데, 아마도 이 남자아이였던 모양이었다.

"와, 그렇게 빨리 가도 다 보이나 봐."

린이 민에게 작게 속삭였다.

"응, 신기하다."

민도 그런 것은 처음 본 것 같았다. 남자아이는 그런 린과 민을 궁금한 듯이 바라보았다.

"지금 무슨 얘기 하는 거야?"

남자아이는 궁금해서 참을 수 없었는지, 린에게 작게 물었다. 그 소리를 들은 민이 그 남자아이에게 소리쳤다.

"얘! 너, 안 가?"

남자아이는 그 소리를 듣고는 다시 똑바로 섰다. 어느새 줄이 줄어서 남자아이의 차례가 되었던 것이었다.

"자, 이 줄 잡고 건너오렴."

안내원으로 보이는 여자가 줄을 던져 주며 상냥하게 말했다.

"으음……."

그 남자아이는 신음만 할 뿐, 건너가지는 못했다.

그러기를 1분…… 2분…… 3분이 되었다.

"휴우, 매아블랙 신입생인가 보구나."

그렇게 말하며 안내원은 품속에서 긴 나무막대기 하나를 꺼냈다.

"이도레!"

안내원이 그 막대기로 남자아이의 몸을 가리키며 나지막하게 말했다. 그러자 신기하게도 남자아이의 몸이 공중으로 붕 떴다. 안내원은 막대기를 들고 천천히 몸을 배 쪽으로 돌렸다. 남자아이가 몸이 뜬 채로 막대기에 이끌리듯 배 쪽으로 건너갔다.

"피니레!"

안내원이 다시 말했다. 그러자 붕 떠 있던 남자아이가 배 위에 쿵! 하고 떨어졌다.

안내원이 "다음!" 하고 무뚝뚝하게 말하는 사이, 남자아이는 아픈 엉덩이를 문지르며 배 안쪽으로 천천히 들어갔다. 민은 전에 몇 번 해 봤는지, 능숙하게 밧줄을 잡고 배 쪽으로 건너갔다. 이제 문제는 린이었다.

"이것도 빠져도 괜찮은 물이니?"

린이 조심스레 물었다.

"어, 아닐걸? 그건 마법이었고, 이건 진짜 물이니까…… 빠지면……."

민이 말하다가 말을 끝맺지 않고 손으로 자기 목을 긋는 시늉을 했다.

"!"

그 말에 더 겁을 먹었는지, 린은 꼼짝할 수가 없었다. 1미터만 돼도 그냥 훌쩍 뛰어넘을 텐데, 린이 서 있는 널빤지와 배 사이의 거리는 3미터는 족히 더 되어 보였다.

"린, 어서!"

민이 재촉했다. 그러나 린의 다리는 꽁꽁 얼어붙었는지 움직일 생각조차 없는 것 같았다. 그렇게 몇 분이 지나자 민은 초조한지 손톱을 물어뜯었다. 그러다 민은 밧줄의 한쪽 끝을 배의 기둥에 단단히 묶고는 거기서 한 뼘쯤 앞에 자신의 손목을 묶었다. 그러고는 나머지 한쪽 끝을 린에게 던져 주며 소리쳤다.

"린! 거기다 네 손목을 묶어! 아주, 아주 단단하게!"

린은 망설이다가 에라, 모르겠다! 하는 심정으로 용기 내어 묶었다.

"언니, 도와주세요!"

민이 멍하니 서 있던 안내원에게 말했다.

"어어, 그래."

린은 허둥대는 안내원의 모습에 그만 풋, 하고 웃음이 나 버렸다. 그러나 자신을 째려보는 안내원의 매서운 눈매를 보고는 웃음을 싹 거뒀다.

"자, 당깁니다! 하나, 두울, 세에엣!"

"으라찻차!"

민의 구호에 맞춰 민과 안내원은 밧줄을 확, 잡아당겼다. 동시에 린이 쑤욱 딸려오는 바람에 둘은 쿵, 하고 엉덩방아를 찧고 말았다.

"휴우우, 성공이다."

린이 떨어지지는 않을까, 내심 걱정했던지, 민은 안도의 한숨을 내쉬었다.

"성공!"

린과 민은 짝 소리가 나게 하이파이브를 했다.

"꼬맹이, 머리 좋네."

돌아서는 민과 린을 보며 안내원이 혼잣말을 했다.

"휴우, 가자."

민은 힘이 꽤 들었는지, 한숨을 끊임없이 쉬었다. 둘은 배 가장자리에 있는 발코니로 갔다.

"나, 화장실 좀."

린은 슬그머니 빠져나왔다.

"응."

민은 풍경을 보다 무심결에 대답했다. 린이 화장실이 어디에 있는지 모른다는 사실조차 잊어버린 것이었다. 한편, 린은 홀가분함에 숨을 내쉬고 있었다.

"후우— 그래, 이게 바로 자유지!"

사실 린은 화장실에 가고 싶지 않았다. 린은 이 신기한 곳의 구경을 놓치고 싶지 않았다. 그런데 민이 함께 있으면 혼자 맘껏 구경할 수가 없었다. 린은 이 신비한 곳을 맘껏 보고, 듣고, 느끼고 싶었다. 배 안에서는 혼자도 괜찮을 것 같았다.

'내릴 때 되면 안내방송 하겠지. 뭐, 그때 돌아가면 돼.'

린은 그렇게 생각하고는 배 안에서의 탐험을 떠났다. 먼저 지하에 내려가 보기로 했다. 그런데…… 계단이 뭔가 이상했다. 계단은 계단인데, 계단에서 용암이 뿜어져 나왔다. 그것도 층계마다!

"으아, 이게 뭐야?!"

린은 불이 뿜어져 나오는 배는 처음 보았기 때문에 무척 당황했다.

"무슨 배가 이래?! 이거 배 맞아?"

그러나 꼭 저 아래에 내려가 보고 싶었다.

"음……."

린은 그대로 주저앉아 어떻게 해야 저 아래로 내려갈 수 있는지 고민하기 시작했다. 그리고 곧 좋은 방법을 떠올렸다. 우선 줄을 저 계단 밑의 기둥 쪽으로 던졌다. 아주, 아주 세게. 줄의 한쪽 끝을 꽉 잡고 있었다. 그러자 줄의 다른 쪽 끝이 기둥을 감고는 린에게 돌아왔다.

"좋았어!"

린은 줄의 양쪽 끝을 잘 잡고는 한쪽 끝을 옆의 기둥에 꽉 묶었다. 그리고 나머지 한쪽 끝을 자신의 팔에 두 번 정도 휘익, 하고 휘둘러 감았다.

"간다아아아아아!"

린은 뒤로 두세 발짝 정도 갔다가 계단을 향해 달음박질쳤다.

'휘이이이이이이익-!'

'세상에! 이런 짓이 가능하다니! 야호!'

린은 단번에 날아갔다. 뜨거운 용암 위로! 린은 속으로 쾌거를 불렀다.

"아뜨뜨! 휘유, 살았다."

린이 계단 밑에서 살짝 달구어진 옷을 살짝 털어 내며 안도했다.

"자아, 뭐가 있나 볼까나?"

린은 활짝 웃으며 눈을 감았다가 떴다.

"우아아아아!"

정말 절로 탄성이 나왔다. 그곳은 홀이었다. 린은 휘황찬란한 조명 탓에 앞이 보이지 않을 지경이었다. 린은 홀을 휘 둘러보았다.

"인어다!"

진짜 인어였다.

홀은 벽이 온통 유리였다. 덕분에 밖이 훤히 보였다. 밖은 물이었는데, 인어가 살고 있었다. 아름답다. 할 말이 그것밖에는 없었다. 그녀들은 인간의 것을 뛰어넘는 아름다움을 가지고 있었다. 린은 무엇에 홀린 듯 그들을 넋 놓고 바라보았다. 아름다운 인어들의 모습은 사람들의 혼을 쏙 빼놓기에 충분했다. 그녀들은 은발(빛이 비치면 금발로 보이기도 했다)의 머리카락을 휘날리며 정신없이 헤엄치고 있었는데, 어딘가 불안해 보였다. 그렇지만 숨거나 배를 피해 도망치지도 않았다. 가끔 남자 인어들이 와서 여자 인어들과 아기 인어들을 구석으로 숨기기도 했다. 그들은 배가 위험하다

고 생각하는 것 같았다. 확실히 배의 밝은 불빛에 겁을 먹은 것 같
았다. 왠지 린은 인어들이 불쌍하게 느껴졌다.

"구해 주고 싶어……!"

린이 중얼거렸다. 그 순간 다른 누군가가 소리쳤다.

"그라지오!"

그게 끝이었다. 린은 기절했고 더 이상 아무것도 볼 수 없었다.
들을 수도…… 얼마나 지났을까.

"ㄹ……ㅣ……."

무슨 소리가 들렸다.

"으음……."

"리인! 린!"

"으아아아악!"

'쾅!'

순식간에 일어난 일이다. 민이 기절한 린의 귀에다 대고 소리를
지르자, 린이 벌떡 일어나면서 고개를 숙이고 있던 민과 머리를 부
딪친 것이다.

"너, 너희들 괜찮니?"

민 옆에 서 있던 남자아이가 매우 걱정하는 목소리로 물었다. 린
의 머리는 멀쩡한데, 민의 머리는 빨갛게 붓고 있는 것이 많이 아
파 보였다.

"린! 너, 아주 돌머리구나!?"

민이 아픈 이마를 슥슥 문지르며 소리쳤다.

"피! 나도 일부러 그런 건 아니다, 뭐!"

린과 민이 옥신각신하던 사이, 남자아이는

"난 갈게."

하고 모기만 한 목소리로 말하고는 객실 쪽으로 가 버렸다.

"아! 저, 저 애는 누구야?"

린은 화제를 바꾸기 위해 남자아이를 가리키며 물었다.

"아, 쟤? 이준우라고, 아까 배 탈 때 걔 있잖아. 너 찾는다니까 도와주겠다던데?"

'앗싸, 성공!'

린은 화제 바꾸기에 성공한 것이 내심 아주 기뻤지만, 겉으로 티 내지 않기 위해 조심했다.

"아, 그래? 근데 우리 언제 내려?"

린은 조심스레 물었다.

"아 참, 그렇지! 언제 내리냐고? 바로 지금!"

"뭐?"

민은 놀란 린의 손을 잡고 냅다 뛰었다.

그런데 신기한 일이었다. 가는 곳마다 사람들이 하나둘씩 뿅 하고 사라지는 것이었다. 그때, 어른들 사이에서 어찌 가야 할지 모르고 허둥대는 준우가 보였다.

"저, 쟤 괜찮을까?"

그곳으로!

린이 민을 톡톡 두드렸다.

"엥? 누구?"

민이 멈춰 서며 물었다.

"걔, 그 뭐냐, 준…… 아, 이준우!"

"걔가 어디 있는데?"

민이 무슨 일이 생길지 미리 예상이라도 한 듯, 얼굴이 일그러졌다.

"저어~기."

린이 저 멀리 어른들에게 이리저리 밀려 넘어지는 준우를 가리켰다. 그때였다. 망토를 입은 아저씨가 다가오더니 이미 넘어져 있는 준우를 발로 툭, 차고 지나갔다. 그러고는 퉁명스럽게 말했다.

"얘, 너 뭐야? 야, 꼬마들은 저리 가서 놀아라. 엉? 발에 걸리적거린다."

린은 더 이상 참을 수가 없었다. 곧장 그리로 뛰어가서 돌아서는 아저씨의 망토 자락을 휙, 잡아챘다. 아저씨가 험상궂게 린을 노려보았다.

"죄송하지만, 사과를 받고 싶은데요?"

린은 기죽지 않고 되받아쳤다.

"뭐라고? 너 지금 네가 무슨 소리를 하는 건지는 아냐?"

그러나 아저씨는 더 이상 아무 말도 하지 못했다. 그 순간 화가 난 린의 손에서 밝은 빛이 뿜어져 나왔고, 아저씨는 자리에 쿵 하고 쓰러졌다.

"와, 끝내준다. 어떻게 한 거야?"

준우가 물었다. 그러자 린이 당황해서 말했다.

"도대체 뭐가 끝내줘!? 내가 사람을 기절시켰다고! 어떻게 한 건지도 모르겠어!"

그러나 준우는 아직도 박수를 치고 있었다.

"한린, 이준우, 둘 다 얼른 일어나. 시간 없어!"

어느새 민이 와서 둘을 잡아끌었다.

"응, 미안."

린은 한숨을 돌리며 대답했다. 그러나 준우는 꽤 놀란 눈치였다.

"나, 나도?"

준우가 엉겁결에 묻자 민이 한심하다는 듯 대답했다.

"그래, 너도. 너, 오늘이 여기 온 첫날 아니야? 내가 봤을 때 넌 아무것도 지금 모른다고 봐. 맞지?"

준우는 마지못해 민을 따라가기로 했다. 셋은 그렇게 걷고, 걷고, 걸었다. 아주 오래. 한참을 걸었을 때, 갑자기 민이 멈추어 섰다. 린과 준우는 다 온 줄 알고 무척 기뻐했다. 솔직히 여기저기서 사라졌다 나타났다 하는 어른들을 피하는 것은 그다지 쉬운 일이 아니었다. 게다가 민이 심각한 길치였기에(민에게는 비밀임을 미리 말해 둔다) 셋은 더욱 힘들었다. (어느새 길을 5번이나 잘못 들었던 것이다.) 그런데 드디어 목적지에 도착했으니, 둘은 기쁠 수밖에 없었다. 그런데 민의 입에서는 전혀 예상하지 못할, 아니, 경악할 만한 말이 나왔다.

"아…… 얘들아, 미안…… 나, 길을 잊어버렸어……."

민이 입안에서 웅얼웅얼 말했다.

"뭐? 안 들려!"

린이 불만스럽게 소리쳤다.

"길을 잊어버렸다고!"

"야!"

린과 준우가 동시에 소리쳤다. 그도 그럴 것이 이미 지칠 대로 지쳐 있는 애들(게다가 아무것도 모르는)을 데리고 이리저리 헤매다가 인제 와서 길을 잊었다니! 린은 너무나 화가 났다.

"길을 잃어버린 것도 아니고 아예 '잊어'버렸다고?!"

화가 난 린이 민에게 온 힘을 다해 소리쳤다.

준우는 린과 민의 잦은 다툼에 지쳤는지, 말릴 생각도 않고 그냥 벽에 몸을 기대고 잠깐 휴식을 취했다. 준우가 옳았다. 린과 민 역시 싸울 시간에 쉬었어야 했다. 시간이 없었기 때문이다. 내릴 시간이 임박해 오는데, 길은 아직도 알 수가 없었다. 그 때문에 둘은 쉬지도 못하고 발걸음을 옮겨야 했다.

"그러고 보니, 여기는 문이 진짜 많다."

린이 말했다. 그곳에는 문이 정말 많았다. 첫 번째 문은 큰 철문이었는데, 여기저기 못으로 땜질을 해 놓았다. 두 번째 문은 유리문이었다. 하지만 불투명했기 때문에 안은 보이지 않았다. 세 번째 문은 회전문이었는데, 빨간색으로 칠해져 있었다. (안은 역시 보이지 않았다.) 마지막 네 번째 문은(알고 보니 다른 엄청 많은 문은 거울인 벽에 반사된 것이었다) 나무문이었는데, 색이 뭔가 오묘했다. 칠을 한 것 같았는데, 파란색과 초록색을 어떤 비율로 섞어 놓은 색 같았다. 하지만 어느 비율로 섞었는지 짐작할 수조차 없었다.

"어디로 가야 하지?"

준우가 황당한 듯 물었다. (누구에게 물은 것인지는 알 수가 없었다.)

"글쎄…… 이렇게 되면 하나하나 다 열어 볼 수밖에."

린이 인상을 찌푸리며 말했다.

"그래, 그런데 어디부터 가 보지?"

민이 말했다.

"그걸 우리라고 알겠냐? 빨리 마음이나 정해."

린이 휴식을 취하려는 듯 벽에 기대며 말했다.

"무……무슨 마음?"

준우가 벽에 기댔던 몸을 슬며시 떼며 물었다. 통 모르겠다는 듯한 표정이었다. 꼭 민이 린에게 처음 유나판타지아에 대해 이야기했을 때, 딱 그 표정이었다.

"무슨 마음이긴? 어느 문으로 들어갈까지. 어서 정해. 시간 없대."

린이 민을 흘겨보며 말했다.

"아."

준우는 이제야 알겠다는 듯 짧은 한숨을 내쉬었고, 민은 린의 눈길을 피해 반대쪽으로 고개를 돌렸다.

"그, 그럼 저 나무문 어때?"

준우가 기 싸움을 하는 린과 민 사이로 들어서며 조심스레 물었다. 준우에게 있어 싸우고 있는 두 여자애 사이로 들어가는 것은 좋은 생각이 아니었다. 솔직히 위험한 일이었다. 그러나 지금은 시간이 없다. 위험해도 어쩔 수 없었다. 선택의 여지가 없었다. 설마 쟤들이 날 잡아먹기라도 하겠어? 준우는 두 눈 딱 감고 이야기를 꺼낸 것이다. 예상대로 그 둘은 준우를 멀뚱멀뚱 쳐다보았다. 그러나 다행히도(?) 그 다음은 예상대로 되지 않았다.

"그래, 민, 너는?"

린은 이제 자리에 털썩 주저앉았다.

"나는 저 철문."

민 역시 지지 않고 그 옆에 털썩 주저앉았다. 둘은 앉아서 서로를 노려보기 시작했다. 린과 민은 마치 서로 눈싸움이라도 하는 것 같았다. 한참 눈싸움을 하던 둘은 마침내 지쳤는지 철문 손잡이를 잡았다. 그리고…… 돌렸다. 그 철문 손잡이를 돌린 것은 아주 엄청난 실수라고 할 수 있었다. 그리고 그 안으로 들어간 것은 더 엄청난 실수였다. 문제는 그것을 안으로 들어간 셋이 모른다는 것이었다.

철컥! 그들이 안으로 한 발자국 옮기자마자 문이 닫혀 버렸다.

"어? 문이 닫혔어!"

뒤쪽을 힐끗 본 준우가 소리쳤다.

"할 수 없지. 이제 이 문이 맞기를 바라는 수밖에."

린이 진지한 목소리로 말했다. 그리고 그 목소리는 아이들에게 더욱 공포를 불러일으켰다. 그 순간 더욱더 공포를 불러일으키는 다른 소리가 들려왔다. 저 안에는 아이들 말고 무언가가 있었다.

5.

일레브라!

"으르르르르르르르르 크엉!"

안에 있는 무언가는 아이들이 그다지 반갑지 않은 모양이었다.

"으아아아아악!"

아이들은 겁에 질려 목청껏 소리를 질렀다.

"지, 진정해. 그래! 어쩜 우리같이 길을 잃은 아이일지도 몰라."

그나마 침착한 민이 아이들을 달랬다.

"말이 되는 소리를 해! 저 소리를 듣고도 넌 저 생물이 사람 같니?"

린이 앙칼지게 소리쳤다.

"그럼? 넌 뭔지 짐작이나 되니? 그나마 생각해 낸 게 사람이다."

민도 기분이 상한 것 같았다.

"됐어! 생각해 낸 게 겨우 그거야? 좀 더 현실적인 걸 생각해 보던가.”

린의 반박에 민은 울컥했다. 린 역시 마음속에서 뭔가 뜨거운 것이 끓어오르는 것을 느꼈다. 둘은 네 살 때부터 알고 있던 벌써 8년이나 된 단짝이다. 그런데 오늘 하루만 몇 번이나 싸웠던가. 민은 분한 마음에 뒤돌아서서 눈물을 훔쳤다. 그러고는 다시 소리를 빽 질렀다.

“그럼! 그럼 넌 현실적인 걸로 생각해 봐! 흥! 생각도 못 할 거면서!”

민의 말이 린의 심기를 건드렸는지 린은 머리에서 불이 나도록 생각하고 또 생각했다.

“그래! 용! 용 어때?”

한참 생각한 끝에 린이 소리쳤다.

“흥! 이 세상에 용이 어디 있니?”

민은 역시 톡 쏘아붙였지만, 아무 말도 못 할 거라고 생각했던 린이 그래도 뭔가 그럴듯하게 이야기를 생각해 내자, 어쩐지 김이 빠지고 말았다. 그때였다. 준우의 머릿속에 무엇인가 번쩍 떠올랐다.

‘아 참! 여기는 유나판타지아지! 그렇다면…….’

“얘, 얘들아! 빠, 빨리 도망쳐야 해! 저, 저 안에 용이 있는 것 같아!”

준우는 재빨리 소리쳤다.

“뭐? 이 세상에 용은…….”

말을 하던 민도 ‘헉’ 하며 말을 멈추었다.

“민…… 여기는 네가 생각하는 ‘이 세상’이 아니야!”

린도 민에게 크게 소리쳤다.

"그르르르르르르르르르 크흐흐으으."

소리는 아이들을 충분히 겁줄 수 있는, 오히려 겁주고도 넘쳤다.

"꺄아아아아아악!"

동굴 안에 아이들의 비명 소리가 울려 퍼졌다.

"으아앙, 이렇게 죽을 순 없어, 으아아앙!"

린은 울음을 터뜨렸고, 민은 털썩 주저앉았다. 준우는 정신이 멍해졌으며, '그 소리'는 점점 커졌다. 비로소 정신을 차린 린이 민과 준우를 톡톡 치며 물었다.

"얘들아, 너희 그거 알아? '그 소리'가 점점 커지고 있어."

그러자 준우는 정신을 차렸지만, 민의 증세는 더욱더 심해졌다.

"으앙, 안 돼!"

끝내 민은 울음을 터뜨리고 말았다.

"안 돼, 민. 정신 차려. 탈출해야 해."

"그래. 민. 제발…… 응? 어서!"

린과 준우가 여러 번 민을 달랬더니 민은 그제야 울음을 멈추고 둘을 멀뚱멀뚱 쳐다보았다.

"으응."

민은 슥슥 눈물을 문질러 닦고는 한 두어 번 몸을 휘청거리더니 비틀거리며 자리에서 일어났다.

"저, 애들아! 서둘러야 해! 소리가…… 커졌어!"

린이 다급하게 소리쳤다. 갑자기 뒤에서 온기가 느껴졌다.

"저…… 얘들아, 뒤, 뒤에서…… 꺄아아악!"

린이 참지 못하고 소리를 질렀다. 민과 준우는 무슨 일인가 싶어 뒤를 돌아보았다.

"으아아아아아아아아아악!"

"꺄아아아아아아아아아악!"

둘은 결국…… 소리를 질렀다. 등 뒤에는 용의 커다란 콧구멍이 있었다. 그리고 용의 콧구멍에선 끊임없이 뜨거운 콧김이 뿜어져 나왔다. 셋은 주춤주춤 뒤로 물러나기 시작했다. 그러나 공간이 그다지 많지 않았다. 그때였다. 갑자기 용의 뒤에서 물기둥이 솟구쳐 오르는 게 아닌가!

"저, 저기 호수가 있었나?"

준우가 묻자 민은 어깨를 으쓱해 보였고 린은 이렇게 대꾸했다.

"그야 모르지. 우리는 저기까지 가 보지도 않았잖아?"

물기둥이 꿈틀꿈틀하더니 물이 사방으로 흩뿌려지고 그 안에서 또 다른 용이 나왔다. 그러나 그 용은 날개가 없었으며 뱀처럼 긴 몸에 비늘이 있고 네 개의 발에 날카로운 발톱을 지니고 있었다. 커다란 눈과 긴 수염이 있는 모습이 꼭 옛날이야기에 나오는 바로 그 용의 모습이었다. 셋을 바라보고 있던 용은 뒤에서 갑자기 솟아난 또 다른 용을 신기한 듯 바라보았다.

"그르르르르르르르르르르르르르르……."

이제 용은 아이들을 보지 않고 고개를 돌려 새로 나타난 용을 쳐다보았다. 새로 나타난 용 역시 자신을 노려보고 있는 원래 용을 쳐다보았다.

"이…… 이게 무슨 상황이지?"

린이 황당한 듯 말했다.

"그, 글쎄…… 두 용이 서로를 경계……하는 것 같은데?"

민 역시 황당한 듯 린과 준우를 쳐다보았다.

"우, 우린 이 틈에……."

준우가 느릿느릿 망설이며 말을 꺼냈다.

"도망쳐야 하지 않을까?"

린과 민도 잊고 있었던 것이 퍼뜩 생각났다.

"아!, 그, 그렇지."

"그치, 도망가야지."

"그럼 도망가자!" 린이 소리쳤다.

"그래, 자, 하나, 둘, 세에에에엣!"

민이 구호를 외치자 세 아이는 냅다 뛰기 시작했다. 그런데 큰 구호 소리가 용에게 자극을 줬는지, 맨 처음 봤던 용이 쿵쿵거리며 아이들을 쫓아왔다.

"으아아아아아아아아아악! 쟤는 왜 우리를 쫓아오는 거야!"

준우가 억울하다는 듯 소리쳤다.

"으아아아악! 됐고, 살고 싶으면 뛰기나 해!"

린이 준우에게 대꾸했다.

"이러다 유나판타지아까지 가기도 전에 죽겠다!"

민이 다시 소리쳤다.

"그러니까 뛰라고!"

린이 다시 소리쳤다.

그렇게 아이들은 뛰고 또 뛰었다.

"헉, 헉, 나 힘들어."

민이 갑자기 털썩 쓰러지며 울먹였다.

"민! 안 돼, 어서 일어나!"

린이 민을 흔들었다.

"소용없어. 나, 다리가 꺾였나 봐. 일어날 수가 없어. 너희들부터 가."

민이 힘없이 말했다.

"민……."

린이 신음했다.

"민, 내가 도와줄게. 일어서 봐."

린이 말했다.

"으응……."

린이 민의 어깨에 한쪽 팔을 두르고 나머지 한쪽 팔은 민의 손을 잡았다.

"린, 고마워……."

민은 한두 번 휘청거리더니 린의 팔을 잡고 일어났다.

"얘들아, 어서!"

준우가 다급하게 외치자 린이 날카롭게 소리를 질렀다.

"야! 넌 안 도와주고 뭐 해?"

"나, 나?"

준우는 가만히 서서 린과 민을 멀뚱멀뚱 바라보더니 곧 민을 부축하는 것을 도와주기 시작했다. 그러나 용은 아이들보다 빨랐다.

"끼야야야악!"

용은 어느새 아이들 앞에 서 있었다.

"으르르르르르릉……."

"이, 이제 어떡하지?"

민이 다급하게 외쳤다.

"아, 그래! 문! 얘들아, 문 쪽으로 가자!"

린이 외쳤다.

"하, 하지만 어떻게 저기까지 가? 용이 더 빠른데. 우리가 저기까지 가면 용은 이미 문 열고 나갔겠다!"

준우가 말했다.

"그러니까 속임수를 써야지."

린이 얼굴에 미소를 머금으며 말했다.

"속임수? 무슨 속임수?"

민이 어리둥절하게 말했다.

"이쪽으로 가는 척하다가 저쪽으로 날아가는 거야."

린이 의기양양하게 말했다.

"에엥? 너, 제정신이야? 우리는 용이 아니라 사람이라고! 날 수 없어!"

민이 어이가 없다는 듯 린을 흔들면서(그 바람에 민을 부축하던 준우는 넘어지고 말았다) 말했다.

"그래, 우린 날 수 없어. 하지만 잡을 순 있지."

린이 천장에 덩굴을 가리키면서 말했다.

"아하! 그러니까 너는 저 덩굴을 타고 가자는 거로구나?"

민이 다시 말했다.

"그래, 바로 그거야!"

린이 흐뭇하게 말했다.

"야! 그것도 말이 안 되잖아! 어떻게 저기까지 올라가!?"

민이 다시 사납게 소리쳤다.

"저기 계단이 있어. 용을 관리할 때 쓰나 봐. 저기로 올라가서 저 덩굴을 탈 거야."

린이 계단 바로 앞에 있는 덩굴을 가리켰다.

"괜찮을까?"

준우가 걱정된다는 듯이 말했다.

"응, 괜찮을 거야. 뭐 어쨌거나 가만히 있어도 죽을 텐데, 저런 덩굴쯤이야."

린이 어깨를 으쓱하며 말했다.

"야! 가만히 있으면 죽는다니, 제발 그런 불길한 소리 좀 하지 마!"

민이 린에게 화를 냈다.

"알았으니까, 빨리 올라가!"

린이 다시 소리쳤다.

어느새 용이 린의 뒤에 바싹 붙어 있었다.

"나? 나는 못 걷잖아……!"

민이 조심스레 말했다. 린의 얼굴이 팍 일그러졌다.

"야! 그럼 먼저 말을 했어야지!"

"아니, 너는 그새 그걸 잊어버렸니?"

린과 민이 다시 신경전을 시작하자 준우가 다급히 외쳤다.

"어, 어이! 뒤! 뒤를 보라고!"

린과 민이 동시에 뒤를 보자 커다란 용의 콧구멍이 보였다.

"꺄아아악!"

"아아아악!"

소리를 지르는 아이들 때문에 놀랐는지 확 불을 뿜었다.

"아악!"

"꺄아악!"

"으아악!"

계단은 무사했으나 사이사이 불이 붙고 말았다.

"이, 일단 민은……? 내가 아까 그 배 앞에 있던 언니처럼 '이도레!'라고 하면 민이 움직이지 않을까?"

린이 말했다.

"과연 그럴까? 넌 절대 안 돼!"

민이 단호히 말했다.

"왜? 왜 난 안 돼?"

린이 끈질기게 물었다.

"넌 마법을 써 본 적이 없잖아! 잘못해서 내가 저 불덩이 위에 떨어지면, 으으으……."

민이 온몸을 부들부들 떨면서 신음했다.

"게다가, 너 지팡이는 있니?"

민이 물었다.

"지팡이? 꼭 있어야 하나? 정 그러면 이 나뭇가지로……?"

린이 나뭇가지 하나를 집어 올렸다.

"야, 야! 안 돼! 하지 마!"

민이 다급히 손을 내저으며 린의 손에서 나뭇가지를 빼앗으려고 했다.

그러나……

"이도레!"

잠시 아무 일도 없더니, 곧 민이 번쩍 들렸다.

바로 허공으로.

"까아악!"

"내가 했다! 내가 했어!"

민은 공포에 질려 소리를 지르고 린은 기쁨에 겨워서 환호성을 질렀다.

"준우야! 먼저 가 있다가 민 좀 부축해 줘!"

린이 준우에게 외쳤다.

"린! 당장 내려놔! 어서! 꺄악!"

민이 걱정스레 외쳤다.

"민! 지금은 방법이 없잖아! 날 믿어!"

린이 고래고래 소리를 지르면서 조심조심 몸을 계단의 끝으로 돌렸다.

"됐다! 린! 이제 천천히 내려놔!"

준우가 외쳤다.

"으, 응! 근데 어떻게?"

린이 당황하며 물었다.

"그, 그냥 내려놓으면 되지 않을까?"

준우 역시 당황하며 대답했다.

"거봐! 나 이제 어떡해! 으아앙!"

민은 눈물을 뚝뚝 흘리기 시작했다.

"걱정 마! 안 죽어!"

린이 소리쳤다.

그러고는 기억을 더듬었다.

'언니…… 언니…… 이도레…… 그리고…… 피, 피니레! 그래! 맞아! 피니레야!'

"피니레!"

린은 생각이 난 즉시 외쳤다. 점점 힘에 부쳤기 때문이었다.

'쿵!'

둔탁한 소리와 함께 민이 반대쪽 바닥으로 떨어졌다.

"흐아아!"

그와 동시에 린도 바닥에 털썩 주저앉았다.

"힘들다……."

린이 신음했다.

"린! 네 차례야!"

민이 다급히 외쳤다.

"으, 응!"

린은 서둘러 불이 붙지 않은 곳을 밟고 건너편으로 건너가기 시작했다. 그러나 그것도 잠시뿐, 곧 용이 린을 휙 돌아보았다.

"으아아!"

린은 최대한 빨리 탭댄스를 추듯 요리조리 불꽃을 피해 갔지만, 용을 피하기엔 역시 역부족이었다.

"이, 이제 어떡하지?"

린이 다급, 아니 아주 다급하게 외쳤다.

"그, 그걸 우리한테 물어보면 어떡해!?"

민은 이제 온 얼굴이 눈물범벅이었다.

"좋아, 죽기 아니면 까무러치기다! 이준우! 이민! 나 잡아 줘!"

린이 단호하게 외쳤다.

"뭐? 린! 너 제정신이야?!"

민이 크게 외쳤지만, 듣지 못했는지 린은 뛰고 말았다. 건너편까지 뜀뛰기를 한 것이다.

"으아!"

"꺅! 난 못 보겠어!"

민은 두 눈을 질끈 감고 말았다. 린은 최대한 몸을 앞으로, 앞으로 날렸다. 계단의 끝, 반대편 바닥에 손이 닿을락 말락 했다.

"됐다!"

린이 계단 끝을 잡은 것이었다.

"휴, 다행이다."

민이 한숨을 내쉬었다.

"린, 어서 올라와."

준우도 말했다.

그런데 그때, 용이 린을 향해 돌진해 오기 시작했다.

"꺄악!"

민이 소리쳤다. 린은 두 눈을 질끈 감았다.

'투두둑!'

바닥이 몇 번 흔들리더니 린이 쑥 떨어졌다.

"린!"

민이 놀라 외쳤다. 곧 린이 다시 올라왔다. 다행히도 옆의 바닥을 잡은 것이다.

"린! 우리 손 잡아! 어서! 용이 다시 오고 있어!"

민이 소리쳤다.

"응!"

린은 온 힘을 다해 민의 손을 꽉 잡았다. 갑자기 린과 민의 몸이 쑥 올라갔다. 준우가 뒤에서 민의 발을 힘껏 잡아당긴 것이었다.

"애들아! 너희 괜찮아?"

준우가 황급히 달려왔다.

"끄응……."

"어. 괜, 괜찮은 것 같아."

린은 신음을 했고 민은 엉겁결에 대답을 했다.

"자, 이준우. 너부터 건너가서 민을 잡아 줘."

린이 지시했다.

"응, 아, 알았어."

준우가 대답하자, 린은 준우의 손목에 덩굴을 묶어 주었다.

"준우야, 네 손목에 덩굴을 묶었어. 이대로 묶은 손으로 덩굴을 잡고, 이쪽 손으로는 이렇게…… 자, 됐다. 뒤로 세 걸음 자, 뛰어!"

린이 소리쳤다. 준우는 린의 말이 끝나자마자 다다다 달리기 시작했다. 그리고……

"됐다!"

준우의 몸이 떠올랐다.

"이준우! 꽉 잡아!"

린이 외쳤다.

"으응! 그, 근데 나 고소공포증 있거든!? 무서워 죽겠어!"

준우가 얼굴을 잔뜩 일그러뜨리며 외쳤다.

"뭐? 이 바보! 미리 말을 했어야지! 어떡해! 그냥 꽉 잡아!"

민과 린이 동시에 소리쳤다.

어이가 없다는 것을 온 얼굴로 표현하면서.

"으아아아아아아악!"

"꺄아아아아아악!"

린, 민, 준우가 소리를 질렀다. 준우의 앞에 반대쪽 절벽이 나타났지만, 준우는 눈을 질끈 감고 말았다.

"야! 눈 떠!"

린이 있는 힘껏 소리를 질렀다. 다음 순간 큰 소리가 났다.

'쿠후후우우우웅'

린은 순간 다리에 힘이 풀려 그만 주저앉고 말았다. (민은 아까부터 다리가 꺾인 탓에 앉아 있었다.)

"주…… 죽었어."

린이 얼이 빠져서 중얼거렸다.

"어…… 어떡해. 어떡하지? 으음……."

린이 정신없이 중얼거리고 있는데, 건너편에서 누군가 소리치는 소리가 들렸다.

"한린! 이민! 나 여기 있어! 내가 다 건너왔다고!"

준우였다.

"어…… 어떻게 된 거지?"

린은 의아한 마음에 자꾸만 주위를 둘러보았다. 그때, 린의 눈에 절벽 아래 기절한 듯한 용이 보였다.

"아, 다행이다. 용이었구나."

린은 안도의 한숨을 내쉬며 민을 묶을 준비를 하기 시작했다.

"민, 네 허리에 묶을게. 손으로는 이 덩굴을 꽉 잡고. 너는 고소 공포증 없지?"

린이 민에게 물었다.

"당연히 없지! 넌 아직도 나를 모르냐?"

민이 피식 웃으며 린이 일러 준 대로 덩굴을 꽉 잡았다.

"민, 밀게. 하나, 두울, 세엣!"

린이 있는 힘껏 민을 밀자 민의 몸 역시 준우의 몸처럼 떴다.

"우와아아! 야, 경치 진짜 좋다! 야, 이준우, 넌 이런 거 안 보고 뭐 했냐?"

민이 연신 감탄사를 내뱉으며 말했다.

"흥! 무서운데 그런 거 볼 정신이 어디 있니?"

티격태격 싸우는 소리가 나더니 이내 조용해지고 민도 반대편 절

벽에 발을 디딜 수 있었다.

"린! 이제 네 차례야! 어서 건너와!"

민이 외쳤다.

"그…… 그게…… 좀 어려울 것 같아. 그러니까 그…… 이게……."

린은 곤란한 표정을 지으면서 손가락으로 아래를 가리켰다. 아래는…… 용이 린이 내려오기만을 기다리고 있었다.

"으악, 망했다. 린, 너 어떡해?"

민이 어정쩡한 표정으로 물었다. 그러자 린은 더욱 어정쩡한 표정으로 대답했다.

"그, 글쎄…… 미, 민! 너, 밧줄 있냐?"

그러자 민이 퉁명스럽게 대답했다.

"야! 너 같으면 거추장스럽게 그런 걸 갖고 다니겠냐?!"

그런데 그때, 작은 소리가 들렸다.

"저…… 바, 밧줄이라면 내, 내가 가지고 있어……"

준우였다.

"뭐?! 네가? 헐! 왜?"

민과 린이 반쯤은 기쁘고 반쯤은 어이가 없다는 표정을 지으며 외쳤다.

"그, 그게 음…… 사실 누나가 걸스카우트를 하는데, 누나를 골려 주려고 누나 밧줄을 몰래 내 점퍼 주머니에 감췄거든? 그런데 그게 아직도 있더라고."

준우가 자신이 입고 있는 점퍼를 흔들면서 말했다.

"너희 언니에게는 미안한 일이지만, 어쨌거나 밧줄을 가져온 것은 정말 잘한 일인 것 같아. 내가 본 것 중에서 네가 가장 잘한 일이기도 하고 말이야."

린이 입을 헤벌쭉 벌리면서 준우에게 칭찬을 쏟아부었다.

"좋아! 너, 밧줄을 꽉 잡아! 그리고 반대쪽은 나에게 던져!"

린이 입을 크게 벌리며 소리를 질렀다.

"아, 뭐야. 왜 또! 손 아프단 말이야!"

준우가 짜증을 냈다.

"그럼 어떡해? 그쪽에는 묶을 데도 없잖아!"

린 역시 지지 않고 맞붙었다.

"아, 됐어. 내가 잡으면 되잖아."

민이 한심하다는 듯 콧방귀를 흥 하고 뀌며 말했다.

"아, 그, 그래."

린은 자기가 봐도 한심하다는 생각을 했다.

'내가 뭐 하러 이 일을 저 철부지 남자애한테 맡기려고 했던 거지? 옆에 민이 있는데.'

어쨌거나 민은 밧줄을 자신의 손목에 두 번 휘휘 감았고, 린은 민이 던져 준 밧줄을 옆에 있던 낡은 기둥에 묶었…… 아니, 묶으려고 했다. 그러나 기둥이 어찌나 낡았던지, 여기저기 금이 가 있고 후들후들, 흔들흔들, 영 믿음이 가지 않았다. 어쩔 수 없이 조금 떨어져 있는 다른 기둥에 묶기로 했다. 그런데 또 다른 기둥에도 문제는 있었다. 거미들이 잔뜩 진을 친 것이었다. 거미들 역시 저쪽 기둥이 영 위험해 보였는지, 이쪽 기둥에 거미 수십 마리가 거미줄을 쳐 놓은 것이었다.

"으아, 이게 뭐야!"

린은 주위를 휘 둘러보았다. 기둥은 이제 단 하나밖에 없었다. 살짝 흔들거리기는 했지만, 첫 번째 기둥이나 두 번째 기둥보다는 나았다.

"좋아, 한번 해 보지 뭐. 이거 완전 목숨 걸었다. 아, 나 진짜 죽으면 안 되는데."

린이 중얼거렸다.

그리고 기둥에다 밧줄을 묶고는…… 줄 위에 올라섰다. 용은 밧줄을 물려고 했지만 아슬아슬하게 닿지 않았다.

"꺄악, 린! 안 돼!"

민의 외침이 어렴풋이 들리는 듯했다.

"내가 이걸 할 수 있으려나 모르겠네."

린이 조용히 중얼거리며 한 걸음을 뗐다.

"아아악! 밧줄을 잡아 주는 게 아니었어!"

"으악! 린! 너 무슨 생각인 거야?! 도대체가 알 수가 없네!"

민의 절규와 준우의 외침이 번갈아 들리는 가운데, 린은 나머지 한 걸음도 뗐다.

"아악! 내려가! 린! 내려가! 어서! 나 밧줄 놓는다!"

민이 외쳤지만 밧줄을 진짜로 놓을 생각은 아닌 것 같았다. 그렇게 생각한 린은 계속해서 걸음을 옮겼다.

"민, 놔야 해, 놔야 해. 아 근데 린 쟤가 저기 있으니까 놓을 수가 없잖아!"

민은 자신에게 밧줄을 놓아야 한다고 되새기다가도 이따금씩 절규하며 화내는 것 같은 소리도 냈다.

"됐고, 꽉 잡기나 해!"

그러자 준우가 물었다.

"그래 봤자 용이 날면 끝 아냐?"

그러자 린이 말했다.

"저 용 날개를 보라고. 용보다 높기만 하면 돼."

준우는 용의 날개로 시선을 돌렸다. 그곳에는 불에 탄 듯한 흉측한 구멍이 있었다.

"으르르 크헝!"

용이 버럭 큰 소리를 내자 민은 잠깐 움찔하는 듯싶더니, 그만 손에 힘이 빠져 밧줄을…… 놓쳤다.

"끼야악!"

"아아악!"

"꺄악!"

셋은 동시에 비명을 질렀다. 그때였다.

그곳으로!

'후드드득'

드디어 그 낡은 기둥에 금이 가기 시작했다.

"아아아아아아아아아악!"

린의 외침과 함께…… 기둥은…… 무너졌다.

'아, 안 돼!'

린의 몸이 떨어지고 있을 때에도, 왜였을까. 린의 두 손은 밧줄을 꽉 잡고 있었다. 밧줄이 자신을 살려 줄 거라는 믿음 때문이었을까? 그리고 린의 믿음은 현실이 되었다. 린이 반쯤 떨어진 바로 그 순간, 민의 옆에 있던 준우가 급히 밧줄을 붙잡은 것이었다. 곧 민도 정신을 차리고 밧줄을 붙잡자, 둘은 가까스로 린을 끌어올릴 수 있었다.

"하아, 하아. 린, 너 괜찮아?"

민이 가쁜 숨을 몰아쉬면서 린을 토닥였다.

"으, 응. 고마워, 끝까지 밧줄을 잡아 줘서……."

그런데 옆에서 반쯤 정신이 나간 듯한 목소리가 들렸다.

"어어…… 얘들아, 분위기 깨고 싶지는 않은데 말이야, 미안하지만, 우리 이대로 있으면 살아남았다는 기쁨을 만끽하기도 전에 죽을 거라는 거 알아?"

준우였다. 그의 목소리에 민과 린도 준우가 뚫어져라 보고 있는 곳으로 고개를 돌렸다. 눈앞에서는 충격적인 장면이 펼쳐지고 있었다. 준우가 옳았다. 방금 전 무너진 기둥에서부터 조금씩, 조금씩 기둥과 천장, 그 모든 것이 무너지고 있었다.

 "아악! 어서 피해! 달려! 문 쪽으로 달리라구! 어서!"

 린이 있는 힘을 다해 외치자, 셋은 그 말이 신호라도 되는 듯 다 같이 문을 향해 달리기 시작했다. 민은 린이 부축해 주었다. 그때 가장 먼저 도착한 준우가 문 앞에서 털썩 주저앉으면서 말했다.

 "끝났어. 문이 잠겼어⋯⋯."

 "뭐?! 안 돼! 안 돼! 이렇게 죽을 수는 없어! 여기요! 거기 밖에 누구 없어요? 살려 주세요! 여기 사람이 갇혔어요! 저기요! 저기요! 문 좀 열어 줘요! 살려 주세요!"

 뒤늦게 도착한 린은 두 손으로 문을 쾅쾅 두드리면서 소리를 질렀다. 민도 린을 따라 하기는 했지만, 멍하니 문을 두드리는 것이 전부였다. 그때, 밖에서 두런두런 말소리가 들렸다. 그 소리에 린은 왠지 구출될 수 있을 것 같은 예감이 들었다. 그 예감이 맞기를 바랐다. 아까 밧줄을 잡고 있었더니 구출될 수 있었던 것처럼. 린은 문을 더 세게 두드렸다. 아까 떨어지면서도 밧줄을 꽉 잡고 있었던 것처럼.

 "린⋯⋯ 소용없⋯⋯."

 민이 린에게 중얼거리는 그 순간이었다.

 "일레브라!"

 '덜커덕!'

 "아! 열렸다!"

세 가지 소리가 동시에 나왔다. 두 번째 소리는 문이 열리는 소리였으며, 세 번째 소리는 린의 입에서 나온 소리였다.

"어? 그런데 첫 번째 소리는…… 뭐지?"

린이 중얼거렸다.

"마법이야."

민이 중얼거렸다.

"뭐라고?"

린이 되묻자, 민이 조금 더 크게, 그들 앞에 서 있는 여자아이를 가리키면서 말했다.

"마법이야. 쟤가, 마법을 썼어."

셋의 시선이 자신에게 집중되자, 여자아이는 잠시 당황하는 듯했다. 순간, 짧은 정적이 흘렀다. 그리고 린의 입이 열리면서 그 짧은 정적은 끝이 났다.

"고마워. 네 덕분에 목숨을 구할 수 있었어. 정말 고마워."

민의 팔을 툭 치자, 민도 입을 열었다.

"그래, 정말 고마워. 야! 이준우!"

그러자 마지막으로 준우도 입을 열었다.

"으, 응. 고마워."

"으, 응? 나는 들어가려고…… 길을 잃었거든. 괜찮다면 들어가게 조금만 비켜 줄래?"

여자아이가 문 바로 앞에 서 있는 린과 민, 준우에게 말했다.

"아, 안 돼!"

린이 여자아이를 막았다.

"응? 왜?"

여자아이가 린을 멀뚱멀뚱 쳐다보면서 물었다.

"저, 저 안에 용이 있어."

린이 진저리를 쳤다.

"지, 진짜?"

여자아이는 침을 꿀꺽 삼켰다.

"하, 하지만…… 기, 길을 잃었는걸……."

여자아이가 우물우물 말했다.

"우리도야. 자, 다음은 저 나무문이다!"

"하, 하지만 너무 위험해!"

민이 말렸다.

"그럼 뭐 뾰족한 수 있니?!"

잠깐의 실랑이 끝에 결국 민은 백기를 들고 말았다.

"자, 연다."

린이 말했다. 그 한 마디에 아이들은 모두 바짝 긴장했다.

'덜컥'

드디어 문이 열렸다. 안에는 수백 명의 아이들이 있었다.

"꺄아! 대박! 우리가 제대로 찾아왔어!"

민이 기뻐서 팔짝팔짝 뛰며 소리쳤다.

"얘는, 우리가 뭐 아무것도 제대로 못 하는 것처럼 그러네."

린이 민에게 살짝 타박을 줬다.

"야, 그럼 뭐 우리가 여기 와서 제대로 한 거 있냐?"

민의 말에 린은 천천히 순응할 수밖에 없었다. 분명 '여기'란 유나판타지아를 말하는 것이리라.

"휴, 그래, 그렇기는 하네. 하지만 이제 제대로 찾아왔으니 고생 끝, 행복 시작이다!"

린이 나무의자에 살짝 걸터앉으며 말했다. 그러자 민도 살짝 웃으며 린의 옆에 앉았다. 그러자 준우와 여자아이도 그 옆에 차례로 앉으며 빙긋이 웃었다.

린과 비밀의 도서관

제**2**부

새로운 세계

6.

매아블랙

"으음⋯⋯"

어느 순간 잠들었었나 보다. 얼마나 잤을까, 어느새 배 안이 아니었다. 린은 주위를 둘러보았다. 큰 성이 하나 보였고, 그 뒤쪽에 커다란 산이 있었다. 린의 앞에는 수많은 아이들이 바글바글 모여 있었다. 그런데 참 이상한 것이, 귀 위쪽이 얼얼한 게, 꼭 누가 잡아당긴 것 같았다. 그때, 귀를 쩌렁쩌렁하게 울리는 소리가 있었다.

"거기 잠꾸러기들! 어서 일어나지 못하겠나! 기상! 기사앙!"

슬그머니 눈을 떠 보니 한 여자가 이번에는 민의 귀를 잡아당기고 있었다.

"누⋯⋯ 누구⋯⋯세요? 배의⋯⋯ 선⋯⋯장님?"

린이 조심스레 묻자 여자가 대답했다.

"나는 홍. 수. 경.이라고 한다 여기 매아블랙의 교수이자 교감, 그리고 너희 같은 잠꾸러기들을 깨우는 역할도 하지. 앞으로 나를 볼 일이 많을 텐데 이렇게 첫인상이 나빠서야 되겠냐? 흐음…… 마음 같아서는 요 잠꾸러기에게 마법을 써 주고 싶지만 말이야. 학생에게는 마법이 금지되어 있지. 이런, 잠꾸러기야! 어서 일어나지 못하겠니! 첵브렉토!"

"꺄아악!"

"아악!"

"쥐, 쥐다!"

일어나지 않는 준우를 흔들던 교감이 마법을 쓴 것이다. 주위를 두리번거리던 쥐는 린을 발견하고는 린의 발치에서 찍찍댔다.

"교, 교수님, 준우를 다시 되돌려 주세요."

린이 교감에게 부탁했다.

"교감이라고 했지! 흐음…… 이 아이도 영원히 이렇게 살 수는 없으니 갑자기 잠든 이유를 설명하면 되돌려 주마. 하지만, 제대로 설명하지 않으면 너 또한 쥐가 될 줄 알아라."

교감은 날카롭게 말했다.

"학생에게는 마법이 금지되어 있다고 들은 것 같은데요? 저희가 잠든 이유는 피곤해서예요, 교감 선생님."

린이 고개를 똑바로 치켜들고 대답하자 교감은 상당히 놀란 듯했다.

"아니, 내 교사 생활 23년 만에 너 같은 아이는 처음이구나. 교직을 대면서 따지다니, 대단해! 감히 나한테 대들다니, 정말 용기도 대단하고 말이야. 그런데 그보다, 피곤해서 잠들었다니? 그 배에 피곤할 일이 뭐가 있다고? 그냥 편히 쉬면 되잖니?"

"용이에요, 교수님. 용이 있었어요. 하마터면 여기까지 오기도 전에 목숨을 잃을 뻔했죠. 그 용의 소굴에서 몇 시간을 용과 살아남기 위한 전투를 했어요. 잘한 일은 아니지만 충분히 피곤한 일 같은데요."

린은 교감의 말이 칭찬인지 욕인지 헷갈렸으나 일단 준우를 되돌려 놔야 했기 때문에 있었던 일을 설명하기 시작했다.

"용이라니?! 그 배에 용이 있어!?"

교감은 얼굴이 파랗게 질려서는 다급하게 물었다.

"예, 모르셨어요? 두 마리나 있던데요. 천장이 무너졌으니까 죽었을 수도 있고요."

린은 아무 일 아니라는 듯 태연히 얘기했지만, 교감의 얼굴이 이제는 점점 하얘지고 있다는 것을 이제는 그 누구라도 알 수 있었다.

"오! 신이시여! 피니레! 오오, 교장 선생님!"

교감은 주문을 외우고는, 학생들을 남겨 둔 채로 사라졌다. 준우는 원래대로 돌아왔으나, 모두들 겁을 잔뜩 집어먹었다.

"용이라니……."

"흑여우가 돌아온 걸까?"

"쉿! 조용히 해!"

"아아…… 흑여우라니…… 드디어 좀 평화로워졌는데……."

아이들이 술렁이기 시작했다. (술렁이는 아이들은 전부 고학년의 학생들이었다. 저학년들은 대부분 어리둥절하게 지켜보고 있었다.)

"언니, 흑여우가 뭔데?"

린이 궁금증을 참지 못하고 머리를 빨갛게 물들인 여학생에게 물었다.

"쉿! 조용히 해! 자, 이따가 C아 6층 4호로 찾아와. 그때 알려 줄게."

빨간 머리는 조용히 속삭이고는 옆의 삐죽삐죽한 머리를 하고 있는 아이랑 또 다른 이야기를 했다. 그러나 린은 빨간 머리의 말을 도통 이해할 수 없었다.

'C아? 그게 뭐야? 또 흑여우는 뭐지? 왜 다들 그것을 두려워하지? 흑여우면 까만 여우? 그냥 마법으로 쫓으면 될 텐데…….'

질문이 꼬리에 꼬리를 물고 이어졌으나 당장은 물어볼 사람이 없었다.

"자자, 여러분, 아무 일도 아니에요. 자아, 학생들은 기숙사로 가서 짐을 풀고, 신입생들은 날 따라오세요."

교감이 다시 나타나서는 말했다.

"짐? 짐을 풀라고? 짐이 아니라? 어떻게?"

린이 어느새 깨어나 뒤를 쫓아오고 있는 민에게 조용히 물었다. (민은 다리가 다 나은 것 같았다.)

"글쎄, 난들 알겠냐? 그건 그렇고, 여긴 어디냐?"

민이 졸린 눈을 비비며 물었다.

"그게 매아블랙이랬나? 네가 아까 말한 그거 있잖아."

린이 조용히 속삭였다.

"에엑?! 매아블랙?!"

민이 소리를 지르는 바람에 교감은 잠시 멈춰 섰다.

"흐음, 잠꾸러기! 이제 깨어나셨군."

"으악, 교, 교, 교수님은…… 루, 루브데쟈(귀신의 한 종류인데, 매아블랙 뒤 숲속에서 자주 나타난다고 하며, 아이들을 잡아먹는다는 전설도 있지만 잘 나타나지 않아 누구도 정확히 알지는 못한다) 교감 선생님?"

민의 말에 몇몇 아이들은 쿡쿡 웃음을 터뜨렸지만, 교감은 그다지 즐거워 보이지 않았다.

"좋아, 잠꾸러기 네 명, 모두 벌을 주겠어. 짐을 다 풀고 교실 1, 아니 내 사무실로 와!"

교감의 말에 민은 울상이 되었지만, 린과 준우, 배에 함께 있던 여자아이는 도통 알아들을 수 없었다.

"또 짐을 풀래."

린이 속삭였다.

"야, 여기 교수님들은 자기 개인 사무실도 있나 봐."

준우도 속삭였다.

"잠꾸러기 둘, 조용히 해!"

교감의 호통에 잠시나마 조용해진 아이들은 커다란 문을 지나 기다란 통로 속으로 들어갔다.

"자, 계단이니 조심하도록!"

교감의 말에 아이들은 조심조심 통로 속의 계단을 내려가기 시작했다. 계단 아래엔 두 개의 문이 있었다. 교감은 두 번째 문을 열었다. 그러자 커다란 강당이 나타났다. 강당에는 커다란 네 개의 깃발이 펄럭이고 있었다. 첫 번째 깃발은 은색에 금빛 테두리가 쳐져 있었다. 그 깃발에는 커다랗게 이렇게 쓰여 있었다.

'A나'

그 아래에는 용맹한 자태를 보이는 청룡 한 마리가 하늘로 올라가고 있는 그림이 있었다. 그 순간, 청룡이 몸을 움직이더니 깃발 안을 이리저리 날아다니기 시작했다. 그때 바람이 휙 일더니 린의 긴 머리카락이 흩날렸다.

린이 입을 딱 벌리고 쳐다보는데, 두 번째 깃발에서 갑자기 눈보라가 불어왔다. 두 번째 깃발은 민트색의 깃발에 금빛 테두리가 쳐져 있었다. 그 깃발에는 'B윤'이라는 글씨가 있었다. 그 안에는 백호가 있었는데, 백호는 눈보라를 일으키며 달리고 있었다.

그 옆에는 군청색에 가까운 파란색의 깃발이 걸려 있었다. 역시 테두리는 금빛이었다. 그 깃발은 'C아'라는 글씨가 쓰여 있었다. 그 안에는 주작이 있었는데, 주작은 가끔 불덩이를 떨어뜨려 린의 머리를 맞추기도 했다.

마지막 깃발은 붉은색이었다. 역시 금빛 테두리에, 위에는 'D은'이라는 글씨가, 아래에는 현무가 그려져 있었다. 현무는 이리저리 움직이다가 바위 사이로 사라져 버렸다. 순간 바람이 불어오더니 그 커다란 깃발들이 일제히 펄럭였다. 깃발의 펄럭임이 멈추었을 때, 그 안의 동물들은 처음 모습 그대로 멈추어 있었다.

"우아, 여기도 강당이 있네."

준우의 말에 교감이 한마디 했다.

"여기도 학교는 학교. 있을 건 다 있다. 자, 의자에 자리를 잡도록! 딱 한 명씩 앉아야 살아남을 수 있을 거다."

교감은 의미심장한 말을 남기고는 사라졌다.

조금 뒤, 강당 안은 상당히 시끄러워졌다. 아이들은 서로 옆에 앉는다, 따로 앉는다 난리였다. 그때였다.

'펑! 푸슈휴유우우'

"까악"

"아악!"

저쪽 한구석에서 큰 소리가 나더니, 몇몇 아이의 비명 소리가 났다. 폭발한 의자 아래에는 한 뚱뚱한 남자아이가 쓰러져 있었다. 교감이 헐레벌떡 뛰어오더니 남자아이에게 호통을 쳤다.

"이런! 너, 두 명이서 같이 앉았지? 그렇지? 나머지 한 명은 어디 있어!"

그러나 남자아이는 예상과는 다른 말을 했다.

"아, 아니에요, 교수님. 저는 분명 혼자 앉았는데……."

"요런 거짓말쟁이! 이 의자는 무게를 견딜 수 없을 때만 폭발을 한단 말이야!"

교감은 노발대발 화를 냈다.

"아, 제가 좀 무겁긴 해요……."

남자아이가 우물우물 말했다.

"이런 뚱보 녀석!"

교감은 혼잣말을 하더니 강당을 나가 버렸다.

"헐, 교감이 저래도 돼?!"

린의 물음에 민이 대답했다.

"에이, 설마 그냥 입이 좀 거친 거겠지. 나쁜 사람은 아닐 거야."

잠시 뒤, 불이 꺼지더니 누군가의 목소리가 들렸다. 중년 여성의 목소리였는데, 분명 교감의 목소리는 아니었다.

"저는 제인이에요. 여기 매아블랙의 교장이지요. 여러분 모두를 환영합니다! 일주일 전에 왔던 친구들도 있겠죠? 지금까지 잘 기다려 주었습니다! 자, 마법세계에 왔으니 마법을 봐야겠죠? 모두 의자를 꽉 잡으세요! 호호호!"

'아, 저분이 제인이구나. 일주일 전에 온 친구…… 민만 일찍 온 것이 아니었구나.'

린은 민을 부르려고 했지만, 너무나 어두웠기에 민이 어디 있는지 도무지 찾을 수가 없었다.

"근데 뭘 꽉 잡으라는 거지?"

교장의 말에 섞인 흥분과 달리 아무 일도 일어나지 않았다.

그때, 교장의 목소리가 들렸다.

"a4, a3, a67, a98, a1, a53. 떠올라라!"

그러자 놀랍게도 린을 포함한 몇몇 아이의 의자가 공중에 떠올랐다.

"혹시…… 내 의자 번호가 앗! a4?!"

교장은 계속했다.

"b2, b79, b46, b13, b53, b……64! 떠올라라!"

그러자 또 몇몇 아이의 의자가 떠올랐다. 잠시 뒤, 모든 아이들의 의자가 떠오르자, 꽉 잡으라던 교장의 말을 그제야 이해할 수 있었다. 한 여자가 소리를 질렀다.

"쇼 타임!"

그 순간 갑자기 형형색색의 조명이 켜지더니, 어디에선가 신나는 음악이 들려왔다. 더 놀라운 것은, 음악에 맞춰 의자들이 춤을 추며 이동한다는 사실이었다.

"꺄아악!"

린의 의자는 갑자기 뒤로 확 쏠렸다가, 오른쪽으로 흔들며 조금씩 이동하기 시작했다. 다른 아이들도 마찬가지인지 여기저기에서 비명 소리가 들려왔다. 그때 갑자기 음악 소리가 멈추더니, 불이 환하게 켜졌다.

"아앗!"

그제야 앞이 보인 린은 눈앞에 펼쳐진 광경을 믿을 수가 없었다. 분명 줄 맞춰 서 있던 의자들이 어느새 네 구역으로 나뉘어 있는 것이 아닌가!

"자, 모두 가만히 있으세요."

교장은 그렇게 말하며 손뼉을 짝짝 쳤다. 린은 몸이 꽉 죄어 오는 것을 느꼈다.

"으윽!"

아이들이 여기저기서 신음했다.

"앗! 미안해요, 실수예요."

교장이 다시 손뼉을 두 번 치자, 린은 자신을 꽉 죄던 것이 어느 정도 느슨해졌다는 것을 알게 되었다. 그러나 여전히 움직일 수는 없었다.

"자, 여러분, 저의 행동을 이해해 주기를 바라요. 여러분이 움직이면 안 되기 때문이에요. 미안해요."

교장이 말했다.

'치, 말 안 해도 알아요.'

린은 혼자 생각을 했다. 그때였다.

"그럼 말만 하면 되지, 왜 이러시는 거죠?!"

한 사납게 생긴 여자아이가 외쳤다.

"아, 그래요. 궁금하겠군요. 이름이 뭐죠?"

교장이 물었다.

"네, 김리아입니다."

여자아이가 말했다.

"아, 네. 좋아요. 리아가 말한 것처럼 처음에는 그랬어요. 그러나 말을 안 듣는 아이들 때문에 어쩔 수 없었어요. 자, 이렇게 앉은 대로 기숙사가 배정되었어요. 친한 아이들끼리만 지내는 것을 방지하기 위해서죠. 먼저 몇 가지 중요한 안내를 할게요. 제일 먼저 지팡이는 2학년 이상이 되어야 쓸 수 있습니다. 오자마자 지팡이를 쓸 수 있을 거라고 기대했을 학생들에게는 미안하지만, 그것이 규칙이니까 이해해 주시길 바랍니다."

지팡이 사용을 기대했던 몇몇 아이의 입에서 볼멘소리가 나왔다. 그러나 교장은 전혀 아랑곳하지 않고 말을 이었다.

"또 이곳에서는 마법을 쓰지 못하는 인간들을 '자무'라고 부릅니다. 어색하겠지만, 조금만 노력해 주세요. 금세 익숙해질 겁니다. 다른 하나의 안내사항은, 이곳의 모든 주문을 끝낼 땐 '피니레'라는 말을 씁니다. 사고는 없길 바라지만, 혹시라도 실수로 마법을 썼을 경우를 위해 일러두는 거예요. 기억하세요, 피니레입니다. 중요한 거예요. 마지막으로 자신의 몸을 보세요."

교장이 말했다.

린은 아래를 살짝 내려다보았다.

"우아아!"

어느새 린의 몸에는 아름다운 은색의 망토가 걸쳐져 있었다. 그런데 주위를 둘러보니, 아이들의 망토 색깔은 각자 달랐다. 그때 교장이 뜬금없는 질문을 했다.

"혹시 여기 은색 망토를 입고 있는 사람 있나요? 물론 없겠지만……."

린은 어리둥절했다.

'응? 물론 없겠지만……이라니? 무슨 뜻일까? 이게 아닌가?'

"저, 이, 이게 맞나요?"

린은 일어서려고 했다. 그러나 아직은 움직일 수가 없었다.

"앗! 미안해요. 피니레! 이리 나와 봐요!"

교장이 외치자 린은 무대로 나갔다.

"아, 아니! 이럴 수가! 뒤, 뒤돌아봐요! 아아…… 이것은…… 여왕의 망토…… 아…… 좋아요. 이만 들어가 봐요. 자, 모두 해산!"

교장이 외쳤다.

"자자, 여기는 이 문으로…… 여기는 이 문으로……."

교감의 지시를 따라 각각 문으로 들어가니, 그곳에는 방이 하나 있었다.

"자, 자아, 어서 저 문으로 들어가거라."

교감이 말했다.

"자, 저기 저 통로 속의 계단을 내려가면 기숙사가 보일 거다. 어서 어서 내려가!"

그때, 맨 앞에 가던 아이가 말했다.

"저어, 교수님, 이거 미끄럼틀 아니에요?"

"뭐? 미끄럼틀? 아하, 가끔 바뀌어. 그냥 얼른얼른 알아서 내려가. 아 참, 너흰 A나야. 기숙사 이름이지. 시간 없으니 어서 가!"

교감이 날카롭게 말했다.

'아, 그럼 C아도?'

린이 생각하는 사이, 교감은 저쪽에 가서 다른 아이들에게 설명을 하고 있었다.

"야, 너 내려가!"

뒤에 아이가 린을 살살 밀었다. 어느새 린의 차례였던 것이었다.

"응? 아아, 미안."

린이 내려가자, 좁은 복도가 보였다.

"아…… 내 방이 어디지?"

방은 한 층에 10개나 있었다. 게다가 층수는 여섯 개나 있었다. 이미 린은 5층에 있는 것 같았다.

"으아~ 민은 또 어디 간 거야! 같은 기숙사이기는 한 거야?!"

린은 주위를 둘러보았지만, 아이들은 다른 층에 떨어졌는지 아무도 보이지 않았다.

"아아~ 나만 혼자 떨어진 거야? 민은 정말 다른 기숙사로 배정받았나 봐. 욱!"

린이 어깨를 움츠렸다.

"어깨가 무거워! 뭐지? 가방도 안 맸는데…… 귀신이라도 붙은 거야?"

린이 중얼거리는데 갑자기 한 목소리가 들렸다.

"엇! 꽤 똑똑하네. 어리벙벙하게 생겼는데. 나는 하은이야."

"꺄아악! 누, 누구세요?"

린은 갑자기 소름이 바짝 돋는 느낌이었다. 서늘한 느낌이 등줄기를 타고 스멀스멀 올라왔다.

"아이참! 나 유령이라고, 유령! 똑똑하다는 거 취소야!"

유령, 아니 하은이가 말했다.

"아악! 유, 유령님! 아니, 하은님? 살려 주세요!"

린이 외쳤다.

"됐어, 심심해서 좀 놀려고 했더니 하나도 재미없어."

하은이는 스으윽 날아가 버렸다.

"자, 잠깐! 하, 하은아? 너 날 유령으로 만들려던 게 아니었어?"

린이 더듬더듬 말했다. 그러자 하은이는 어이가 없다는 듯 말했다.

"뭐래, 야! 내가 그렇게 나쁜 사람 같냐?"

"네가 사람이냐?"

린의 뾰족한 말투에 하은이는 벌컥 화를 냈다.

"흥! 적어도 4년 전까지는 사람이었다니까!"

"알겠어. 그래서 내가 어떻게 하기를 바라는데?"

린이 물었다.

"어떻게 하기를 바라는 거 아니야. 나, 길 알려 주려는 거였는데."

하은이가 살짝 웃으며 말했다.

"응? 길? 그거 고맙네! 내방이 어디야?"

린이 다급히 물었다.

"으휴, 이 바보. 야, 머리 위 좀 봐 봐."

하은이가 말했다.

"뭐?! 바보?"

린은 화가 나는 것을 꾹 참고서 위를 보았다.

"앗!"

린의 머리 위에는 4층 8호라는 글자가 둥둥 떠 있었다.

"아…… 근데 하은이 넌 딴 애들은 안 도와줘?"

린이 물었다.

"뭐, 너 말고는 다 혼자서 잘 찾아가던데?"

하은이가 너같이 바보 같은 애는 처음이라는 듯 코웃음을 쳤다.

"헐…… 야, 하은. 넌 방이 어디냐?"

"글쎄다? 난 살고 싶은 곳에 살면 되는데? 한번 맞춰 보시지 그 래?"

하은이가 재미있어 죽겠다는 얼굴로 말했다.

"으휴. 야! 됐어. 안 맞춰."

린이 그렇게 말하며 앞에 있던 8호 문을 열어젖히고 안으로 들어 갔다. 하은이 재미있어 죽겠다는 표정으로 웃고 있었다. 린이 하은의 표정을 조금만 자세히 봤더라면…… 마침내 일이 벌어졌다.

"꺄악!"

린의 비명 소리가 들려오더니 린이 방에서 튕겨져 나왔다.

"아아아~ 아파. 뭐지? 왜 내가 튕겨져 나오는 거지? 방이 날 거부하다니, 말이 돼? 잠깐, 여기가 8호인데 여기가 아니면 나 어디로 가지?"

린이 생각하는 모습을 보던 하은이가 배를 잡고 숨넘어갈 듯 웃으며 말했다.

"푸하하하! 너 진짜 바보냐? 여기 5층이잖아, 4층으로 가야지. 푸하하!"

하은이가 계속 웃어 젖히자 린은 조금 짜증이 났다. 린은 하은이에게 저리 가라는 뜻으로 손을 휘휘 내저으며 옆에 있는 통로 속으로 들어가 앉았다.

"아악! 계단이잖아!"

린은 다시 일어나 걷기 시작했다.

"큭큭큭."

하은이는 린을 비웃으면서 스르륵 내려갔다.

"어휴."

린은 서둘러 계단을 내려갔다.

"하아, 여기가 4층…… 2호, 3호, 4호, 6호, 그다음은…… 엥? 9호?"

린은 당황했다.

"에에? 왜 7, 8호는 없는 거야!"

그때, 하은이가 쿡쿡 웃으며 린을 반대편으로 휙 돌렸다. 린이 본 반대쪽 벽에는 7, 8호가 나란히 있었다.

"와. 내가 생각해도 참 한심하다. 이거 어떻게 열지?"

린이 끙끙거리며 문을 열려는데, 또다시 얄미운 목소리가 들려왔다.

"푸하하하! 나는 그냥 들어가면 되지롱~! 부럽지? 부러우면 유령이 되면 돼! 유령이 되면 이런 걸 맘대로 할 수 있으니까! 깔깔깔깔!"

린은 짜증이 확 솟구쳐 소리를 빽 질렀다.

"야! 하은! 좀 조용히 좀 해!"

린은 마법의 세계라면 어떻게 문을 열까 곰곰 생각하다가 외쳤다.

"일레브라!"

그러나 당연히 열리지 않았다.

"에휴, 당연하지. 이렇게 열면 도둑도 들어오게?"

린은 당연히 안 될 거라고 생각했던 터라 그다지 실망스럽지는 않았다. 린이 다시 쭈그리고 앉아 열심히 고민하고 있는데, 갑자기 '철커덕!' 하는 소리가 들리더니 무언가가 린의 등을 세게 후려쳤다.

"아악!"

린은 너무 아파 홱 뒤를 둘러보았다. 그런데 등 뒤에는 문이 있었다. 문이 열리면서 린의 등과 부딪힌 것이다.

"린! 리인!"

민의 목소리였다. 린은 반가운 마음에 몸을 일으켰는데, 등이 얼얼한 게 꼭 불을 붙여 놓은 것 같았다.

"아으으으, 야! 아프잖아! 으으."

린이 민에게 바락 소리를 질렀다.

"어! 린, 거기 있었어? 미안, 안 보였어."

민이 문밖으로 고개를 쑥 내밀고 있었다.

"아으으, 됐고, 같은 방인가? 휴, 너도 같은 기숙사구나. 안 보여서 놀랐잖아!"

린이 살짝 투정을 부리면서 방 안으로 엉금엉금 기어 들어갔다.

"됐어! 난 뭐 네가 보였겠냐? 어서 들어와! 약 발라 줄게."

민이 말했다.

"치이. 와, 이건 완전 집인데?"

린은 기숙사 방으로 들어가자 깜짝 놀라며 말했다.

"응, 5명이 한 방씩 각자 이용하고, 거실이랑 부엌은 공동 이용하래."

민이 간단하게 설명을 했다.

"응…… 알겠어. 여기 좋은데? 내 방 어디지?"

린이 주위를 둘러보면서 말했다.

"저기 안쪽 방이던데? 내 방은 네 방 옆에."

민이 대답했다.

"와, 진짜? 어떻게 알았냐?"

린이 신기하다는 듯 말했다.

"야, 다 써 있거든?"

민이 문들을 가리키면서 말했다. 린은 그제야 문을 자세히 보았다. 문 앞에는 각각 '린의 방' 또는 '민의 방' 등의 글자들이 푸른 빛에 휩싸여 둥둥 떠 있었다.

"와아! 신기하다!"

린은 방문을 열고는 또 하나의 함성을 지를 수밖에 없었다. 자신의 방과 똑같았기 때문이었다. 그제야 린은 아까 '집'을 풀라던 교감의 말이 이해가 되었다.

"야아! 이렇게 되어 있으니 진짜…….."

울컥 눈물이 나올 것만 같았다.

엄마는 잘 계실까?

린은 침대에 풀썩 누웠다. 그러나 바로 다시 일어나고 말았다. 엉덩이에서부터 등줄기를 타고 올라오는 서늘한 기운과 등을 누군가 세게 후려치고 있는 듯한 통증 때문이었다. 서늘한 느낌의 이유를 알아내는 데에는 그다지 시간이 많이 걸리지 않았다.

"야! 하은!"

린은 꽥 소리를 질렀다.

"응, 린! 나 여기서 살아도 돼?"

하은이가 명랑하고 밝고, 또랑또랑하게 물었다.

"응, 절. 대. 로! 안 돼! 그리고 명랑하고, 밝고, 또랑또랑하게 묻지 마!!!"

린이 크게 소리를 지르더니 방문을 쾅 닫고 나갔다. 그랬다가 다시 문을 열고 말했다.

"음, 내 방은 안 되지만 거실은 생각해 볼게. 물론 다른 아이들이 허락한다면."

하은이는 그 말을 듣고 기뻐서는 린의 뒤를 쫄레쫄레 따라다녔다.

"야, 민! 나 약 좀 발라 줘."

린이 나가서는 민에게 말했다.

"응, 여기 누워 봐."

민이 그렇게 말하면서 연고를 가져왔다. 린은 엎드리면서 민에게 물었다.

"그런데 너 문 어떻게 열었냐?"

민은 연고를 다 발라 준 다음 린을 데리고 다시 문밖으로 나갔다.

"여기 초인종 있거든? 처음엔 그거 누르고, 그다음부터는 문에다가 손바닥을 올리면 돼. 응, 그렇게."

린은 민이 시키는 대로 문에다가 손바닥을 올렸다. 그러자 문이 덜컥 열렸다.

"와! 대단한데?"

린이 기숙사로 들어가며 말했다.

"간단해. 손바닥을 문 위에 올리면, 덜컥."

민의 설명을 듣던 린이 조심스레 물었다.

"있잖아, 민…… 우리 기숙사 거실에서 하은이가 지내도 될까?"

린이 말했다.

"응? 하은? 그게 누군데?"

민이 물었다.

"응, 애야. 근데……."

"꺄악!"

민의 비명에 놀랐는지 하은이는 몸을 잠시 움찔했다.

"꺄악! 꺄악! 와! 너무 귀엽게 생겼다! 찬성! 찬성! 대찬성!"

민은 좋아서 팔짝팔짝 뛰었다.

"좋아, 그럼 또 누구지?"

문이 열리고 또 한 명의 여자아이가 들어왔다.

"어……? 너는?"

그 여자아이는 용으로부터 아이들을 구해 준 그 아이였다.

"어……? 너희는?"

여자아이도 놀란 듯 그 자리에서 눈만 깜빡거렸다.

"아, 안녕? 나는 린이야. 얘는 민이고. 반가워. 잘 지내보자."

"그래, 반가워!"

린과 민이 먼저 인사를 건네자, 여자아이도 인사를 했다.

"안, 안녕? 나는 으, 은하야. 이. 은. 하. 잘 지내보자."

낯선 곳에서 아는 애들을 만나니 반가웠는지 살짝 웃었다.

"그래…… 엇?"

그때, 하은이가 스윽 들어오더니 말했다.

"안녕? 은하야? 나는 하은인데. 나 여기 살아도 돼?"

"야! 하은!"

린이 빽 소리를 지르자, 민이 말렸다.

"그만해, 린! 목쉬어!"

"응, 더 정확하게는 김. 하. 은이야!"

하은이가 싱긋 웃었다.

"아……하은…… 그, 그래…… 난 뭐…… 상관없어."

은하는 그렇게 말하고는 방으로 들어갔다.

"아…… 은하 쟤는 되게 내성적이다. 그치?"

린은 이렇게 말하고는 잠깐 생각을 해 보았다.

'음…… 이제 둘 남았네. 아, 교감 샘한테 가야 하는데.'

린이 그렇게 생각한 순간, 문이 덜컥 열리고 네 번째 아이가 들어왔다.

"어? 안녕? 나는 서현이야. 윤서현."

네 번째 아이가 말했다.

"안녕? 나는 린이고, 옆에 애는…….."

"민이야. 잘 부탁해."

린과 민은 번갈아 인사했다. 린은 하은이가 또 단도직입적으로 물어보지 않도록 서현이에게 먼저 물었다.

"저…… 있잖아, 서현아. 우리 기숙사 거실에 귀여운 여자아이 유령 하나가 살면…… 어떻겠니?"

그러자 서현이는 잠시 아무 말이 없다가 눈을 반짝이며 물었다.

"유령? 여기 유령이 있어?! 꺄! 좋아! 좋아! 나 유령 보는 게 꿈이었어! 어디 있어?! 유령아!"

그러자 하은이가 살짝 기분 나쁜 표정으로 구석에서 나왔다.

"나 하은이야. 유령이라고 부르지 마. 기분 나빠."

그러자 서현이는 민보다 더 팔짝팔짝 뛰면서 소리쳤다.

"이야~ 요 쪼그만 유령이 성깔 있네. 앗, 미안, 미안."

린은 별 이상한 애도 다 있다고 생각했지만, 그 생각을 입 밖으로는 내지 않았다.

그때, 문이 철컥하고 열렸다. 그런데 현관문이 아니었다. 방문이었다.

"난 싫어. 언니, 우리 기숙사에서 나가 줘."

린이 본 순서로 따지자면 마지막 다섯 번째 아이였다. 그러나 분명 린이나 민보다 훨씬 먼저 방 안에 있었던 것 같았다.

'아니, 뭐 애들이 다 유령을 안 무서워해? 게다가 언니는 또 뭐야?'

린은 도무지 이 상황이 이해가 되지 않았다.

"나는 오가은이야. 언니, 어서 나가 주면 좋겠는데."

여자아이, 아니 마지막 아이 가은이가 말했다.

"야! 김가은! 너 왜 그래! 그리고 왜 네가 오가은이야!"

하은이가 외쳤다. 소란스러운 소리에 은하도 나왔고, 아이들은 드디어 서로의 얼굴을 모두 볼 수 있었다. 그러나 은하와 서현이는 요상한 분위기에 인사를 나눌 수 없었다. 가은이는 고개를 숙이고 말했다.

"언니, 아빠는 죽었어. 언제까지고 잡아 둘 수 없다고. 아빠는 완전히 떠났어."

하은이는 몸을 떨었다. 그녀의 얼굴에 슬픔과 분노가 뒤섞인 이상한 표정이 퍼졌다.

"아냐……."

하은은 몸을 떨었다. 그녀의 투명한 눈에서 눈물이 뚝뚝 떨어졌다. 그러다 어느 순간 가은이에게 버럭 화를 냈다.

"나쁜 계집! 왜 엄마를 안 말린 거야! 나랑 약속했잖아!"

그러자 가은이도 버럭 화를 냈다.

"됐어! 그딴 약속이 뭐?! 아빠도 떠났고 언니도 떠났어! 그랬으면서 왜 나한테 그러는 건데! 언니도 나랑 약속했잖아. 아빠 떠나고 나서, 언니는 절대로 나 안 떠나고, 영원히 같이 있겠다고 그랬잖아!"

린은 상황 파악이 안 됐다.

'그러니까…… 가은이랑 하은이가 자매인데, 아빠가 먼저 떠났고, 하은이는 가은이에게 영원히 같이 있겠다고 했고, 그런데 하

은이는 가은이보다 먼저 죽었다는 건가? 도대체 뭐가 어쨌다는 거지? 유령이 뭐가 화낼 게 있다고?'

민 역시 린을 보며 어깨를 으쓱했다. 아무래도 둘의 말은 처음부터 모든 상황을 지켜보던 사람이 아니면 이해할 수 없었다.

"다 필요 없어! 아빠도 우리를 버렸고, 언니는 나랑 엄마를 버렸어. 그리고 엄마까지 나를 버렸단 말이야!"

가은이는 마지막으로 하은이한테 소리를 빽 지르더니 방에 들어가 버렸다. 하은이는 아이들을 보며 어깨를 으쓱하더니 말했다.

"난 여기 있을 거야."

서현이는 좋아서 어쩔 줄을 몰랐지만 린은 걱정이 됐다. 어느새 시계는 오후 4시를 향하고 있었다.

"야, 민, 은하, 우리 나가야 해."

셋은 조용히 신발을 신었다.

"어! 야!"

서현이가 소리를 지르며 막았지만, 서현이의 앞에서 문은 쾅 하고 닫히고 말았다.

"으아아, 유령이랑 인간이랑 싸우는 전쟁터에 날 버려두고 가다니."

서현이가 말하자 그 말을 듣고는 하은이가 말했다.

"나 이제 쟤랑 안 싸워."

한편, 린과 민, 은하는 3호실의 문을 두드리고 있었다. 3호실 문 앞에 '준우, 은우, 민우, 준혁, 현우'라고 써 있었기 때문이었다. 잠시 뒤, 한 남자애가 문을 열고 나왔다.

"야, 이준우 어디 있냐? 빨리 가야 하는데."

린이 말했다. 그러자 남자애가 대꾸했다.

"아, 그러셔? 이걸 어쩌나. 한발 늦었네? 벌써 나갔는데. 빨리 가면 따라잡을 수도 있고, 아! 너 아까 그 은색 망토 입고 있던 애 맞지? 와아, 진짜 은색이네! 멋지다! 내 것은 군청색인데."

"아, 그래? 고마워!"

린은 이 말만 툭 던지고는 달려 나갔다.

"어서 가자."

민이 말했다.

"응."

셋은 온 힘을 다해 전속력으로 달리자 그럭저럭 빨리 통로에 도착했다. 린은 통로 안으로 한 발을 내디뎠다. 그 순간 쭉 미끄러졌다. 린은 내려가면서 외쳤다.

"아악 미끄럼틀이다아-!"

민과 은하는 서로 어이가 없다는 눈빛을 주고받은 후, 유유히 미끄럼틀을 내려갔다. 다 내려오니 1층이었다.

"아…… 어디로 가야 하지?"

린이 중얼거렸다.

"다시 학교로 들어가야지."

민이 말했다.

그때, 갑자기 스으윽 하는 소리가 들렸다. 린과 민은 몸이 움츠러드는 것을 느꼈다. 린은 은하 쪽을 둘러보았다. 은하가…… *없었다.* 은하가 있던 자리에는 은하의 핫핑크색 망토뿐이었다.

"은하야! 이은하!"

린은 은하를 목청껏 불렀다. 민은 갑자기 은하를 부르는 린을 이상하게 쳐다보았다. 그러다가 은하 쪽을 보고는 아무 말 없이 린과 함께 은하를 불렀다.

"얘들아…… 나 여기있어……."

그때, 은하의 목소리가 들리면서 발부터 몸이 서서히 나타나기 시작했다.

"너, 너도 유령이니?"

민이 침착하게 물었다.

"아니…… 나는…… 난…… 반투명인간이야."

7.
반투명인간

은하의 고백은 믿기 힘들었다.

"나는 자무들의 세상에서 오빠랑 둘이 보육원에서 자랐어. 부모님이 두 분 다 여기 계셨으니까. 그런데 7살부터 이상한 일이 일어났어. 내가 화가 나거나 두려우면 내 모습이 투명하게 변했지. 오빠는 내 모습이 꼭 투명인간 같다고 했어. 그때부터 나는 상상했어. 혹시 이 세상 어디엔가 나 같은 사람들이 사는 세상이 있을까.

나는 얼마 전에 초대장을 받고서야 알게 되었어. 이곳이 있다는 것을. 그리고 나랑 오빠도 부모님이 있다는 사실을. 우리 아버지는 투명인간이었어. 나는 억울했어. 왜 나만 투명인간이 되었을까. 어째서 오빠는 평범한데 나는 평범하지 않을까. 내가, 우리 아버지가 투명인간이라는 걸 알게 되기 전까지는 많이 두려웠어. 사람들은 평범하지 않은 것을 별로 좋아하지 않으니까. 나는 항상 겁이 났고, 내가 두려워할수록 더 많이 투명해졌어. 오빠가 용기를 내야 한다고 그래야 살아남을 수 있다고 했는데 나는 그런 오빠가 미웠어. 오빠도 반투명인간이었으면 제대로 용기를 내며 이 차별 속에서 꿋꿋이 살아갈 수 있을까 하는 생각이 들었어.

처음에는 너무 힘들고, 무섭고, 죽고 싶었는데, 시간이 가니까 살고 싶어졌어. 잘 살아남아서 나를 차별하던 사람들에게 내가 이렇게 잘 컸다, 당신들은 잘못된 생각을 가진 잘못된 사람들이다, 위험한 사람은 내가 아니고 편견 속에 살고 있는 당신들이다, 말하고 싶었어. 그렇다고 두려움이 사라진 건 아니었어. 마음은 그런데, 과연 내가 정말로 살아남을 수 있을까, 내가 잘 커서 행복할 수 있을까. 늘 불안했어.

그렇게 5년의 시간을 흘려보내고 열두 살이 되었는데, 마법세계로 오라는 초대장이 왔어. 그래서 이거다, 이곳에 가면 내가 왜 이러는지, 나 같은 사람이 또 있는지 알 수 있겠구나 하고 생각했어. 그래서 그냥 뛰어들었는데, 결국 길을 잃었어. 너무 두려웠고, 속상했어. 그리고 이런 내가 미웠어. 하지만 어떻게든 그곳으로 가야 한다, 나랑 같은 사람들을 만나야 한다, 생각하고 편지에서 봤던 것 같은 주문을 외웠는데…… 문이 열렸어. 그리고 너희들이 나왔어. 너희들은 나한테 고맙다고 했어. 하지만 난 오히려 너희들이 고마웠어. 지금까지 오빠 말고는 모두 나를 위험하다고 멀리했는데, 너희는 그러지 않았어. 그래서 이 아이들에게는 들키지 않아야겠다, 그래서 들키지 않고 앞으로도 친구로 잘 지내고 싶다, 그런 생각이 들었어. 그래서 감정을 통제하려고 많이 노력했어.

처음에는 생각대로 잘 되어 가는 것 같았어. 그런데 하은이를 보자 두려웠어. 이 아이는 내 정체를 꿰뚫어 보지 않을까? 그래서 다른 아이들한테 말하지 않을까? 그래서 처음에는 싫다고, 내보내라고 하고 싶었어. 하지만 한편으로는 그 아이가 불쌍하게 느껴졌어. 그 아이도 유령이라서 혼자 너무 외롭고 힘들지 않았을까. 어쩌면 그 아이에게서 나 자신의 모습을 본 건지도 몰라. 하은이를 도와주고 싶었어. 외롭지 않도록 내가 친구가 되어 주고 싶었어. 그런데 가은이를 보자 또다시 마음이 흔들렸어. 오빠도 시간이 흐르면 나를 저렇게 대할지도 모른다는 생각이 들었어. 그 이후에는 감정이 잘 통제되지 않았어. 내 마음 한편에 두려움이 남아 있었기 때문에…….

있잖아, 어쩌면 이제 너희도 날 두려워할지도 몰라. 정말 그렇다면, 나는 너희들을 붙잡지 않을 거야. 도망가고 싶다면, 도망가도 돼. 정말로 내가 두렵다면 어서 빨리 도망가. 만약 그렇다면 내 곁에 더 있어봤자 나에게는…… 더 큰 상처가 될 뿐이니까…….”

은하의 말에 린과 민은 뒤돌아서서 귀엣말을 주고받았다. 은하의 눈에서는 눈물이 주르륵 흘러내렸다. 수십 번도 더 생각했던 상황이지만, 저절로 흘러나오는 눈물을 어찌할 도리가 없었다.

‘이제 다 끝났구나.’

은하는 문득 옛날 사람들이 했던 말들이 생각났다.

"지예야, 저런 애랑 놀지 마."

"응, 엄마."

"준수야, 저런 건 위험한 거야."

"응, 조심할게요, 엄마."

"그래, 우리 준수는 착한 아이야."

"민정아, 돌아가자."

"왜?"

"그냥 엄마 시키는 대로 해. 민정아, 저기 쟤 있지? 쟤 위험한 애
래. 게다가 고아라잖아. 저런 애들이 위험한 애라고."

"윤희야, 쟤 위험한 애라고 소문 쫙 났어. 피해 다녀."

"응, 엄마, 알겠어요."

처음에 아이들은 그냥 엄마들이 시키는 대로 할 뿐이었다. 자신
들이 상처를 주는지도 모르고. 하지만 세월은 가만히 있지 않았다.
아이들은 커 갔고, 나중에는 일부러 상처를 주었다.

"야, 너 위험한 애인 거 알지? 우리가 피해 다니기 힘드니까 네
가 피해 다녀."

"아니다, 아예 학교에 오지를 마. 뭐 하러 학교에 와? 넌 그래 봤
자 아무것도 할 수 없어."

"야, 차라리 완전히 투명해져 버려. 보는 것도 기분 나빠."

"안 돼, 그러면 저 위험 물질이랑 마주쳐도 모르잖아. 그게 더 기분 나빠."

"맞다, 맞아. 깔깔깔. 야! 여기 우리 노는 데니까 위험 물질은 저기 위험 물질 노는 데 가서 놀아."

은하의 상처는 시간이 지난다고 잊혀지는 그런 간단한 문제가 아니었다. 12년이란 세월은 그냥 쉽게 지워지는 세월이 아니었다. '저 아이들도 나에게 상처 주는 걸 재미로 알까?' 두려웠다. 너무나. 은하는 발걸음을 옮기려고 했다. 그때였다.

"은하야, 잠깐만."

린이었다. 은하는 다시 친구들을 마주 보는 게 너무도 두려웠다. 그냥 언제나처럼 투명해져서 사라지고 싶었다. 그런데 투명해지지 않았다. 너무 두려운데 투명해지지 않았다.

'그냥 모른 척하고 갈까? 그래, 그러자. 그게 나을 거야.'

다시 마음을 다잡고 걸음을 뗐다. 그런데 누군가 은하의 팔을 잡았다. 역시 린이었다.

"은하야."

은하는 소리치고 싶었다.

'그만해. 이제 연기는 그만하라고. 가면은 벗어 버리고 그냥 도망가. 너희는 나를 두려워하잖아. 우리는 친구일 수 없어. 늘 그렇듯이 모든 것은 깨졌어. 우리가 친구가 될 뻔했던 기회도 사라졌고

내 마음도……'

눈물샘이 열렸다. 빨리 도망쳐 버리고 싶은데 발이 떨어지지를 않았다.

"은하야, 우린 너 안 두려워해. 제발…… 도망가지 마. 할 얘기가 있어."

린이 애타게 말했다. 순간, 은하는 이 아이들이라면 정말 자신을 안 두려워할지도 모른다고 생각했다. 하지만 희망을 버리는 게 나았다.

"은하야. 우리 너 안 두려워해."

린의 목소리가 둥둥 메아리쳤다.

"은하야, 우리 괜찮아. 그게 뭐 어때서?"

이번엔 메아리가 아니었다. 진짜 린의 목소리였다. 은하는 어쩌면 이 아이들이 아니면 이젠 기회가 없을지도 모른다고 생각했다. 그래서 용기를 냈다. 크게 숨을 들이마시고, 뒤돌아서서 린을 똑바로 쳐다보았다.

"어째서?"

은하가 할 수 있는 최선의 말이었다. 진짜 하고 싶은 말은 아니었다.

'진짜 내가 두렵지 않아?'

확인하고 싶었다. 린은 은하가 묻기 전에 확인해 주었다.

"투명인간, 멋지잖아? 나는 예전부터 그런 기술 하나 갖고 싶었어. 그런데 나는 아무리 기다려도 안 되니까, 친구로 만족해야지, 뭐."

린은 싱긋 웃으며 망토로 은하의 눈물을 닦아 주었다.

"고마워…… 정말 고마워…… 으흐흑……."

자꾸만 눈물이 흘러나왔다. 눈물이 눈에서 볼로, 볼에서 턱으로, 턱에서 린의 망토로 천천히 떨어졌다.

"자, 이제 다시 준우를 찾으러 가야지!"

린이 힘차게 소리쳤다. 그제야 아이들은 발걸음을 옮기기 시작했다. 은하는 속으로 깊게 숨을 들이마시고 생각했다.

'이제 더 이상은 도망치지 않을 테야.'

8.

붉은 용

아이들이 한참을 걷고 있는데 갑자기 한 여자가 아이들을 막아섰다.

"잠깐! 너희는 누구니?"

"예? 저, 저희는…… 교감 선생님이 부르셔서…… 혹시 교감 선생님의 사무실이 어디인지 아세요? 저희는 오늘 처음 왔거든요."

린이 설명을 하자 여자는 살짝 웃으며 대답했다. 그녀는 길을 잘 모르는 신입생들을 위해 서 있는 듯했다. 린은 문득 다른 곳에도 사람들이 서 있나 궁금했다. 그때 여자가 다시 입을 열었다.

"아, 신입생인가 보구나. 자, 교감 선생님 사무실은 저기 학교를 지나서 저 통로 있지? 저 통로로 들어가서 반대편으로 나가면 보일 거야."

"네, 감사합니다."

린이 꾸벅 인사를 하자 여자는 살짝 귀엣말을 했다.

"얘들아, 나는 '미술' 과목을 맡고 있는 진보영 교수란다. 앞으로 잘 부탁해."

"네? 아…… 네, 저도 미술 좋아해요."

린은 서둘러 말하고는 걸음을 옮겼다.

"야, 교감 선생님만 성격이 이상한데?"

린이 민에게 말했다.

"아아…… 린…… 리이인……!"

갑자기 민이 린을 쿡쿡 찌르더니 얼굴이 사색이 되었다.

"응? 왜?"

린은 질문의 답을 듣기도 전에 민의 얼굴이 사색이 된 이유를 알 게 되었다.

"뭐? 너 지금 내 성격이 어떻다고 했니?"

"아아악! 교, 교감 선생님! 그게…… 교감 선생님이 제일…… 성 격이 좋으시다고요. 헤헤."

린이 더듬더듬 말했다.

"흐음…… 진 교수를 만난 모양이로군…… 그래, 솔직히 내 성격 이 좀 괴팍하긴 하지…… 하지만 너희들이 의논할 문제는 아니란 다. 어서 따라와! 잠꾸러기 셋! 쥐는 어디다 놓고 온 거니?"

교감이 린의 앞에 얼굴을 바짝 갖다 대고는 물었다.

"큭큭, 쥐래. 이준우 말이야."

그게 무슨 말인지 알아들을 수 있는 린만 쿡쿡 웃음을 터뜨렸다.

"예? 아직 안 왔어요? 먼저 갔다는데……."

민이 걱정이 됐는지 물었다.

"이런, 길을 잃어버렸나 보군. 우리 학교는 아주 복잡하단다. 길을 잘못 들면 평생 헤맬 수도 있지. 휴, 그 애를 어쩐다?"

교감이 골치가 아프다는 듯이 손을 이마에 갖다 대었다.

"저…… 그럼 저희는 그냥 준우를 찾아서 돌아갈게요…… 네?"

은하가 조심스럽게 물었다.

"이런 말도 안 되는! 잘못하면 너희도 미아가 될 수 있어! 제대로 혼 좀 내주려고 했더니만 하늘이 날 돕질 않는구나. 미아가 발생했으니 일단 그냥 기숙사로 돌아가도록 해. 운 좋군, 꼬맹이."

교감은 버럭 화를 내더니 아이들을 그냥 돌려보냈다. 린과 민, 은하는 어깨를 축 늘어뜨리고 터덜터덜 돌아갔다. 그때, 린이 민과 은하에게 조용히 말했다.

"야, 저 괴팍한 교감 샘이 준우를 고이 보내 주겠냐?"

그러자 민은 당연한 걸 왜 묻냐는 듯 어깨를 한 번 으쓱해 보이고는 대답했다.

"넌 그럴 것 같냐? 당연히 반쯤 시체로 만들어서 보내겠지, 뭐."

은하가 끔찍하다는 듯 얼굴이 살짝 사라졌다가 다시 나타났다.

"그래! 그러니까 우리가 먼저 데려와야지!"

린이 소리쳤다.

"우리가 걔랑 무슨 상관인데?"

민이 말했다.

"응? 어…… 일단을 걔를 도와줄 수 있는 유일한 사람이잖아."

린이 말했다.

"뭐야! 너 그냥 무작정 구하자고 한 거지?"

민이 린에게 바락 소리를 질렀다.

"응? 어…… 그게 음…… 응."

린이 우물쭈물 대답했다.

"아이고야, 작전이 있어야지! 작전이!"

민이 린을 나무라는 투로 말했다.

"알겠어. 음…… 그래, 이건 어때? 쏙쏙 숨어서 빨리 구하기 작전!"

린이 즉시 대답했다.

"응? 그게 뭔데?"

은하가 궁금하다는 듯 얼굴을 쑥 들이밀었다.

"응, 그게 뭐냐 하면, 교감 샘 눈에 안 띄게 숨어서 준우를 구하는 거지!"

린이 자신만만하게 말했다.

"야! 린! 그게 뭐야!"

민이 린의 등을 세게 후려쳤다.

"그래, 그건 좀 아니다."

은하도 황당하다는 듯 얼굴이 일그러졌다.

"에휴, 어쩌지? 준우를 구하기는 구해야 하는데…….".

린은 한숨을 폭 내쉬었다.

"아아아! 모르겠다, 그냥 가서 구해 오자구!"

민이 소리를 지르자 린의 눈이 반짝 빛났다.

"꺄아! 민! 역시 내 친구!"

"아아! 린! 떨어져!"

민이 린을 떼어 내려고 안간힘을 쓰는 사이, 은하는 어느새 발걸음을 옮기고 있었다.

"그럼 어서 가야지. 시간 없어."

은하가 말했다.

"아! 그렇지! 가자!"

민이 소리치자 린도 민에게 떨어져서 걸음을 옮기기 시작했다.

"그래, 어서 가자. 우리는 길도 모르니까 더 서둘러야 해."

린이 말했다.

"아, 그렇지."

아이들은 달리기 시작했다.

"어? 야, 여기가 후문인가 봐."

린이 학교 반대편의 커다란 문 앞에 멈추어 섰다.

"저…… 그런데 너희들 이 문 여는 방법 알아?"

은하가 긴가민가한 표정으로 물었다.

"아 참! 그렇지!"

셋은 함께 문을 밀기 시작했다.

"끄응, 이 문은 자리에서 움직일 생각이 없는 것 같은데?"

린이 중얼거렸다.

그때, 문의 동그란 문양이 살짝 움직이더니 갈색 눈이 떠졌다.

"으음, 이 자아리에 너어무우나아 오오래애 이있어었어. 나도오 우움지익이고 시잎다고오. 하지마안 나느은 우움직일 수 없어어. 유나 이모느은 아암호르을 마알하기 저언에느은 저얼대 움지익이 지 말라아고오 해앴어어."

아이들은 주위를 둘러보면서 겁에 질렸다. 아이들은 몸이 오그 라드는 것을 느꼈으며 오소소 소름이 돋았다. 그도 그럴 것이 아직 날씨는 쌀쌀한데 옷을 얇게 입고는 몇 시간을 야외에 있었으니 감 기에 걸리고도 남을 정도였다. 소름이 돋은 것이 추워서인지 무서 워서인지는 알 수가 없었다.

"아, 누, 누구야!"

린이 떨어져 있는 나뭇가지 중에 아무거나 하나를 집어 들고는 외쳤다.

"나는 웨에엔디야."

소리는 분명 문 쪽에서 나고 있었다.

"웨에엔디, 어, 어디 있…… 계세요!"

린이 주위를 빙글빙글 돌면서 물었다.

"나느은 웨에엔디야, 문이지이."

낡은 문, 아니 웨에엔디가 말했다.

"악! 방금 저…… 저 문이 말을 하, 한 거야?!"

민이 꽥 소리를 지르며 린의 뒤로 쏙 숨었다.

"어휴, 민, 나와, 어서!"

린이 민의 팔을 잡고 자신의 뒤에서 쑤욱 빼내자, 민은 힘없이 딸려 나오고 말았다.

"웨에엔디, 당신은 왜 민을 놀라게 한 건가요?"

린은 웨에엔디에게 퉁명스러운 목소리로 말했다. 그러자 웨에엔디는 깜짝 놀란 듯 높은 목소리로 말했다.

"어머어, 미이아안해애. 그러려던 게 아니었는데에. 내가아 아무런 말도 안 했더니이, 다아들 암호를 아안 말하고오 다른 문으로 갔어. 제에바알 아암호르을 말해 줘어."

웨에엔디가 느릿느릿 간곡히 부탁했다.

"그래, 암호가 뭔데?"

린이 물었다.

"으응, 위험하지 않지만 조심하지 않으면 안 되는 것이지이."

웨에엔디가 느릿느릿 말했다.

"아…… 우, 우리가 시간이 없어서 나, 나중에 말해 줄게."

린은 그렇게 말하고는 아까는 미처 보지 못했던 새 문을 열고 들어갔다.

"어어어, 애들아아……."

웨에엔디가 아이들을 불렀다. 아이들은 웨에엔디의 소리가 들리지 않는 곳까지 단숨에 뛰어갔다. 그러고는 헉헉 숨을 몰아쉬며 말했다.

"이제 웨에엔디 소리는 안 들리지?"

"린, 근데 암호가 대체 뭐지?"

이번에는 민이 골똘히 생각하는 표정으로 말했다.

"안 위험하고 조심하면 위험한 거…… 아니, 아니지. 이게 아닌데? 혹시 아까 암호 적어 놓은 사람?"

그러자 은하와 린은 서로를 돌아보더니 도리도리 고개를 저었다. 민은 한숨을 푹 쉬면서 말했다.

"어휴, 그래. 그걸 써 놓았을 리가 없지. 그냥 준우나 찾자."

그러자 린은 그제야 허둥대면서 말했다.

"아, 잊고 있었다! 어서 가자."

"어휴, 이 덜렁이. 어서 따라오기나 해."

민이 린의 이마를 손가락으로 퉁기면서 말했다.

"알겠어, 앞장서기나 해."

린이 장난스럽게 민의 손을 뿌리치면서 말했다.

"아! 저기다. 문이 있어! 학교 밖으로 나갈 수 있어!"

민이 커다란 교실 옆에 난 문을 가리키면서 이야기했다.

"그래! 빨리 나가고 보자. 일단 저게 어디로 통하는 문이든 밖으로 나가야 하니까."

린이 잔뜩 흥분하면서 민에게 매달리자 은하는 린이 아예 매달리지 못하게 하는 것이 안전하다고 생각했는지 몸을 살짝 투명하게 만들었다가 포기하고서는 망토를 머리에 뒤집어썼다.

"야, 이은하, 너 뭐해?"

민이 은하의 망토를 살짝 들치면서 물었다.

"응, 린 쟤 원래 저렇게 매달려? 아님 너한테만 그래?"

은하가 다시 되묻자 민은 잠시 고개를 갸웃하더니 질문의 뜻을 알아차렸는지 갑자기 고개를 뒤로 젖히면서 웃었다.

"으하하하! 야, 린! 얘가 뭐라는지 알아?! 아하하하! 아, 웃겨."

민이 그렇게 행동하자 린도 뭔가 이상한 걸 느꼈는지 은하에게 가서 매달리면서 물었다.

"어? 은하야~ 뭐라고 했는데? 응? 알려 주면 안 돼?"

그러자 민은 다시 한번 웃음을 터뜨리면서 은하의 질문에 답해 주었다. 아니, 정확하게 말해서 민이 답해 준 것은 아니었다.

"와하하하! 자, 은하야, 네 궁금증이 풀렸구나. 아하하하! 아, 진짜 웃기다, 아하하!"

"그래, 아주 웃기는구나."

린은 풋살구 씹은 표정으로 서서는 부루퉁하게 말했다. 민과 은하가 둘이서만 말하니 화가 난 것이었다.

"아, 린. 너무 속상해하지는 마. 다 너를 위해서니까. 아하하!"

호탕하게 웃는 민의 얼굴을 보지 않으려고 고개를 돌린 린은 이상하게도 분명 닫혀 있던 문이 어느새 열려 있다는 것을 눈치챘다. 그러나 그것이 무엇을 의미하는지는 몰랐으며, 그 하얗던 문에 그려져 있는 붉은 용도 잘 보지 못했다.

"얘들아, 그냥 가자. 어서!"

린이 재촉하자 민과 은하는 그제야 고개를 들어 문을 보았다. 그러나 눈썰미가 좋은 은하는 문의 바뀐 점을 알아차릴 수 있었다.

위험해.

은하는 느꼈다. 그러나 린과 민은 전혀 느끼지 못한 게 틀림없었다. 아이들은 아무렇지 않게 그 문으로 들어갔다. 은하는 지나가면서 아이들이 눈치채지 못하도록 아주, 아주 살짝 붉은 용을 손으로 만져 보았다.

피, 피다.

은하는 끈적끈적하고 불쾌하게 자신의 손에 엉겨 붙어 있는 붉은 용의 몸, 아니 몸에 있었던 빨간 액체를 내려다보았다. 소름이 오소소 돋으면서 오싹해지는 것을 느끼고서 잠시 걸음을 멈추었다. 몸이 부르르 떨리기 시작했다. 은하의 정수리가 조금 사라졌다가 다시 나타나자, 아이들도 은하의 이상한 낌새를 눈치채고 이것저것 묻기 시작했다.

"은하야, 너 괜찮아? 얼굴이 창백해. 아니! 이, 이거 뭐야?! 이거 피 아니야? 너 어디 다쳤어? 세상에, 야! 피가 많이 났잖아!"

민이 다그치자 린도 조용히 다가와서는 은하의 손에 엉겨 붙어 있는 피를 보고서 잠시 할 말을 잃은 듯 가만히 서 있다가 은하에게 물었다.

"이거, 네 피 아니지? 어디야? 어디서 묻은 거야?"

린이 다소 오싹하고도 심각한 목소리로 말했기 때문에 은하는 다시 소름이 돋았다. 그래서 아무 말도 안 하고서 피가 묻지 않은 왼손으로 붉은 용이 그려져 있는 하얀 문을 가리켰다.

"이거 언제부터 그려져 있었지?"

민이 붉은 용을 유심히 지켜보더니 말했다. 그리고 살짝 겁을 먹은 듯한 목소리로 말했다.

"이 용…… 분명히 이 문을 처음 봤을 땐 없었는데? 어떻게 된 거지?"

이번에 은하는 정수리가 아니라 턱까지 없어졌다 나타났으며, 린은 털썩 주저앉고 말았다.

그래. 분명 처음에는 없었어. 그렇다면 우리가 문을 향해 걸어오는 동안 생겼단 말인가? 하지만 어떻게?

린은 여기까지 생각하고 더 이상은 생각할 수가 없었다. 아무리 생각을 해도 더 이상은 납득이 되지 않았다.

투명인간인가? 하지만 보이지는 않아도 이렇게 빨리 그릴 수는 없어. 마법일까? 마법으로 이런 게 가능할까?

린은 여러 가능성을 생각을 해 보았지만 아무래도 딱 맞아떨어지는 생각은 없었다. 다 끝이 찝찝한, 살짝 연결되지 않는 듯한 느낌의 생각이었다.

"아…… 어떡하지?"

은하가 중얼거렸다.

"은하야, 왜? 무슨 문제 있어?"

민이 걱정되는 듯 조심스레 묻자, 은하가 아닌 린이 퉁명스레 대답했다.

"어휴, 지금 문제 아닌 게 있어?"

그러자 민은 은하의 옆으로 바싹 다가가서는 다시 물었다.

"아니, 진짜 심각한 문제가 있는 것 같다고. 이은하. 너 무슨 일 있지? 너 왜 그래? …… 아아악!"

민이 외치는 소리까지 들리자 린 역시 무슨 일이 나긴 났나 보다 싶어 은하의 옆으로 얼굴을 들이밀었다.

"꺅! 이거 왜 이래?"

린도 갑자기 놀라 넘어지는 바람에 우당탕 큰 소리가 났고, 조금 뒤에야 아이들은 사태를 파악했다.

"은하야…… 네…… 네 손이…… 써, 썩고 있어……."

린은 너무 놀란 나머지 숨을 헐떡거리면서 말했다.

"아…… 어떡해…… 나 무서워…… 나 좀 도와줘……."

은하가 몸을 달달달 떨면서 말했다.

"아! 진 교수님! 아직 계실지도 몰라! 가서 도와달라고 하자."

린이 크게 말하고는 은하의 왼쪽 팔과 민의 팔을 한쪽씩 잡고는 문을 향해 달려가기 시작했다.

"교수님! 진보영 교수님! 도와주세요!"

린이 문을 박차고 나가서 크게 외쳤다. 린이 부르는 소리에 진 교수가 자리를 뜨자, 그 자리에 무언가 검은 물체가 사뿐히 내려앉 았다.

"앗! 너희들 왜 그러니?!"

진 교수가 달려와서는 가쁜 숨을 헐떡이면서 다급히 물었다. 린 은 은하의 오른쪽 팔을 살짝 잡고 진 교수에게 잘 보이도록 앞으로 쑥 내밀었다.

"아…… 이건…… 흑여우…… 얘들아, 생각보다 상태가 심각하 구나. 어서 보건실로 가자."

진 교수가 다리에 힘이 풀려 주저앉아 있는 은하를 일으켜 세우 며 말했다. 보건실로 가는 길에 갑자기 진 교수가 아이들을 보더니 말했다.

"은하야, 혹시 여기에 가족이 있니?"

그러자 은하는 여전히 땅만 보면서 대답하였다.

"오빠가 매아블랙에 있어요."

"아! 근데 얘 이름은 어떻게 아셨어요?"

린이 그 와중에 묻자, 진 교수는 걸음을 옮기면서 말했다.

"너희들이 그렇게 부르는 걸 들었단다. 린, 민, 어서 가서 얘 오 빠를 데려오너라. 이름이 뭐니?"

그러자 은하는 여전히 고개를 떨구고서 말을 이었다.

“이…… 은우예요.”

그러자 린은 퍼뜩 떠오르는 게 있었다.

아까…… 준우, 은우, 민우, 준혁, 현우……

그사이 진 교수는 다급하게 린을 흔들었다.

“어서! 몇 호실인지 아니? 시간이 없구나.”

“네? 아, 네! 금방 다녀올게요!”

린이 말하자 진 교수가 린의 어깨를 잡고 말했다.

“잠깐, 너 몇 호실이니? 일단 은우를 너희 방에 데리고 같이 있어.”

그러자 린이 재빨리 대답하고는 교문을 향해 달려갔다.

“8호, A나 4층 8호예요.”

린과 민은 당장 기숙사 4층으로 올라가서 3호의 문을 두드렸다.

“어우, 또 왜?”

아까 그 남자애가 다시 나오면서 물었다.

“저, 미안한데 빨리 이은우 좀 불러 줘.”

린이 눈물이 그렁그렁 고인 눈으로 남자애에게 매달리자 남자애는 당황한 얼굴로 물었다.

“내가 이은우인데? 왜?”

“네, 네가 은우야? 이, 이리 좀 와 봐. 어서! 으아앙!”

린이 끝내 울음을 터뜨리면서 은우의 팔을 잡아당겼다.

“왜 그러는데? 아, 은하한테 무슨 일 있어?”

은우가 맥없이 딸려오다가 퍼뜩 은하 생각이 났는지 잠시 멈칫하

면서 물었다. 그러자 정신없이 울고 있는 린을 대신해 민이 대답을
했다.

"그것 때문에 그래. 지금 은하가…… 많이…… 다쳤다고 해 둘게."

민은 차마 은하의 팔이 썩어 간다고 할 수 없어서 말을 대충 얼버
무렸다. 그러자 은우가 홱 돌아서면서 민을 잡고 흔들기 시작했다.

"뭐?! 얼마나 다쳤는데?"

"아아아! 다 말해 줄 테니까 이거 좀 놔 줘어!"

민이 이리저리 흔들리면서 말하자 은우는 그제야 민을 놓아 주고
순순히 린과 민을 따라왔다.

방에 들어가자 서현이와 가은이의 비명이자 볼멘소리가 섞여 나
왔다.

"악! 얘 뭐니?!"

"나 참, 유령 언니에, 남자애에 그다음은 또 뭐야?"

그러자 민은 울음을 훌쩍거리며 삼키고 있는 린을 흘깃 쳐다보더
니 그냥 이번에도 대신 말했다.

"아까 은하 있지? 걔가 크게 다쳤어. 그 애 오빠야. 교수님이 데
리고 있으라 하셨어."

아이들은 은하가 다쳤다는 사실에 충격을 받았는지 각자 아무 말
없이 방으로 들어갔다. 린과 민, 은우는 거실에 남아 이야기를 하
기 시작했다.

"그러니까…… 새빨간 용이…… 하얀 문에…… 교수님이…….."

드디어 울음을 그친 린이 주저리주저리 설명을 하자, 가만히 듣고 있던 은우가 '은하의 팔이 썩고 있다.'라는 대목에서 벌떡 일어나더니 소리쳤다.

"뭐! 으, 은하의 팔이……!"

은우는 너무 놀랐는지 잠시 주저앉았다가 어지러운 머리를 감싸 쥐고 일어나서 현관문을 벌컥 열고 뛰어가기 시작했다. 민이 린의 팔을 꼬집으면서 속삭였다.

"야! 그걸 말하면 어떡해!"

"아…… 미안."

린이 작게 사과했다.

"아니지, 우리 이럴 게 아니라 쟤 쫓아가야지."

민이 정신을 차리고 말하자, 린도 퍼뜩 정신이 들었다.

"아, 그렇지, 쫓아가야지. 근데 어디로 가야 해?"

린이 묻자 민은 냅다 뛰어나갔다.

"빨리 와!"

"으응! 너 먼저 가!"

린이 외치자 민은 기다렸다는 듯 복도 저 너머로 사라졌다. 린은 재빨리 민을 뒤쫓아 가기 시작했다.

"어휴, 이 바보, 그걸 말하다니."

린은 혼자 자기 머리를 콩콩 쥐어박으면서 달렸다. 마침내 민을 따라잡았는데, 민은 문 안으로 쏙 들어갔다.

새로운 세계

"아앗?! 어디로 간 거야!? 아, 저 문!"

린이 민을 따라 문 안으로 들어가자, 은우는 은하의 옆에서 뭐라고 중얼거리고 있었고, 민은 교감한테 꾸중을 듣고 있었다.

"헉! 헉! 으, 은하는 어때요?"

린이 보건실에서 이렇게 말하자 보건 선생님은 슬픈 얼굴로 고개를 저으며 말했다.

"차도가 없구나. 이 상태로는 얼마나 버틸지……."

교감은 날카롭게 소리쳤다.

"이 잠꾸러기들! 기숙사에 가라니까 어디서 어슬렁대고 있었어! 도대체 이게 무슨 일이래! 그래, 그건 그렇다 치고, 얘는 뭐야! 방에 데리고 있으랬지!"

그쯤 하자 진 교수는 교감을 진정시키려고 노력했다.

"교감 선생님, 그만하세요. 어린애들이잖아요. 오늘 갓 입학했어요. 어쩌면 길을 잃었었던 건지 누가 알겠어요."

교감은 가까스로 화를 누른 듯 얼굴에는 아직 분노의 흔적이 남아 있었다.

"좋아, 그럼 다 용서해 줄 테니 지금! 당장! 기숙사로 가!"

교감이 외쳤지만 린은 어떻게 해서라도 이곳에 남아 있어야겠다고 생각했다. 그래서 아주 위험한 시도를 해 보았다. 만약 실패한다면 어떤 벌을 받을지는 알 수 없었지만.

"저희는 그 시각 은하랑 같이 있었던 유일한 목격자예요. 만약 상황이 더 악화된다면 저희가 필요하실 거예요!"

교감도 더 이상 할 말이 없는지 린의 말을 듣고는 손을 휘휘 내저으며 보건실에서 나갔다. 그러나 보건 선생님과 진 교수는 '악화'라는 말을 듣고는 낯빛이 어두워졌다. 잠시 후 보건 선생님은 침울한 목소리로 말했다.

"이제 이 상황에서는 더 이상 악화될 것도 없단다. 그냥…… 이대로 서서히 죽어 갈 뿐이지."

린은 가슴이 쿵 떨어지는 기분이었다.

죽는다고? 은하가…… 죽는……다고……?

그때, 갑자기 은우가 말했다.

"으, 은하는…… 반투명인간이에요. 저, 혹시 방법이 없나요?"

은하는 '반투명인간'이라는 말을 듣고 고개를 돌려 버렸지만, 보건 선생님은 진 교수와 잠시 쑥덕대더니 밝은 얼굴로 이렇게 말했다.

"반투명인간이라고?! 반투명인간이란 말이지! 좋아, 그럼 방법이 없는 건 아냐. 투명인간은 치유력을 갖고 있지. 이 아이가 그 치유력을 끌어낼 수만 있다면…… 하지만……."

보건 선생님의 낯빛이 잠시 어두워졌다. 아무도 눈치채지 못할 만큼 잠깐이었지만, 린은 똑똑히 보았다.

어떻게 된 거지? 분명 큰 문제가 있는 거야.

두려웠다. 이대로 은하가 죽게 놔두고 싶지는 않았다. 하지만 그렇다고 마땅한 방법이 있는 것도 아니었다.

"은하의 의지가…… 너무 약해. 살고 싶은 마음이 없는 건가……."

보건 선생님이 말했다. 문득 린은 아까 은하가 했던 말이 떠올랐다.

'처음엔 죽고 싶었어.'

그리고 그다음 말도 이어서 떠올랐다. 아까보다는 희망적인 말이었다.

'그다음엔 살고 싶었어. 하지만 두려워. 내가 잘 살아남을 수 있을지…….'

그래, 은하는 살고 싶어 해! 하지만 용기가 없어…….

린의 마음속에서 결론이 났을 때, 은하도 비슷한 생각을 하고 있었다.

난 살고 싶어. 하지만 너무 두려워. 그냥 이대로 죽는 게 나을까?

그때였다. 정말 순식간에 일어난 일이었다.

"아야!"

은우가 은하의 팔을 아주, 아주 세게 꼬집었다.

"오빠! 왜 그랬어!?"

은하가 은우를 획 돌아보면서 사납게 말했다. 은하는 이제 팔꿈치 너머까지 썩어 가고 있었다. 그런데 은우가 갑자기 밝게 미소 지으면서 말했다.

"야! 이은하! 너, 방금 팔이 투명해졌었다는 거 알아?"

"뭐?! 진짜?! 이제 됐다!"

린은 너무 기뻐서 '만세' 소리라도 지르고 싶었다. 그때 보건 선생님이 걱정스레 다가와서 말했다.

"저, 그런데 은우야, 네 손에도 피가 묻었구나. 이대로면 너도……."

은하 역시 걱정스러운 표정이었다.

"오빠…… 괜찮아? 미안해…… 괘, 괜히 나 때문에……."

은하의 눈에는 끝내 눈물이 주렁주렁 매달렸다. 그때 은우가 외쳤다.

"괜찮아, 나 역시 반투명인간이거든."

피가 묻은 은우의 왼팔이 투명해지기 시작했다.

"오빠…… 하지만…… 오빠는…… 투명해진 적 없잖아."

은하가 당황한 듯 말을 더듬으면서 물었다.

"아닌데? 나도 투명해진 적 있어. 대신 그럴 때마다 화장실이나…… 뭐 그런 곳에 숨어 있었어."

은우가 능청스럽게 말하자 은하는 벌컥 화를 냈다.

"뭐야! 난 전혀 몰랐잖아! 그래도…… 다행이다……."

은하가 말을 마칠 때 즈음, 은하의 얼굴엔 살며시 웃음이 피어올랐다.

"그야…… 나까지 그랬으면 원장님이 우릴 쫓아냈겠지. 별수 없었어. 안 그래도 너 때문에 쫓겨날 뻔했거든?!"

은우도 지지 않고 맞붙었다. 그때, 보건 선생님이 린과 민의 등을 살짝 떠밀면서 속삭였다.

새로운 세계

"이제 그만 기숙사로 가거라. 아마 7시부터 8시까지 각 기숙사 층별로 소개하는 시간을 가질 거야. 앞으로 8년을 같이 있어야 할 텐데, 이름 정도는 알고 있어야지."

그제야 린은 아까 빨간 머리의 여학생의 말이 떠올랐다.

"아, 맞다! 어후, 잊고 있었네. 어디랬지? C아, 6층…… 아, 몇 호랬지? 3호……? 아, 아닌데. 2호…… 5호…… 아! 4호다!"

린은 말을 마치자마자 문을 뛰쳐나갔다.

"어휴, 또 뭔 일이 있나 봐요. 하여간 쟤랑 있으면 심심할 틈이 없다니까요. 안녕히 계세요."

민은 보건 선생님에게 꾸벅 인사를 하고 린을 쫓아 뛰어가기 시작했다.

9.

흑여우

린은 재빨리 'C아'라고 써 있는 곳을 찾았다. 그곳의 커다란 문 옆에는 'C아 파이팅! 모든 신입생들을 환영합니다!'라는 글자가 쓰인 아까 강당에서 보았던 군청색의 깃발이 펄럭이고 있었다. 린은 통로를 찾아서 단숨에 6층까지 뛰어 올라갔다.

"4호…… 4호…… 4호! 여기 있다, 4호!"

린은 크게 외치고는 문을 쾅쾅 두드렸다.

"어? 넌 누구니? 아, 또 엘리가 불렀나 보구나? 난 정현이야."

문을 연 갈색 머리를 한 여학생이 상냥하게 웃으면서 말했다.

"엘리! 에엘리! 너 또 누구 불렀지? 얘 여기서 기다리잖아!"

정현이 빨간 머리 여학생, 엘리를 불렀다.

엘리가 나오는 데 시간이 좀 걸린 탓에 민은 린을 따라잡을 수 있었다.

"어? 왔네, 머리 긴 꼬마."

엘리가 웃으면서 말했다. 린의 머리가 유별나게 긴 탓에 가끔 그렇게 부르는 사람들이 있었는데 린은 그 별명을 그다지 좋아하지 않았다.

"나는 머리 긴 꼬마가 아니라 린이에요. 얘는 민이고요, 빨간 머리 언니."

린이 퉁명스레 말하자 엘리는 사과하고는 아이들을 안으로 들였다.

"다른 언니들이 싫어하지 않아요?"

린이 멈칫거리며 묻자 정현이 엘리를 살짝 흘겨보더니 웃으면서 말했다.

"아니, 괜찮아. 이제 우리 모두 익숙해졌어. 얘는 3학년 때부터 이랬다니까. 얘들아! 손님 왔다!"

그러자 머리를 하나로 높이 묶은 언니, 단발머리 언니, 머리를 말아 올린 언니까지 한꺼번에 나와서 소란을 피웠다.

"안녕, 머리 긴 꼬마. 나는 하늘이야. 우리는 5학년인데, 너희는?"

머리를 하나로 묶은 하늘이가 말했다.

"우, 우리는 오늘 입학했어요. 그리고 내 이름은 '머리 긴 꼬마'가 아니라 린이에요."

린이 하늘이를 째려보면서 말하자 머리를 말아 올린 사람이 와서는 호들갑을 떨었다.

"어쩜 째려보는 것도 귀엽니! 나는 다은이야."

린이 다은이를 피해 몸을 살짝 숙인 사이, 단발머리가 음료수를 가져오면서 말했다.

"다은이는 무시해. 좀 호들갑스러워. 안녕, 꼬마들? 난 정연이야."

린은 여기서는 꼬마라고 불리는 것을 피할 수 없구나 하고 생각하고는 고개를 꾸벅 숙여서 인사를 했다.

"여기 앉으렴. 그래, 엘리가 오늘은 또 뭘 알려 준대?"

다은이가 린과 민을 자리로 안내하면서 물었다.

"아, 네…… 감사합니다. 저…… 엘리 언니가 흑…….."

린은 '흑여우'란 말을 꺼내다 말고 조심스레 눈치를 봤다. 지금까지 봤을 때, 모두 그 단어만 들으면 낯빛이 어두워졌기 때문이었다.

"여우……요."

린이 말을 마치자마자 하늘이의 얼굴은 창백하게 질렸고, 정현이는 고개를 확 돌려 버렸다. 다은이는 엘리한테 가서 따지기 시작했다.

"야! 엘리! 너 이 꼬마들한테 무슨 말을 한 거야!"

그러자 엘리는 사뭇 진지한 태도로 말했다.

"이제 이 아이들도 이곳의 일원이야. 알 권리가 있어."

린은 흑여우가 무엇인지조차 몰랐지만, 함부로 입에 담으면 안 되는 말이라는 것을 깨달았다. 다은이는 엘리에게 따지는 것을 포기하고 이렇게 말했다.

"그래, 어차피 알게 될 거 매도 먼저 맞는 게 났대. 아이고, 그래. 그런데 얘들아, 어디 가서 우리가 여기서 이 얘기를 했다고 말하면 절대 안 돼!"

린은 열심히 고개를 끄덕였지만 민은 어쩐지 불안한 표정이었다.

"뭐, 뭔데요?"

민이 침을 꿀꺽 삼키며 묻자 엘리가 말했다.

"어…… 그러니까 이 유나판타지아에 늘 착한 마법사만 있지는 않아. 물론 이곳에 오는 사람을 가려서 뽑기 때문에 대부분은 훌륭하게 크지만, 가끔 사고나 뭐 그런 것들로 인해 나쁘게 변하기도 해. 그런데 이곳을 만든 유나님의 동생이 있었는데, 그녀는 유나님과 이곳을 죄악스럽게 여겼어. 결국 그것 때문에 자기 자신이 죄악스럽게 변하긴 했지만 말이야. 그녀는 자신이 가는 곳마다 하나의 표식을 남겼고, 그 표식은 흑여우의 상징이 됐어. 그 표식은 용이지. 음, 그리고……."

엘리는 거기까지 말하고 정현의 눈치를 살폈다.

린은 머리를 한 대 맞은 것 같았다.

용!

교감이 놀랐던 이유, 학생들이 놀랐던 이유, 용이 우리를 죽이려 했던 이유, 그리고…… 이 세상이 겁을 먹은 이유.

린이 그 모든 것을 깨달을 때까지 엘리는 단 한마디도 하지 않았다. 정현은 작은 목소리로 엘리를 대신해 말했다.

"그녀는 자신의 부하들을 모았어. 흑마법으로 위대한 마법사와 마녀들을 홀렸지. 그러나 5년 전, 그녀는 갑자기 사라지고 말았어. 그녀를 흑여우라고 부르는 이유는 그녀에 대한 무엇도 알 수 없었기 때문이야. 그녀와 함께 홀렸던 마녀와 마법사들도 모두 사라졌어. 우리는 그들을 검은 숲이라고 부르는데, 그 검은 숲에는 검은 여우, 즉 흑여우가 살고 있어. 그들은 수만 명의 사람들을 죽였지만 단 하나의 증거도 남기지 않았지. 우리 부모님도……."

말을 마친 정현의 눈에는 투명한 눈물방울이 대롱대롱 맺혀 있었다. 정현은 더 이상 말하기 힘든지 먼저 방으로 들어가 버렸다.

"쟤는 갓 입학했을 때, 부모님이 흑여우에게 잡히셨어. 몇 주일만 버티셨으면 살아남으셨을 텐데…… 쟤는 자무들의 세상에서도 고아였는데…… 불쌍한 애야. 어쨌거나 걱정하지 마. 우리 제인 교수님은 꽤 강력한 마법력을 가지고 계시니까…… 어라? 너희는 오늘 7시부터 뭐 있지 않니? 하여간 1학년들은 바쁘다니까. 어서 가. 지금 6시 46분이야. 뛰어가면 늦지 않겠다."

린은 엘리의 말을 듣고 시계를 보았다. 시계는 정확히 6시 46분을 가리키고 있었다.

"헉! 늦었다! 고마워요, 언니. 저희는 이만 가 볼게요!"

린은 꾸벅 인사를 하고는 민의 팔을 잡고 기숙사까지 냅다 뛰기 시작했다.

"헉, 헉, 야! 시간 없어! 어서 뛰어!"

린이 외치자 터덜터덜 걷던 민도 전속력으로 달리기 시작했다. 이제껏 안 달려 봐서 몰랐는데 민은 꽤 빨랐다.

"야, 민! 너 왜 계주 안 나갔냐?"

린이 헉헉 숨을 몰아쉬면서 민에게 물었다.

"계주하면 남아서 연습해야 되잖아. 왜?"

민이 당연하다는 듯 태연히 대답하자 린이 살짝 원망 섞인 목소리로 말했다.

"치, 한 번만 나가지. 우리 1학년 때 빼고 4년 동안 같은 반이었는데(물론 5학년은 같은 반이어야 봤자 상관없지만) 한 번도 계주에서 이겨 본 적이 없잖아. 너 나갔으면 그래도 한 번은 이겼을 텐데."

그러자 민이 린을 쿡 찌르면서 말했다.

"헛소리 그만하고 어서 가자."

"알겠어. 헉! 51분이다. 늦겠어. 뛰어!"

린이 시계를 보더니 소리를 냅다 지르고는 뛰기 시작했다.

"뭐? 나 먼저 간다!"

민이 린보다 더 크게 소리를 지르고는 더 빨리 뛰기 시작했다. 그러자 린은 잔뜩 심통이 난 아이처럼 투정을 부리기 시작했다.

"아앗? 그런 게 어딨어? 야!"

하지만 민은 린을 떼어 놓고 저만치 앞서서 뛰어가기 시작했다. 민은 서둘러 계단, 아니 미끄럼틀을 오르기 시작했고 조금 지나서는 린도 민의 뒤꽁무니를 쫓아 올라가기 시작했지만, 미끄럼틀을 거꾸로 오르는 일은 꽤 힘든 일이었다. 특히 유나판타지아에서는 더욱 그랬다.

"아, 여기 사람들 진짜 이상해. 무슨 기름 같은 거 여기 발라 놨나 봐!"

린이 미끄럼틀을 쾅쾅 치면서 화를 냈다.

"그게 아니지. 야, 생각을 해 봐. 미끄럼틀을 만들 때, 뻑뻑하게 만들겠냐? 당연히 미끄럽게 만들지."

민이 한심하다는 듯 콧방귀를 뀌면서 말했다.

"알겠어, 얼른 올라가. 벌써 56분이야."

린이 시계를 한번 들여다보고 말하자, 민은 조금 더 속도를 내서 계단을 오르기 시작했다. 린은 민을 따라 열심히 올라갔지만 아무리 올라가도 민을 따라잡을 수가 없었다. 둘은 7시 4분이 돼서야 다 오를 수가 있었다.

둘은 자신들의 눈을 믿을 수가 없었다.

"와아…… 이건 진짜…… 너무 예쁘다!"

복도는 완전 파티장이었다. 천장에는 예쁜 샹들리에가 반짝반짝 환하게 빛나고 있었고, 넓은 복도 중간중간에 놓여 있는 작은 탁자들에는 맛있는 음식들이 수북이 쌓여 있었다. 아이들은 잠옷 차림으로 복도 여기저기를 돌아다니면서 음식을 집어 먹거나 놀고 있었다. 그리고 더욱 신기한 건 아무리 빨리 뛰어도 그 무엇에도 부딪히지 않는다는 것이었다. 아이들이 탁자 쪽으로 뛰어가 부딪칠 것 같다 싶으면 어느새 아이들은 처음 뛰기 시작했던 장소로 돌아가 있었다.

"야! 재미있겠다! 우리도 어서 가서 놀자!"

린이 민의 손을 잡아 이끄는 바로 그 순간, 갑자기 조명이 다 꺼지더니 교장의 목소리가 어디에선가 흘러나왔다.

"자, 여러분! 지금부터 자기소개를 할게요. 자신의 이름이 불리면 무대 위로 올라와서 자기소개를 하면 돼요. 알겠죠?"

교장의 목소리는 여기까지 말하고는 이내 사라졌다.

"무대? 무대가 대체 어디 있다는 거…… 우와아아!"

린의 말이 채 끝나기도 전에 복도 한구석이 솟아오르기 시작했다. 솟아오른 복도 위로 형형색색의 조명이 비추자 순식간에 멋진 무대가 생겼다.

"장민준!"

교장이 갑자기 이름 하나를 불렀다. 너무 갑작스러워서인지 아무도 일어나지 않았다. 잠시 뒤, 한 남자아이가 일어나서 앞으로 나갔다. 장민준이라는 남자애는 연두색에 가까운 하늘색의 망토를 입고 있었다. (민트색에 가깝긴 했지만 민트색은 아니었다.)

"안녕? 나는 기숙사 1호실에서 생활할 장민준이야."

연이어 1호실의 남자아이 넷이 더 발표했고, 2호실의 여자아이들이 발표하기 시작했지만, 린은 밀려오는 졸음을 참지 못하고 꾸벅꾸벅 졸기 시작했다. (무대에서는 빨간 벨벳 망토를 입은 예쁜 여자아이가 자신의 이름을 '혜나'라고 소개하고 있었다.) 린은 결국 자신도 모르게 곯아떨어졌고, 얼마나 잤는지 민이 린을 흔들어 깨우기 시작했다.

"린! 리인! 벌써 6호실 애들이야. 얼굴은 알아 둬야지. 그새 잠들면 어떡해?"

린은 벌떡 일어나서 민에게 투정을 부렸다.

"으음, 뭐야, 왜 벌써 깨웠어? 이따가 7호실 애들 소개할 때나 깨우지."

그러자 민도 지지 않고 따발총을 퍼부었다.

"우리 앞에서 살 애들이야. 제일 많이 보게 될 거라고. 그러니까 조용히 하고 들어. 또 잠들면 그땐 안 깨워 줄 거야."

결국 린은 민의 말대로 가만히 앉아 소개를 듣고 있을 수밖에 없었다.

"안녕? 나는 기숙사 6호에서 생활할 장민지야. 앞으로 잘 부탁해."

단발머리 여자애는 생글생글 웃는 얼굴로 이렇게 말하고는 무대에서 내려갔다. 이윽고 6호실의 또 다른 여자아이가 무대 위로 올라왔는데, 놀라운 일이 벌어졌다.

"헉! 야, 쟤들 뭐야? 똑같이 생겼어."

린이 민을 툭툭 치면서 놀라자 민이 린의 머리를 콩 쥐어박으면서 말했다.

"으이구, 쌍둥이잖아."

"아, 그렇구나."

망토 색깔도 비슷한 둘은 얼핏 봐서는 누가 누구인지 알 수가 없었다.

"안녕? 나도 앞으로 6호에서 생활할 거야. 나는 장지민이야. 앞으로 잘 부탁해."

지민이가 내려가자 이번에는 생머리를 하고 있는 여자아이가 올라왔다.

"아, 안녕? 나는 하영이야. 나도 앞으로 6호실에서 생활할 거야. 잘 부탁해."

그다음에는 양 갈래 머리가 나와 자신의 이름이 '민희'라고 소개하고 내려갔고, 그다음에는 조금 짧은 생머리를 하고 있는 여자아이가 자신을 '세희'라고 소개했다. 조금 뒤, 7호 남자아이들까지 발표를 다 하자 8호실 아이들의 이름이 불리기 시작했다.

"이민!"

민이 린을 두 번 툭툭 친 다음에 무대 위로 올라갔다.

"안녕? 나는 앞으로 8호실에서 생활할 이민이라고 해. 앞으로 잘 지내보자."

민이 소개를 마치고 내려오면서 린에게 속삭였다.

"멍 때리지 말고 준비해."

아니나 다를까. 곧 린의 이름이 불렸다.

"한린!"

린은 깊게 숨을 들이마신 뒤, 민을 두 번 툭툭 친 다음에 무대로 성큼성큼 올라갔다. 은빛 망토가 살짝 흔들리자 린은 망토를 꽉 움켜잡았다. 아이들도 린이 아까 무대에 올라갔던 '은빛 망토'라는 걸 아는 것 같았다.

"나는……."

린이 침을 꿀꺽 삼키자, 짧은 정적이 흘렀다.

"나는, 한린이라고 해. 앞으로 8호실에서 지낼 거야. 잘 부탁해."

린이 후들거리는 다리에 힘을 주고 무대에서 내려오자, 곧이어 은하의 이름이 불렸다.

"이은하!"

은하는 긴장된 얼굴로 천천히 무대로 올라갔다. 은하의 얼굴에 서려 있는 두려움을 린은 볼 수 있었다.

"나는…… 이은하라고 해…… 아, 앞으로 잘 지내자. 8호실에서 지낼 거야."

다행히 아무도 은하의 다른 점을 눈치채지 못한 것 같았다. 은하도 그렇게 생각했는지 조용히 무대를 내려왔다. 연이어서 9, 10호의 소개까지 끝나자 아이들은 각자의 기숙사 방으로 흩어졌다. 린은 신발을 벗으면서 생각했다.

'이곳은 참 좋은 곳이야.'

그리고 잠시 흑여우에 대해서도 생각해 보았다.

'불쌍한 사람. 어쩌다 그렇게까지 되었을까?'

그러나 곧 몸서리가 쳐졌다.

'하지만 누가 뭐래도 그건 죄야.'

린은 그 이외에도 여러 가지 생각을 해 보았다. 하지만 무슨 생각이든 두렵고 몸서리가 쳐지는 것은 마찬가지였다. 린은 더 이상 생각하지 않고 자기로 했다. 린은 침대로 올라가 이불을 턱 밑까지 끌어당겼다. 린은 잠시 몸을 뒤척거리다가 이내 잠이 들었다.

'린, 당신의 도움이 필요해요. 어서 '그곳'으로 오세요……'

10.

아침에는 늘 바쁘다

다음 날 아침, 린은 새소리에 잠이 깼다.

"으음……."

린은 몇 번 뒤척이다가 침대에서 일어나 창문을 열었다. 창문 앞의 나뭇가지에 여러 마리의 새들이 앉아 있었다.

"좋은 아침이야!"

린은 생글 웃으면서 새들한테 아침 인사를 건넸다. 그때, 비둘기한 마리가 린의 방으로 들어왔다. 잠시 뒤, 다른 새들은 날아가 버렸지만, 그 비둘기는 날아가지 않았다. 그 비둘기는 몸을 살짝 숙여 린의 손등을 쪼았다. 아프지는 않았다. 친구가 되자는 뜻 같아서 린은 이렇게 말했다.

"좋아! 내가 네 이름을 지어 줄게. 네 이름은…… 음…… 체오야!

어때? 마음에 들어?"

우연인지는 몰라도 체오는 고개를 끄덕였다. 린은 똑똑히 보았다. 진짜로 체오는 린의 말을 알아듣는 것 같았다. 린은 체오를 자세히 보았다. 푸른빛이 도는 털에 윤기가 흐르는 노란 부리, 야생 비둘기처럼 보이지는 않았다. 꽤 멋져 보이기도 했다. 그때, 린은 체오의 다리에 묶여 있는 쪽지를 발견했다.

"어? 이게 뭐지?"

린은 서둘러 쪽지를 풀어 보았다. 린은 조심스럽게 쪽지를 펼쳐서 읽기 시작했다. 쪽지에는 이렇게 쓰어 있었다.

'이 비둘기는 학교에서 키운 비둘기이며 신입생들에게 주는 선물입니다. 마음이 맞는 사람의 방으로 이 비둘기는 들어갈 것입니다. 선택된 사람은 이 비둘기를 사랑으로 키워 주시기 바랍니다. 만약 털 알레르기가 있는 사람은 아쉽지만 비둘기를 창밖으로 날려 보내 주시기 바랍니다. 비둘기들은 길을 혼자 잘 찾을 수 있습니다.'

교장 제인 강

린은 너무나 기뻐서 소리를 지르고 싶었지만, 옆방에서 가은이가 자고 있었기에 조용히 침대 위에 누었다. 잠시 뒤, 문 열리는 소리가 나서 린은 방에서 나가보았다. 가은이가 화장실에서 나오고 있었다. 머리가 물에 젖어 있는 것으로 보아 방금 머리를 감은 것 같았다. 어제 너무 놀라서 잘 보지 못했는데, 가은이의 머리와 눈은 새카맸고 머리에서는 윤기가 흘렀다.

"어? 일어났네?"

가은이는 한마디 툭 던지고는 주방으로 갔다. 린은 화장실로 들어갔다. 화장실은 꽤 넓었다. 수건이 다섯 장이나 걸려 있었는데, 각각 이름이 쓰여 있었다. 린의 수건은 은색 실로 '한린'이라고 쓰여 있었다. 린은 세수를 하고 수건으로 얼굴을 닦았다.

나가 보니 서현이가 기다리고 있었다. 린이 나가자 서현이가 화장실로 들어가서 씻기 시작했다. 그런데 조금 뒤 날카로운 비명이 들렸다.

"꺄악!"

무슨 일이 생겼어.

린은 느꼈다. 소리가 난 곳은 화장실이었다. 린은 들어가야 하나 말아야 하나 잠시 고민했지만, 곧 서현이의 안전이 더 먼저라는 생각이 들었다. 린이 문고리를 몇 번 돌리자 철커덕 소리와 함께 문이 열렸다.

"서현아! 괜찮아?!"

린이 급히 말했다.

린이 들어갔을 때 서현이는 화장실 바닥에 주저앉아 있었다. 달달 떨리는 손으로 린의 다리를 붙잡았다.

"리, 리인…… 저, 저기…… 저거 뭐지……?"

서현이가 화장실 거울을 가리키면서 달달 떨었다. 린은 서현이를 보느라 미처 못 본 거울을 보았다. 문에 있었던 것과 같은 붉은 용이 그려져 있었다. 잠시 뒤, 가은이가 와서 붉은 용을 만지려고 했다.

"멈춰!"

린이 가까스로 가은이의 팔을 붙잡았다.

"흑여우의 피야. 만지지 마. 거실에 전화기 있지? 가은아, 미안한데 교장 선생님한테 전화 좀 해 줘."

린이 가은이에게 말하자 가은이가 고개를 끄덕이고는 거실로 나갔다. 잠시 뒤, 은하는 붉은 용이 그려져 있는 것을 보고는 너무 놀랐는지 다시 방으로 들어갔다. 린은 아이들에게 붉은 용 그림을 만지지 말라고 당부하고는 거실에서 서성거리고 있는 민에게 가서 서현이를 부탁했다. 서현이는 많이 놀랐는지 아직도 몸을 떨고 있었다. 민은 서현이에게 냉수를 한 잔을 떠다 주었다. 가은이가 린을 불렀다.

"린! 연결됐어."

린이 거실로 나가자 교장의 얼굴이 전화기, 아니 전화기 같은 물건 위에 둥실 떠 있었다. 교장은 웃는 얼굴로 물었다.

"좋은 아침이에요. 무슨 일이지요?"

린이 다급하게 말했다.

"흑여우, 흑여우의 피로 그려져 있는 용이 있어요."

교장의 얼굴이 잿빛으로 변했다.

"어디지요?"

"A나 4층 8호 화장실 거울에요."

린이 말하자 교장은 곧 오겠다고 하고는 통화를 끊었다.

"얘들아…… 무슨 일이야?"

조금 정신을 차린 서현이가 물었다.

"우리도 잘 모르겠어. 하지만 교장 선생님이 곧 온다고 하셨으니까 이제 괜찮아."

린이 서현이를 다독였다.

시간이 5분쯤 지나니 교장과 교감, 보건 선생님과 경비원 몇 명이 왔다.

"얘들아, 혹시 누구 그 용을 만지지는 않았겠지?"

보건 선생님이 아이들 한 명 한 명에게 묻는 사이, 경비원들과 교감은 화장실을 둘러보았다.

"흑여우가 다시 돌아왔어요."

"이번 입학생 중에 '그 애'가 있는 거예요."

"그럼 7년 전에 사라진 그녀는……?"

사람들이 서로 답 없는 질문을 주고받고 있었다. 린은 생각했다.

'그 애? 그게 누구지? 왜 하필이면 우리 방에 저게…….'

린 역시 궁금증이 일어났지만, 누군가에게 물어볼 수도 없었다.

"일단 아침부터 먹거라."

교장이 아이들을 주방으로 데려갔다. 그리고 냉장고를 열면서 말했다.

"앞으로 여기에 너희의 아침, 점심, 저녁이 들어 있을 거야."

"고맙습니다, 교장 선생님. 하지만 지금은 배가 고프지 않아요. 흑여우가 누군지 알아요. 지금 이대로 간다면 학교가 무사하지 않을 거라는 것도요. 저희에게 무엇이라도 좀 알려 주세요. 우리는 붉은 용 두 마리를 목격했어요. 게다가 배에도 용이 있었어요. 뭔가 관련이 있어요."

린은 교장에게 정중하게 부탁했지만 교장의 얼굴은 새파래졌다.

"아니! 교감 선생님! 교감 선생님이 얘들한테 그걸 알려 주었나요?"

교장이 교감에게 소리쳐 물었다. 그러자 교감은 린의 어깨를 꽉 잡아 린이 자기를 보도록 만들었다. 그러고는 말했다.

"아닙니다, 제가 아닙니다, 교장 선생님. 이 맹랑한 꼬마 녀석. 너 도대체 정체가 뭐야!"

교감이 음산한 목소리로 말하자 린은 꽉 잡힌 어깨가 아픈 것도 잊고 말했다.

"난 린이에요, 한린. 민주아와 한호성의 딸. 샛별초등학교 5학년 7반."

린이 교감을 똑바로 쳐다보면서 또박또박 말하자 교감은 질린 듯 린의 어깨를 놓고는 돌아서서 중얼거렸다.

"민주아…… 민주아라니, 혹시 그자인가? 큭…… 그렇다면……?"

"교감, 그만하세요. 아직 어린애들이에요."

교장이 교감을 타일렀다. 교감은 한숨을 쉬며 고개를 돌렸다. 교장은 심호흡을 하며 눈을 깜빡였다. 애써 웃으며 린과 아이들에게 말했다.

"첫 수업은 지리예요. 박 교수님이 맡으셨지요. 좋은 분이에요. 아 참! 저기 탁자 위에 일정표가 있어요."

"예."

린은 간단하게 대답하고 방으로 들어가 버렸다. 주저리주저리 떠들고 싶지 않았다. 마음이 복잡했다. 교감에게 무례하게 군 것도 신경이 쓰였다. 하지만 먼저 나서서 사과드리고 싶지는 않아서 방으로 들어온 것이었다. 왠지 계속 교감 앞에 서 있기가 좀 불편했다. 교감이 자신을 무례하다고 생각할 것 같아 좀 걱정되었지만.

'하아, 나 이제 어떡하지? 걱정이다……'

린은 숨을 크게 들이마시고 내뱉었다. 린은 침대로 뛰어들었다. 잠시 뒤, 철커덕 하는 소리가 들렸다.

'사람들이 나갔나?'

린은 방문에 귀를 딱 대고 앉아 소리를 들었다.

"린! 어서 나와! 스케줄이 빡빡해! 여기 네 것도 있으니까 보고 시간 맞춰 준비해!"

민이 소리치는 소리가 귀를 쟁쟁하게 울렸다.

"으윽! 쟤는 왜 저렇게 목소리가 큰 거야?!"

린은 방문을 열고 거실로 나갔다. 탁자 위에는 작은 도화지에 프

린트가 된(또는 그런 비슷한 마법에 걸린) 일정표가 있었다. 손에 쏙 들어오는, 진짜 작은 일정표였다. 일정표를 집어 들자, 도화지 특유의 꺼끌꺼끌한 감촉이 손바닥에서 느껴졌다.

민은 어느새 주방에 가 있었다. 아까 린이 교장에게 그렇게 말하는 바람에 일찍 일어나 아침을 먹은 가은이 빼고는 아무도 아침을 먹지 못했던 것이었다.

"린, 그냥 아침 먹어. 점심까지 어떻게 버티려고."

민이 작은 우유팩과 샌드위치를 린의 손에 쥐어 주었다. 린은 진짜로 배가 고프지 않았다. 그래서 방으로 들어가 옷장을 열어 보았다. 옷도 그대로일까? 과연…… 옷 역시 그대로였다. 린은 청바지와 후드티를 입고는 그 위에 망토를 걸쳤다. 망토를 휘 둘러보니 아직도 전날 봤을 때 그대로 반짝반짝 빛나고 있었다. 린은 망토가 빛나는 이유가 반짝이 가루 때문만은 아닐 수도 있겠다고 생각했다. 린은 나가서 외쳤다.

"민! 나 준비 다 했어. 수업이 8시부터니까 서둘러야겠다. 헉! 야, 민! 벌써 7시 43분이야!"

"으응! 어, 나갈게! 은하는?!"

민이 소리치자마자 린은 은하의 방문을 두드렸다.

"은하야! 준비 다 됐니?"

"으응! 잠시만! 다 됐어!"

잠시 뒤, 은하와 민이 동시에 방에서 톡 튀어나온 것을 보고 린은 웃음을 터뜨리지 않을 수 없었다.

"린, 얘들아! 나도 같이 가자. 괜찮지?"

서현이가 가방을 둘러매면서 말했다.

"어? 그래."

린이 흔쾌히 허락하자 서현이는 좋아라 발을 굴렀다.

"아, 근데 가은이는?"

린이 주위를 두리번거리면서 묻자 어딘가에서 하은이가 나와 대답했다.

"걔는 아까 갔어. 원래 유령 같은 애라. 진짜 내가 유령인지 걔가 유령인지 구분이 안 된다니까."

"아, 그래? 그럼 우리끼리 가야겠네."

린이 아쉬워하며 신발을 신었다. 신발도 그대로였다.

"하아, 진짜 집에 있는 것 같아."

린은 한숨을 푹 쉬었다. 혼자 계실 엄마가 걱정되었다. 린은 민과 반대로 아버지가 없다. 어쩌면 그래서 더 빨리 민과 친해질 수 있었을지도 모른다. 엄마마저도 린이 다섯 살이 될 때까지 해외 출장을 나가셔서 린은 할머니와 민의 아버지의 손에 컸다. 이제 와서 그게 진짜 해외 출장이었는지는 확실치 않지만 말이다. 린의 할머니와 민의 할머니는 오랜 친구였고, 린의 엄마와 민의 어머니도 오랜 친구였다고 들었다. 그리고 두 아이의 어머니들은 아이를 낳고 함께 사라졌다. 결국 민의 어머니는 인간세계로 돌아오지 못했지만…….

"린! 린 정신 차려! 어서 가야지!"

여러 생각에 휩싸여 헤어나지 못하는 린을 생각에서 빠져나오게 한 것은 귀를 쟁쟁하게 울리는 민의 외침이었다.

"어으, 귀 아파. 알았어, 소리 좀 지르지 마."

린이 투덜대자 민은 못 들은 척 저만치 먼저 뛰어가 버렸다. 린은 뒤늦게 민을 쫓아 뛰어가기 시작했다.

"민! 은하야! 너희 길 알아?"

린이 간신히 민과 은하, 서현이를 따라잡고 헉헉 가쁜 숨을 몰아쉬며 물었다. 그런데 민과 은하, 서현이는 그만 할 말을 잃고 말았다. 그 넷 중 아무도 길을 모르면서 길을 나선 것이다.

"앗, 그걸 잊었네. 어쩌지? 분명 또 혼날 텐데……"

린이 안절부절못하며 발을 동동 구르고 있는데, 민의 외마디 소리가 린의 귀를 쟁쟁하게 울렸다. 확실히 민의 외침은 귀를 쟁쟁하게 울리고 정신을 번쩍 들게 하는 그런 힘이 있었다.

"민, 왜 그래?!"

린이 민에게 따가운 눈총을 쏘자 민은 억울하다는 듯 어깨를 으쓱해 보이며 얼굴을 잔뜩 일그러뜨렸다.

"아니, 네 일정표."

민이 린이 엉겁결에 들고나온 린의 일정표를 가리켰다.

"아니, 내가 일정표를 들고 있었나? 근데 왜……? 앗!"

일정표가 서서히 지도로 바뀌고 있었다.

"이야! 이거면 길 잃을 걱정은 없겠다!"

린이 기뻐 소리치는데, 갑자기 지도가 교감의 얼굴로 서서히 바뀌기 시작했다.

"지도로서의 용도는 새로운 곳을 마주하게 될 때나, 아니면 입학한 지 한 달 동안만입니다."

지도는 이 말을 남기고 다시 일정표의 모습으로 바뀌었다가 지도로 변했다.

"야야, 시간 없다!"

린이 외치고는 주르륵 미끄럼틀을 내려갔다.

"야, 같이 가!"

민이 린의 뒤를 이어 미끄럼틀을 죽 내려가자 은하와 서현이도 따라 내려왔다. 교실은 1층이었다.

"어, 우리뿐이네?"

린이 교실을 둘러보며 말했다. 그때, 서늘한 기운이 린의 등줄기를 적셨다. 꼭 하은이를 만났을 때의 그 느낌이었다.

"야, 김하은……!"

린이 천천히 뒤를 돌 때였다. 누군가 린의 어깨를 콱 잡았다. 린은 온몸이 서서히 경직되어 가고 있다는 것을 느꼈다.

"이런, 이런…… 너, 몇 학년 무슨 기숙사냐……?"

음침하고 음울한 느낌의 늙은 여성이 린을 음산한 얼굴로 내려다보고 있었다.

제**3**부

비밀의 도서관

11.
박 교수가 무언가를 숨기고 있다

"꺄아악!"

"린!"

'우당탕탕 쿠궁—'

린이 자지러지게 소리를 지르는 바람에 여자는 린을 놓을 수밖에 없었다. 린은 곧장 뒤에 있던 실험대와 부딪혔다. 그 바람에 실험대 위에 있던 각종 실험 도구들이 떨어져 깨지거나 쏟아졌다.

"린! 괜찮아?!"

민과 은하가 실험대 아래 푹 수그리고 있는 린을 향해 달려가자 서현이는 여자와 아이들 사이에서 어쩔 줄을 몰랐다. 그때, 여자가 갈팡질팡하고 있는 서현이를 붙잡고 물었다.

"자, 네가 대신 대답해 보거라."

서현이는 덜덜 떨면서 물었다.

"하, 할머니는 누구세요?"

"내 질문에 먼저 답해!"

여자가 소리를 질렀다.

"꺄아악! 놔, 놔 주세요. 아파요."

서현이가 몸을 비틀며 신음했다.

"그 손 떼! 서현이를 놓으란 말이야!"

린이 그렇게 소리치며 손에 잡히는 대로 비커를 하나 집어서 여자에게 냅다 던졌다. 그러자 여자는 서현이를 놓고 옆으로 살짝 비켜섰다.

'쿵! 쨍그랑–'

서현이는 탁자에 부딪혀 무릎에서 피가 나고 있었고, 비커는 조금 비껴가 큰 소리를 내며 깨졌다.

"좋아, 너희들이 말하지 않겠다면 내가 밝혀내야겠지."

여자는 아이들을 그대로 두고 옆의 문을 열었다. 옆 교실은 한창 수업 중이었다.

"박 교수! 이 애들 지금 선생님 수업 아닌가 해서 말이에요."

늙은 여자가 수업을 하고 있던 남자 교수에게 다가서며 물었다.

"예, 다 교수님, 제 수업 맞는 것 같네요."

'에? 그 할머니가 교수였어? 여기 교수들은 왜 이래. 교감 선생님도 그렇고. 앞으로가 걱정이다. 그 성격 괴팍한 교수가 나를 잊

을 일은 없을 텐데.'

린이 잡생각으로 정신이 없는 사이에 그 남자 교수는 아이들에게 자리에 앉으라고 하고는 수업을 이어 나갔다.

"자, 어디까지 했죠? 다음은 도서관이에요."

박 교수가 설명을 계속했다.

'지금 학교 지리를 설명하고 있어.'

박 교수의 목소리가 귀 가까이에서 들려오자 린은 흠칫 놀라 주위를 두리번거렸다. 그러다 박 교수와 눈이 마주치자 박 교수가 눈을 찡긋하는 것이 보였다.

'마법인가?'

린은 의아해하며 수업을 듣기 시작했다. 칠판에 도서관 그림이 나타났다. 아니, 그림이라기보다는 사진에 가까웠다. (어쩌면 진짜 사진일 수도 있었다.)

"우리 도서관은 아주 복잡해요. 여기는 약초학 사전이 있고, 또 여기에는……."

박 교수는 여기저기 지도를 짚어 가며 신나게 설명을 했다. 아마 지도 외우기는 박 교수의 취미 생활인 듯싶었다. 그것은 천진난만한 웃음을 띠며 신난 듯 설명을 하는 박 교수의 얼굴을 보면 그 누구라도 알 수 있는 사실이었다. 사진지도는 신기하게도 박 교수가 짚는 대로 확대되기도 하고 줄어들거나 때로는 그림이 바뀌기도 했다.

그러다 마지막쯤이었다. 린의 눈에 커다란 방에 X 자 표시가 되어 있는 것이 들어왔다. 대부분의 아이들은 보지 못할 정도로 흐린 글자였지만, 두 눈 다 2.0 시력을 자랑하는 린에게는 별것 아니었다.

'지이잉, 찰칵'

린은 몰래 핸드폰을 꺼내 사진을 찍었다. 그 순간 X 표시는 사라졌다. 소리에 놀란 비둘기 한 마리가 고개를 돌렸지만 린은 재빨리 핸드폰을 바지 주머니에 쑤셔 넣었다. 다시 한번 린의 가슴이 뛰기 시작했다.

그래, 기회야! 이번이 진짜 기회일지도 몰라!

비둘기는 끝끝내 린이 한 행동들을 보지 못하고 다시 명을 때리기 시작했다.

"교수님!"

"응?!"

"저기 저 X 자 써 있는 데는 어디예요?"

"응? 어어, 그냥 잘못 표시되어 있는 거야. 자, 그리고……."

박 교수가 말을 돌리자 린은 바지 주머니에 아무렇게나 처박혀 있는 핸드폰을 만지작거리며 중얼거렸다.

"역시! 저럴 줄 알았어!"

한 달이 순식간에 지나갔다. 입학한 지 이틀 만에 일어난 일들이 이상하리만큼 한 달 동안은 아무 일도 안 일어났다. 그나마 기억에 남는 일은 가정환경 조사를 하던 날이었다. '이게 뭐야? 마법세계라며? 인간세계랑 다를 게 뭐야?' 린이 당황해 손만 부들부들 떨고 있는데, 조사서 종이에서 목소리가 흘러나왔다.

"어서 해! 글 쓸 줄 몰라!?"

린은 순간 '아, 다르구나.' 하고 생각하며 손을 움직였다. 손을 공중에서 흔들기만 해도 글이 써졌다. 서걱, 서걱, 서걱. 연필 없이 글이 써지는 소리가 들렸다. '어머니' 칸에 '민주아'라고 쓰자 자연스레 '아버지' 칸으로 넘어갔다. 린은 다시 손을 움직였다. 서걱, 서…… '한' 손이 멈췄다. 글도 멈췄다. 소리도 멈췄다.

기억이…… 기억이 나지 않아…….

더 이상 아무것도 할 수가 없었다. 머릿속은 하얘지고 눈앞은 깜깜해졌다.

한……

잊어버리면 안 돼, 안 돼!

머리를 계속 흔들어도 바뀌는 것은 없었다. 눈물이 흘렀다. 그때, 다시 종이가 말을 했다.

"더 쓸 거 없으면 빨리 내기나 해!"

사나운 목소리를 듣고 린은 서둘러 종이를 낼 수밖에 없었다.

린은 침대에 누워서 가만히 생각을 했다. 지난 모험들…… 배에서 용과 싸운 일, 하은이를 만난 일, 흑여우의 피로 그려진 용…… 또 무슨 일이 있었더라? 린은 침대에 엎드렸다. 내 기억이 어떻게 된 것 같아, 하고 생각하며 린은 베개에 얼굴을 파묻었다. 그래, 은하의 정체를 알게 된 일도 있었지! 린은 어쨌거나 생각이 나서 다행이라고 생각했다.

하지만, 하지만 다시 잊으면 어쩌지?

린은 두려웠다. 민을 포함해서 다른 아이들은 모두 지난 일들을 잊은 것 같았다. 그리고 그것에 대해서 그다지 신경 쓰지도 않는 것 같았다. 린은 이제 조금 잊어도 될지 확신이 서지 않았다. 그러나 늘 이렇게 두려움에 떨면서 살 수는 없으니 일단은 잊고 살기로 했다.

잊는다는 것.

린은 어릴 때부터 무언가를 잊는다는 것을 매우 두려워했다. 정확하게 기억나지는 않지만 그것을 두려워하기 시작한 시점은 6살 때, 린의 엄마가 처음 린의 아버지 이름을 알려 줬을 때였다. 린의 기억에 남아 있지도 않은 아버지. 린이 아버지에 관해 기억하는 건 엄마가 가끔 방에서 울며 아버지의 이름을 불렀었다는 것밖에는 없었다. 그때부터 린은 아버지를 잊을까 봐 두려워하게 됐고, 그 이외의 다른 것들을 잊을까 두려워했다.

린은 그런 면에서 유나판타지아가 좋았다. 이곳에서는 더 이상 아버지에 대한 생각이 떠오르지 않았다. 그래서 두려운 것도 조금 줄어들었다. 잊어버릴까 두려운 기억이 사라졌기 때문에. 유나판타지아는 바쁘게 돌아가고 있었고, 린은 그 안에 속해 있었다. 배울 것이 많았고, 느낄 것, 볼 것, 들을 것도 많았다. 바쁜 일상 속에 파묻혀 지내다 보면 두려운 감정은 마음속 저편에 묻혀 나오지 않게 되었다. 린은 유나판타지아에 남기로 했다.

린은 거울로 가서 핸드폰을 거울에 바짝 갖다 댔다. 3초 만에 핸드폰의 사진들이 거울 속으로 빨려 들어갔다. 린이 거울을 톡톡 두 번 두드리자 곧 거울 속에는 사진 대신 앞에 서 있는 린의 모습이 생겼다. 린은 어느새 마법에 익숙해졌다. 자신도 모르는 새에. 너무나 빨리 마법에 익숙해졌다.

마법 세계에 남아 있지 않을 애들은 3일 전에 집으로 돌아갔다. 그런 아이들을 집으로 돌려보내는 것은 아주 웃겼다. 교감이 그런 아이들의 머리를 지팡이로 두 번 툭툭 치면 아이들이 축 늘어져 잠들었다. 아이들이 다 잠들자 교감은 "이도레지오 두카프라지오 아센디!"라고 외쳤다. 그러자 그 방에 있던 사람 모두가 뿅 사라졌다가 잠시 뒤에 교감만 벽에서 튀어나왔다.

한 달이 지나자 린은 익숙해졌을 뿐만 아니라 아이들과도 많이 가까워질 수 있었다. 그중에서 제일 친한 건 당연히 민이었지만, 은하나 서현이와도 가까워졌다. 수업을 받을 때 1~5호가 같이, 또 6~10호가 같이 받기 때문에 잠깐 알고 지냈던 준우는 이제는 만나기 어려웠다. 린은 이런저런 생각을 하며 뒹굴었다.

일요일 오후에는 수업이 없었다.

'똑똑똑'

누군가 린의 방문을 두드렸다.

"들어와."

린이 침대에서 일어났다 앉으면서 말했다.

"나다. 혹시 자무들의 물건을 아직 갖고 있으면 여기에다가 제출해라."

교감이 린의 방문을 열고 들어오며 말했다.

"네? 네."

린이 핸드폰과 머리핀, 공책 한 권을 내자 교감은 만족스러운 듯, 미소를 지으며 조용히 가은이의 방으로 갔다.

'철커덕'

문 열리는 소리가 났다. 가은이가 방으로 들어왔다.

"어? 가은아?"

린이 침대에서 일어나 가은이에게 다가갔다.

"스톱."

가은이가 손을 앞으로 내밀며 조용히 말했다.

"뭐?"

린은 잠시 멈칫하며 물었다. 가은이의 목소리는 알아듣기 어려울 정도로 너무 작고 차가웠다.

"스톱. 멈추라고."

가은이가 메마른 목소리로 말하자 린은 심통이 나서 책상 의자에 앉은 채 팔짱을 끼고 심드렁하게 물었다.

"왜?"

"우리 언니 때문에 왔어. 교묘하게 숨겨 놨더군. 그런다고 내가 못 볼 줄 알아? 원래 유령은 어디든 숨을 수 있지. 그런데 네가 모르는 게 있어. 유령의 살아 있는 가족은 제아무리 유령이 꼭꼭 숨어 있더라도, 무엇을 관통해서라도 그 유령을 볼 수 있는 눈이 생긴단 말이야! 오늘이 일요일이니까 내가 화요일 오후에 도서관에서 돌아올 때쯤이면 언니가 우리 기숙사에 없도록 해."

버럭버럭 성을 내던 가은이는 제 할 말만 하고 방에서 나가 버렸다.

"쳇, 쟤는 노크할 줄도 모르나 봐. 근데 쟨 왜 저렇게 하은이를 미워하는 거야?"

린은 불퉁대며 다시 침대에 누웠다.

'똑똑'

누군가가 린의 방문을 두드렸다.

"아, 진짜 오가은 끈질기네!"

린이 신경질을 내자 민이 방문을 열면서 걱정스러운 듯 물었다.

"린, 너 괜찮아? 나 가은이 아니야. 걔가 이렇게 노크를 하겠냐. 아까 가은이도 엄청 신경질 내면서 나갔는데. 하긴 가은이야 늘 신경질 내긴 하지만. 그래도 도서관 갈 때까지도 그러는 건 처음 본다. 둘이 무슨 일 있었어?"

"아니야, 아무 일 없었어. 근데 오가은 나갔냐?"

린이 침대에서 일어나 앉으며 물었다.

(도대체 몇 번을 일어났다 앉은 건지 몰랐다.)

"응, 왜?"

민이 린을 걱정스럽게 쳐다보았다.

"아무것도 아니야…… 크크크!"

웃어 대는 린을 걱정스레 쳐다보던 민은 고개를 절레절레 흔들더니 방을 나가 버렸다. 린은 회심의 미소를 짓고는 방에서 나갔다.

'철커덕'

가은이의 방문은 쉽게 잘 열렸다. 린은 가은이의 방을 휙 둘러보았다. 방도 가은이답게 어둡고 음침했다.

"이야아아아옹—"

"히익! 검은 고양이!"

가은이의 침대 위에서 한 고양이가 기분 나쁜 울음소리를 내고 있었다.

"야옹아, 좀 조용히 해. 난 '그것'만 찾고 나갈 거야."

린이 검지를 입술에 대고 쉿 소리를 내며 말했다.

"이야아옹—! 야아옹—! 이야아아아아옹—!"

검은 고양이는 더 시끄럽게 울어 댔다.

"으윽! 얼른 나가야겠다."

린은 서랍장 첫 번째 칸을 열어 보았다. 없다. 두 번째. 역시 없다. 세 번째, 네 번째.

"없다, 없어! 흐아!"

린이 기운이 빠진 목소리로 축 늘어져 중얼거렸다. 가은이의 방은 햇빛 한 줄기 들어오지 않아 매우 어두침침했다.

'휘이익–'

"앗, 바람이!"

갑자기 바람이 창을 파고들며 서늘한 냉기가 온몸을 뒤덮었다.

"아! 여깄다!"

바람 때문에 커튼이 들춰져 햇빛이 들어오자 일기장에 달린 자물쇠와 열쇠가 반짝 빛났다. 린은 일기장을 얼른 집어 들고 방으로 돌아왔다. 일기장을 펼쳐 읽어 나가기 시작했다. 반듯한 글씨로 일기가 쓰여 있었다.

×× 년 ×× 월 ×× 일

오늘은 그나마 나았다.

엄마가 울지 않았다.

언니는 오늘도 집에 없다.

아빠가 내일 수술하신다.

벌써 7번째 수술.

아빠는 살 수 있는 걸까.

×× 년 ×× 월 ×× 일

무섭다.

이제 아빠는 없다.

엄마와 언니, 나 우리 셋뿐이다.

언니도 아프다.

우리 가족은 왜 맨날 아프기만 한 걸까.

우리 가족은 점점 무너지고 있는 것 같다.

우리 가족이 다시 행복할 수 있긴 한 걸까.

××년 ××월 ××일

고작 며칠이 지난 것뿐인데……

이제 언니도 없다.

떠나지 않겠다고 약속했으면서.

엄마가 언니는 매아블랙에 갔다고 했다.

당치도 않은 소리!

거짓말

거짓말

거짓말!!!

지긋지긋하다!

약속……

믿는 게 아니었어!

아빠도 언니도 엄마까지도!!!

나는 혼자다.

가은이의 두려움과 분노가 느껴졌다. 뭔가 무서웠다. 고작 몇 페이지 읽었는데 긴장한 탓인지 등은 식은땀으로 젖었다. 린은 일기장을 휘리릭 넘겼다. 날짜도 같이 휘리릭 넘어갔다.

×× 년 ×× 월 ×× 일

짜증 난다!

짜증 난다!

짜증 난다!

재혼이라니!

엄마가 재혼이라니!

아빠를 사랑했다고 했으면서!

나를 지켜 준다면서……!

이 세상은 거짓말투성이다!

진실은 없다.

이 세상은 거짓말과

거짓말을 믿는 순진한 사람들과

상처뿐이다.

모든 건 끝났다.

린은 오싹한 기분이 들었다. 일기장에는 더 이상의 일기가 없었다. 무언지 알아볼 수 없는 휘갈겨 쓴 섬뜩한 문구와 낙서가 페이지

마다 쓰여 있었다. 일기장 마지막 장에 짧은 문구가 쓰여 있었다.

　게임 오버.

　린은 일기장을 탁 덮어 버렸다. 가은이의 감정은 슬픔을 넘어 분노였다. 무서웠다. '이럴 줄 알았으면 보지 말걸. 난 가은이가 왜 그렇게 하은이를 미워하는지 알고 싶었을 뿐인데…….' 린은 일기장을 본래 자리에 갖다 놓기로 했다. 린이 일기장을 들었는데, 쪽지가 한 장 툭 떨어졌다.

　✕✕년 ✕✕월 ✕✕일
　아아악!
　싫다, 싫다, 싫다!!!
　언니가 진짜 매아블랙에 있었다니!
　게다가 같이 살자고?
　약속 안 지킨 건 기억도 못 하고, 이제 와서 달라붙는 꼴이란!
　린이란 애도 짜증 난다!
　자기가 뭘 안다고.
　아는 척하는 애들 진짜 싫다!
　린이랑 친한 민도 싫고
　말도 못 하는 은하도 싫고

유령 언니가 좋다고 달라붙는 서현이도 싫다.

싫은 것투성이.

난 이제 행복하게 살기는 틀렸나 보다.

5살 때부터 '좋아!'라는 말 한 번 못 하고 살다니.

검은 고양이 셰이니만이 내 친구다.

린은 쪽지를 구겨 버렸다.

"오가은…… 도대체……."

그때였다.

"꺄악!"

가은이였다.

'가은이가…… 왔다!'

린은 서둘러 일기장을 숨겼다. 린은 가은이 방문에 귀를 대고 소리에 집중했다.

"어? 셰이니! 셰이니가 없어졌어!"

'셰이니? 셰이니는 방에…… 아! 혹시?'

린은 문득 어떤 생각이 들었다. 린은 방으로 돌아가서 일기장 겉표지를 찬찬히 뜯어보았다.

"아! 있다!"

일기장 한 귀퉁이에 까만 고양이 그림이 있었다.

'셰이니'

그리고 아래에 어린아이 글씨체로 '셰이니'라고 쓰여 있었다. 이 일기장이 가은이가 애타게 찾는 '셰이니'인 것 같았다.

"큰일 났다. 내일은 도서관에 안 갈 텐데."

내일은 가은이가 도서관에 가지 않는 날이었다. 가은이는 매우 계획을 잘 지키는 사람이었으므로, 가은이가 내일 도서관에 갈 확률은 매우 희박했다. 린과 가은이는 시간표가 똑같기 때문에 수업 시간 이외의 비는 시간도 없었고, 수업이 끝나면 가은이는 방에 틀어박혀 '유령 무시하기' 등의 책을 읽었다. 이건 린이 지난 한 달 동안 가은이를 봐 오면서 알아낸 사실이었다. 일기를 방에서 갖고 나온 게 잘못이었다. 린은 떨리는 목소리로 셰이니에게 속삭였다.

"셰이니…… 미안해. 셰이니, 꼭…… 집에 데려다줄게."

'똑똑'

그때 누군가가 문을 두드렸다.

린은 서둘러 일기장을 숨기며 말했다.

"응, 들어와."

린이 방문을 열자 민이 들어왔다.

"린, 너 괜찮아? 너 오늘 좀 이상해."

민이 린을 쳐다보며 물었다.

"민, 나 사실은 안 괜찮아. 사실은…… 좀 충격적인 사실을 알게 됐어. 일부러 그러려던 건 아니었는데…… 그만……."

린이 새어 나오는 눈물을 참으며 간신히 말을 이었다. 눈물을 억

누르기 위해 입술을 꼭 깨물었다. 그럼에도 불구하고, 기어이 눈물 한 방울이 볼로 흘러내렸다.

"세상에, 린! 너 울어? 너, 왜 그래!! 린!"

민이 깜짝 놀라 린을 쳐다보았다. 린은 말없이 가은이의 일기장을 민에게 내밀었다.

"린! 너 설마 이걸 훔친 거야!? 그래서 아까 가은이가 울었구나. 어휴……."

민은 일기장을 읽어 보더니 한숨을 쉬면서 말했다.

"나도 알아. 하지만 어떻게……."

린이 눈물로 젖은 얼굴을 들면서 울상을 지었다.

"린, 그거 잘 숨겨 놓고 날 따라와. 내가 도와줄게."

민이 문을 열며 비장하게 말했다.

민은 성큼성큼 걸어 나갔다.

"여기는 3호…… 아! 혹시?"

린이 민을 따라간 곳은 3호였다.

'쾅 쾅 쾅'

"으음…… 누구……? 엇?! 너, 너희들?"

준우가 졸린 눈을 비비며 나오다가 깜짝 놀라서 걸음을 멈추었다. 손에서는 들고 있던 책이 툭 떨어졌다.

"이준우, 이리 와 봐."

민이 준우를 잡아당기자 준우는 영문도 모르고 따라올 수밖에 없었다. 린은 떨어진 책을 집어 들어 먼지를 툭툭 털고, 표지를 흘깃 보았다.

'유령을 쫓는 방법'

린은 순간 놀라 어깨를 움찔했다. 그런데 참 웃긴 사실이 하나 있었다. 이미 표지만으로 겁을 먹은 상태이고, 중요한 일이 있는데도, 그 와중에 내용이 궁금했다. 린은 책의 한 부분을 아무 데나 폈다.

'이제 제일 중요한 유령을 쫓는 방법이다.

1. 이승에서 한이 많았던 유령들은 '이승', '인간' 등의 말을 하는 것을 두려워한다. 그러니 한이 많이 맺힌 유령이라면 잘 통하는 방법이다.'

책을 들여다보던 린은 자신은 이런 책을 읽을 필요가 없다고 판단하고는 책을 닫아 준우에게 건네주었다. 세 아이는 긴 복도를 걸어 8호실 앞에 도착했다. 민이 손을 문 위에 올리자 문이 덜컥 열리며 썰렁한 거실이 보였다. 린은 두 아이를 자신의 방으로 안내했다. 방 안에 들어온 민은 다짜고짜 본론부터 말했다.

"야, 너 투명해지는 마법 약 만들 줄 알지?"

"응? 어, 알긴 아는데."

준우가 엉겁결에 대답하자 민은 오싹한 미소를 지으면서 말했다.

"만들어 봐."

"에엑?!"

준우가 비명을 내지르자 민은 까마귀의 발톱, 사자의 침, 돼지의 눈물 등을 내놓으며 말했다.

"이거면 되나? 더 있어야 되나?"

"헉! 이 많은 걸 어떻게 구했어?"

준우가 놀라서 묻자 민은 의기양양하게 손가락으로 브이 자를 만들며 말했다.

"후훗, 다 방법이 있지. 어서 만들기나 해."

"너 어째 만날 때마다 나를 부려먹는 것 같다."

준우가 민을 흘겨보았다.

"빨리해!"

린과 민이 입을 모아 소리쳤다.

"알겠어, 솥이나 줘."

준우가 말했다.

"응."

린이 마법의 약 수업에서 받은 커다란 솥을 내밀자 준우는 물을 달라고 했다. 그러더니 마법의 약을 만들기 시작했다. 먼저 까마귀의 발톱을 넣고 물 조금을 넣었다. 다음으로는 사자의 침을 넣고 돼지의 눈물을 넣고는 나머지 물을 마저 넣었다. 마지막으로 중얼

중얼 주문을 외우기 시작했다.

"거대하고 엄청난 마법이여. 그대가 원하는 까마귀의 발톱과 사자의 침, 돼지의 눈물을 드릴 테니 우리의 육체를 보이지 않도록, 그 누구도 우리를 볼 수 없도록 하여라."

준우는 막대기로 솥 안의 액체를 젓기 시작했다. 약은 색이 점점 투명해지더니 마침내 보이지 않게 되었다.

"와! 먹어도 돼?"

린이 손을 뻗으며 물었다.

"안 돼!"

준우가 린의 손을 탁 치며 소리쳤다.

"아야!"

린이 아픈 손을 문지르며 신음하자 준우는 살짝 눈살을 찌푸리고는 약의 양을 정확히 재서 컵에다가 따랐다.

"자, 마셔. 마법의 약은 아주 정확하게 양을 재서 먹어야 해. 안 그러면 이 약의 경우 다시 돌아오지 못하고 투명인간이 되거나 부분만 사라질 거야."

준우가 린에게 컵을 건네며 말했다. 린은 컵에 담긴 액체를 쭉 들이켰다.

"으, 써."

린이 컵을 내려놓으려고 팔을 내렸다.

"앗!"

린은 소리를 지를 수밖에 없었다. 자신의 팔이 보이지 않았다. 앞에 서 있는 준우와 민의 모습이 보였다.

"성공이야! 린, 네 모습이 보이지 않아!"

"린, 명심해. 이 약의 효능은 10분이야. 그 시간을 넘기면 다시 원래대로 돌아오니까 조심해야 돼."

민과 준우가 각자 할 말을 하는 사이 린은 일기장을 품에 넣고 조심스럽게 방을 나왔다.

'철컥'

가은이의 방문이 열렸다.

"후…… 미안해, 셰이니."

린은 일기장을 한 번 쓰다듬고는 원래 자리에 돌려놓았다. 린은 조심스럽게 가은이의 방에서 나왔다.

'덜컥'

가은이가 들어오고 있었다.

'안 돼! 이대로면 내가 방문을 여는 걸 들킬 거야. 이를 어쩌지?'

린은 소파에 앉았다. 시계를 보았다. 6분이 남았다. 한편, 민과 준우는 애가 탔다. 민이 시계를 봤다. 이제 4분 남았다.

"안 되겠어. 내가 나가 볼게."

민이 벌떡 일어섰다.

"안 돼! 좀 기다려!"

준우가 민을 다시 앉히자 민은 입을 비죽 내밀고는 턱을 괴고 앉았다. 30초.

"나 말리지 마."

민이 비장하게 일어서자 이번에는 준우도 막지 못했다. 민이 워낙 화가 나기도 했거니와 이제는 시간이 얼마 남지 않았기 때문이었다. 민은 나간 다음에 어디 있는지도 모르는 린에게 손짓을 했다.

"민, 너 뭐 해?"

가은이가 물었다.

"으응, 춤 연습."

민이 머리를 긁적이며 대답했다.

"그런 건 방에서 해."

가은이가 싸늘하게 대꾸했다.

"아, 알겠어."

'이 정도면 린도 봤겠지?'

민은 문을 열고 들어갔다.

아주 천천히. 옆에서 뭔가가 쓱 들어오는 게 느껴졌다.

"민, 5초 남았어!"

5. 4. 3. 2. 1.

"성공이다!"

린은 흐르는 땀을 닦고 민과 하이파이브를 했다.

"하아, 진짜 조마조마했어."

민이 물을 마시면서 말했다.

"휴우, 나는 조마조마해서 땀이 다 났어."

준우는 방에 있는 거울에 얼굴을 비춰 보면서 말했다.

"그 정도는 뭐, 나도 땀은 났어."

린도 물을 마시면서 말했다.

"엇!"

준우가 놀라 소리치는 소리가 들렸다.

"응? 왜?"

린이 준우가 보고 있는 거울을 들여다보았다. 난데없이 준우가 중얼거렸다.

"거울아, 거울아. 네가 숨기고 있는 것을 보여 줘. 우리에게 진실을 알려 줘. 네가 갖고 있는 열쇠를 우리 손에 쥐여 줘."

그러자 거울이 꿈틀거리더니 거울의 창에 사진들이 하나둘 나타나기 시작했다.

"안 돼!"

린이 다급히 거울을 막아섰다. 주문을 다시 외웠다.

"거울아, 거울아. 나의 비밀을 숨겨 줘. 진실을 조금만 가둬 놔 줘. 네가 갖고 있는 열쇠를 안주머니에 꼭꼭 숨겨 줘. 아무도 나의 비밀을 볼 수 없게."

'툭'

거울은 다시 원래 거울로 돌아왔다. 다만 사진 한 장이 린의 발치로 떨어졌다.

"린, 이게 뭐야? 도대체……."

"안 돼! 보지 마!"

린이 민을 막아섰지만 민이 더 빨랐다.

"이건…… 혹시, 너 핸드폰으로 찍은 사진을 옮겨 놓은 거야?"

민이 린을 쳐다보았다.

"린…… 그건 교칙에 어긋나잖아."

준우도 린을 쳐다보았다.

"엄마를 잊으면 어떡해……."

린의 눈에서 눈물이 방울방울 떨어졌다.

"오, 린. 울지 마. 엄마를 잊는 일은 없을 거야. 다만 거울은 위험하니까 사진첩에다가 옮겨 놓자."

민은 린을 위로하고는 주문을 외었다.

"거울아, 거울아. 네가 갖고 있는 진실을 우리에게 나누어 줘. 잊지 않도록 도와줘. 우리가 그녀를 잊지 않도록."

그러자 사진들이 빠져나와 책 한 권으로 들어갔다.

"자, 그냥 책 같지? 이 정도면 교감도 속을 거야."

민이 책을 건네면서 말했다. 그런데 사진 한 장이 툭 떨어졌다.

"어? 뭐지? 이 사진은 너희 엄마랑 관련이 없나 봐. 그렇지 않으면 이럴 리가…… 앗?! 이건?"

준우가 떨어진 사진을 주우며 말했다.

"린…… 이거 우리 첫 지리 수업 사진……."

민이 사진을 들여다보면서 말했다.

"너희들한테 비밀로 하려고 했는데…… 박 교수님은 무언가를 숨기고 있어."

12.

여름방학에 일어난 실종 사건

"뭐?! 린! 그게 무슨 말이야!?"

민이 린을 흔들어 대며 물었다.

"그래, 린. 설마 교수님이……."

준우도 의심쩍어하며 린에게 물었다. 그에 비해 린의 답은 확고
했다.

"아니, 분명해. 뭔가를 숨기고 있어. 너희도 봤잖아. 아 참, 준우는
없었지. 민, 너도 들었잖아. 내가 여기가 어디냐고 물으니까……."

"말을 얼버무렸지."

민도 생각이 나는 듯 린의 말을 이어받았다.

"너희 왜 그래? 도대체 무슨 생각을 하는 거야? 아니, 무슨 생각
을 하든지 나는 빠질래. 또 죽을 고비를 넘기고 싶지 않아. 이미 난

용이랑 싸웠잖아. 난 그걸로 충분해."

준우는 은근슬쩍 빠져나가려고 했다. 그러나 곧 린의 손이 준우를 붙잡았다.

"이준우, 벌써 다 들었으면서 어디를 가려고."

린이 고개를 들어 짓궂은 미소를 지어 보였다.

"아악, 나는 왜 자꾸 얘들과 엮이는 거냐고!"

준우는 그러면서도 자리에 앉았다.

"민, 오늘 몇 월 며칠이지?"

린이 민에게 물었다.

민은 달력을 확인하더니 말했다.

"응, 5월 6일."

"아, 어제가 어린이날이었구나."

준우가 중얼거렸다.

"조용히 해! 오늘은 5월 6일. 방학식은 6월……."

"13일."

린이 말을 멈추자 민이 받았다.

"아, 그래. 13일. 민, 고마워. 어쨌거나 여름방학이 끝나면 교수님들도 우리 1학년들에게 신경을 별로 안 쓰실 거야."

린의 얘기가 끝나자 준우의 얼굴이 하얗게 질렸다.

"린, 설마……?"

"그래. 방학이 끝나면 여기가 도대체 어딘지 보러 가야지."

린이 손가락으로 사진을 가리키면서 의기양양하게 말을 끝냈다.

"그래, 기왕 일이 이렇게 된 거 한번 보자."

민이 말했다.

"엥? 나도?"

준우가 검지로 자신을 가리키면서 어리둥절한 표정으로 물었다.

"응, 당연하지! 벌써 다 들었잖아."

린이 당연하다는 듯 웃었다.

"하아~ 알겠어. 나 인제 간다."

준우는 더 이상 끼어들기 싫었는지 3호로 가 버렸다.

어느새 오후 6시였다. 린과 민은 부엌으로 갔다. 냉장고 안에는 된장찌개와 밥, 김치가 들어 있었다.

"이야~! 이런 거 오랜만에 먹어 본다. 된장찌개는 너희 아빠가 최고였는데."

린이 된장찌개를 꺼내며 말했다.

"그러게 말이야. 너희 엄마 김치도 진짜 맛있었는데."

민도 거들었다. 방금 냉장고에서 꺼낸 찌개는 신기하게도 금방 부글부글 끓더니 따듯하게 데워졌다.

"에? 그 김치 다 사 온 거였어!"

"진짜? 헐! 너희 엄마한테 완전 속았네."

린과 민은 식사를 하고 각자 방으로 들어갔다.

'이제 약 한 달 남았다. 그사이에 준비를 해야겠지.'

린은 생각했다.

'이제 약 한 달 남았어. 린이 집으로 돌아오면 안 돼.'
린의 엄마도 생각했다.

'오늘부터는 좀 바쁠 거야.'
린은 쭉 기지개를 켜고는 책상에 앉았다. 그리고는 도서관에 숨
어들기 위한 방법을 찾기 위해 열심히 머리를 굴리기 시작했다.
한 달은 금세 지나가기 마련이었다. 방학 전 마지막 수업은 미술
이었다.
"야, 방어술이 아니라서 다행이다."
린이 민을 툭툭 치면서 씨익 웃었다. 방어술 수업은 아이들이 가
장 싫어하는 수업 중 하나였다. 전에 나왔던 음침한 할머니 교수는
'다' 교수였다. 그녀의 이름을 정확히 아는 학생은 별로 없었지만
그녀의 성이 '다' 씨라는 것은 어디에선가 듣고 모두 그녀를 '할머
니 교수'나 '다 교수'로 불렀다. 다 교수는 방어술 수업을 맡고 있었
는데, 린이 비커를 던진 이후로 린과 민, 은하, 서현이까지도 끔찍
이 싫어했다.
"자, 방학식 때문에 여러분 모두 마음이 들떠 있죠?"
미술 담당인 진 교수가 아이들에게 나긋나긋한 목소리로 물었다.
"네~에!"

아이들은 모두 병아리처럼 입을 크게 벌리면서 대답했다.

"자, 그래서…… 오늘 수업 끝!"

진 교수가 두 팔을 활짝 벌리며 말했다.

"와아~!"

아이들은 우르르 뛰쳐나갔다. 린과 민, 은하는 진 교수에게 다가 갔다. 진 교수의 표정이 어두웠다. 그녀가 눈을 지그시 감았다.

린은 민의 어머니가 없었던 이유를 잘 알고 있었다. 아이의 마력 이 생기는 나이는 12살이기 때문에 그전에는 마법 세계에 들어올 수 없었고, 그 때문에 많은 마법사 부모들이 아이를 홀로 자무 세 계에 보내는 경우가 있었다. 진 교수는 태어날 아기 때문에 마음이 심란한 것 같았다. 겉으로 내색하지는 않았지만 린의 눈에는 그것 이 보였다.

"교수님……."

"얘들아, 어떻게 해야 할까? 아…… 너무 걱정돼."

진 교수가 배를 쓰다듬었다. 아까 말했듯 아이가 열두 살이 되기 전에는 유나판타지아에 들어올 수 없도록 법으로 정해져 있었다. 그마저도 선택받지 않으면 들어올 수 없었다. 한마디로 생이별이 었다. 그것은 많은 부모의 걱정이자 근심이고 고민이었다. 민의 엄 마인 수정 역시 민을 떠나보내야 했다.

"교수님, 저희 엄마는요, 교수였는데 일을 그만둘 수가 없어서 아빠가 저를 데리고 나가셨대요."

민이 말했다.

"그래? 하지만 그래도 이 아이는 희망이 있어. 운이 좋으면 얘가 태어나기 전에 법이 바뀔지도 모르지."

진 교수는 희미하게 미소를 지었다.

"얘들아, 좀 쉬어야겠구나. 방으로 가렴."

진 교수는 아이들을 돌려보냈다.

"진 교수님은 어떻게 하실까?"

"글쎄, 나도 모르지. 그래도 법이 바뀌면…….''

아이들은 이런저런 이야기를 하며 방으로 갔다. 거실에서 제각기 방으로 흩어졌다.

'철컥'

린은, 책상 의자에 앉았다. 린은 책상 한복판에 있는 편지봉투를 금방 발견할 수 있었다.

"어? 이거 뭐지?"

린은 편지봉투를 찢어보았다.

'찌이이익'

안에는 두 번 곱게 접힌 쪽지가 들어 있었다.

'린, 집으로 오면 안 돼. 위험해.'

엄마의 글씨체였다. 린은 쪽지를 읽고 또 읽었다.

"'린, 집으로 오면 안 돼. 위험해.' 이게 뭐지?"

린은 쪽지를 접어서 놓고 곰곰 생각했다.

"아! 혹시!"

린은 서둘러 가방을 챙겼다. 쪽지도 앞주머니에 고이 넣었다.

오후 3시. 아이들이 하나둘 집으로 가기 시작했다. 린과 민도 자무들의 세계로 돌아갔다.

"아빠!"

민이 자기 아빠한테 달려가자 린은 자기 집 쪽으로 다가갔다. 그곳 앞에는 많은 사람들이 있었다. 도시에서 좀 떨어진 작은 마을이라 아파트보다는 전원주택이 대부분이었다. 린의 집도 이층집이었다. 집 앞에 있던 옆집 아줌마가 린을 껴안고 훌쩍였다. 린은 뭔가 불길한 기분이 들었다. 옆집 아줌마가 계속 훌쩍였다. 린은 아줌마의 품에서 벗어나 집 앞으로 달려갔다.

"엄마!"

집 밖에는 노란 펜스가 쳐져 있었다. 조금 뒤, 경찰들이 다가왔다.

"애, 너 누구니?"

여경 한 명이 물었다. 그러자 같이 온 민의 아빠가 대신 대답했다.

"이 집 딸이에요."

"아, 네가 린이구나. 저쪽에 아저씨랑 있어라."

여경은 이렇게 말하고는 다시 경찰들과 이런저런 이야기를 했다.

"어, 어떻게 된 거예요?"

린이 민의 아빠를 올려다보며 물었다.

"너희 엄마가…… 사라지셨어."

민의 아빠는 조용히 말해 주었다.

"당분간 우리 집에서 지내자꾸나. 네가 친척도 없고 해서 일단은 내가 맡았단다."

민도 상당히 충격을 받은 표정이었다.

"엄마…… 엄마……."

린은 구석에 쪼그려 앉아 있었다.

'이럴 줄 알았어! 쪽지를 보자마자 왔어야 했는데…….'

린은 후회했다. 민은 슬픈 얼굴로 린을 쳐다볼 수밖에 없었다. 조금 뒤, 린은 민의 집으로 갔다. 민은 린의 가방을 걸었다.

"어? 린, 쪽지 떨어졌어."

민이 린 엄마의 쪽지를 주웠다.

"거기다가 놔 줘."

린은 계속 가만히 앉아만 있었다.

"린, 너 괜찮아?"

민이 물었다.

"괜찮냐고? 나는 아빠도 없어! 그게 무슨 뜻인지 알아? 내가 고아가 됐다는 뜻이야!"

린은 민에게 빽 소리치고는 다시 아무 말도 하지 않았다. 민은 화를 내지는 않았지만 더 이상 말을 걸지 않았다. 린은 한참을 울다 지쳐 잠들었다. 민도 잠들고, 집 안에는 무거운 정적이 감돌았다. 민의 아빠는 린의 엄마가 어디로 갔는지 짐작되는 곳이 있었다. 그러나 아직은 린에게 말하지 않는 것이 좋겠다고 생각했다. 민의 아빠는 일주일 전 일을 떠올렸다. 일주일 전, 민의 아빠는 린의 엄마에게 편지를 받았다.

'민 아빠.

지금까지 우리 린 돌보아 준 것 정말 고마워요. 나의 고향에 큰 문제가 생겼어요. 나는 그 문제를 해결하러 떠나야만 해요. 민 아빠라면 무슨 일인지 알 것이라고 생각해요. 어쩌면 나는 돌아오지 못할 수도 있어요. 3년 전 린의 할머니가 세상을 떠난 후부터는 린의 가족은 저와 그 애, 민 아빠와 민뿐이에요. 저는 다시 돌아오지 못할 테고 그 애는 린이 찾기에는 너무 멀리 있어요. 우리가 피를 나눈 가족은 아니지만 린과 나는 민 아빠와 민을 진짜 가족이라고 생각해요. 마지막 떠나는 길에 이런 염치없는 부탁을 드리기엔 너무나 죄송하지만 우리 린을 부탁해요.

너무나 죄송한 린 엄마 드림.'

민의 아빠는 린의 엄마의 부탁을 차마 거절할 수 없었다. 그녀가 사람들을 구하기 위해 떠난다는 걸, 다시 돌아오지 못할 것을 알기 때문이었다. 함께 헤쳐 나가야 할 문제였지만 민의 아빠가 해 줄 수 있는 것은 겨우 린을 맡아 주는 것뿐이었다. 민의 아빠는 그 편지를 받고 바로 린의 집으로 갔지만 이미 린의 엄마는 떠난 후였다. 민의 아빠는 린을 맡기로 결심했다.

소식을 들은 민의 엄마는 오랜 친구의 생이 얼마 남지 않았다는 것을 알고는 눈물을 흘렸지만 그녀가 해 줄 수 있는 일은 없었다. 그녀 역시 린을 도울 뿐이었다. 민의 엄마는 얼굴 한 번 보지 못한 친구 딸의 운명을 진심으로 슬퍼하고 있었다. 그러나 그건 결국 그녀나 상대방이 죽어야 끝날 그녀만의 싸움이었다.

작은 소녀는 아무것도 모르고 곤히 잠들어 있었다. 민의 아빠는 이 모든 비극을 다 잊고 싶었다. 이 비극을 되돌릴 수만 있으면 그렇게 하고 싶었다. 그러나 마법으로도 그건 불가능한 일이었다. 민의 아빠는 침대로 들어갔다. 잠은 그 모든 비극을 잠시나마 잊을 수 있는 유일한 방법이었다. 그는 곧 잠들었다.

"흑흑흑……."

한밤중에 민의 아빠는 어디에선가 새어 나오는 작은 울음소리에 잠이 깼다.

"으음……."

그는 소리가 나는 곳으로 발걸음을 옮겼다.

"흑흑흑…… 으흑흑흑……."

소리는 점점 커졌다.

'린이 깼나?'

'끼이익'

린은 깨지 않았다. 하지만 울고 있었다.

"아무것도 해 줄 수 없어 미안하구나."

민의 아빠는 린을 바라보다가 자신의 딸을 바라보았다.

"너무 능력 없는 아빠라 미안하구나."

그러고는 잠시 생각하다 덧붙였다.

"하지만 늘 더 좋은 아빠가 되도록 노력할게."

민의 아빠는 걸음을 돌려 방에서 나갔다.

한편, 린은 요즘 들어 늘 같은 꿈을 꾸고 있었다.

'린, 당신의 도움이 필요해요.

당신은 그곳으로 가야만 해요.

악의 세력이······.'

꿈속의 목소리가 희미하게 속삭였다. 메아리치는 것 같기도 했다.

그때였다.

"아아아악-!"

린이었다.

"린!"

"린!"

민과 그녀의 아빠가 동시에 외쳤다.

"헉, 헉."

린이 가쁜 숨을 몰아쉬었다. 늘 꾸던 똑같은 꿈을 꾸다가 갑자기 목소리가 일그러지더니 어렴풋이 엄마의 얼굴을 보았다. 엄마의 비명이 들리더니, 린은 결국 잠에서 깨어나고 만 것이었다. 린의 이마에서 식은땀이 흘렀다. 린은 머리가 어지러워 정신을 차릴 수도 없었다.

"린! 괜찮니?!"

민의 아빠가 린을 똑바로 일으켜 세우며 물었다. 민이 어느새 일어나 방의 불을 켰다. 방이 환해지자 세 사람은 서로의 얼굴을 볼 수 있었다.

"어이쿠, 이 식은땀 좀 봐. 악몽이라도 꾼 거야?"

민의 아빠가 린을 살펴보며 물었다.

"아, 아니요. 악몽은 아닌데…… 몸을 누군가 짓누르는 것 같았어요."

린이 신음하며 말했다.

"아, 알겠다! 가위눌렸구나. 이제 괜찮아."

그렇게 말하며 민의 아빠는 물수건을 가지러 갔다.

'가위눌린 거랑 느낌이 다른데…….'

린이 고개를 갸웃했다.

'가위가 아니야. 마녀들은 어머니와 딸이 연결되어 있다. 린에게는 딸이 없으니 아직은 엄마랑 연결되어 있을 거야. 린의 엄마에게

무슨 일이 있는 거다.'

민의 아빠는 불길한 느낌에 몸서리를 쳤다.

"아빠! 아빠! 린이……."

민이었다.

"왜?!"

"린이…… 으아앙!"

민이 말을 더 잇지 못하고 결국 울음을 터뜨리자 민의 아빠는 너무나 놀라 방으로 뛰어 들어갔다.

"린! 린! 정신 차려!"

린은 하늘이 빙빙 도는 것을 느꼈다. 그것이 끝이었다.

'쿵―!'

'린! 린! 괜찮아?'

'정신 차려라.'

'오오, 선생님.'

'린…… 린!'

"아악!"

"아, 린. 깨어났구나. 다행이다."

"교장 선생님?!"

그렇다. 린의 앞에 서 있는 사람은 교장, 제인이었다.

"아아…… 내가 아직 꿈을 꾸고 있는 건가?"

린은 다시 기절하고 말았다.

"으음……."

린의 눈에 어렴풋이 꽃이 보였다. 꽃병도. 그리고……

"민?!"

민이 몸을 날려 린에게 뛰어들었다.

"민, 아직 린은 환자야. 자, 린, 약 먹어라."

보건 선생님이 약을 들고 다가왔다.

"보건 선생님?! 여기가 어디지요? 그리고 제가 얼마나 잠들어 있었던 거예요?"

린이 놀라서 벌떡 일어나며 물었다.

"여기는 유나판타지아란다. 그리고 너는 잠들어 있었던 게 아니라 기절해 있었단다. 그것도 3일 동안. 민 아버님이 데려오셨어. 조금만 늦었어도 큰일 날 뻔했다."

보건 선생님이 분주하게 움직이며 대답해 주었다.

"너 기억 안 나?"

민이 걱정스럽게 물었다.

"응, 아무것도. 머리에 구멍이 뚫린 것 같아. 무슨 일이 있었던 거야?"

린이 지끈거리는 머리를 움켜쥐고 물었다. 계속되는 두통은 린을 괴롭게 했다. 거기에다가 떠오르지 않는 기억은 린을 힘들고 답답하게 했다.

"응, 우리가 자고 있었는데 네가 소리를 질러서 내가 깼어. 그런데 아빠는 벌써 깨어나서 우리 방에 와 계시더라. 어쨌거나 아빠가 물수건을 가지러 간 사이, 네가 경련을 일으키더니 기절했어. 아빠는 거실 전화기의 버튼을 0과 *을 반복해서 눌렀어. 그랬더니 벽에 커다란 구멍이 생겼고, 아빠가 나는 유나판타지아로 가라 그래서 와 봤지. 물론 아빠는 그 구멍으로 들어가셨고, 아빠는 유나판타지아에 계셨어. 음…… 그게 끝이야."

민이 종알종알 이야기를 해 주자 보건 선생님이 민을 밀며 말했다.

"민, 저쪽에 가 있거라."

"선생님, 제가 왜 그런 건지 알 수 있을까요?"

린이 보건 선생님을 올려다보며 애절하게 물었다.

"글쎄다, 아직은 모르겠구나. 아, 혹시 어머니가 어디 계시니?"

보건 선생님이 고개를 갸웃하면서 물었다. 그러자 린은 고개를 푹 숙였고 민이 대신 속삭였다.

"저, 선생님. 린 엄마는 얼마 전에 사라지셨어요."

"어쨌거나 미안하구나, 린. 미처 몰랐다."

보건 선생님이 린의 옆에 앉으면서 다정하게 미소 지었다. 린은 마음이 편안해지는 것을 느꼈다.

그래, 이렇게 많은 사람이 나를 위로해 주고 있어.

린은 눈을 감았다. 다시 잠이 오는 게 느껴졌다.

'달그락달그락'

'끼이이'

"린, 너 뭐 해?"

"응, 민이구나. 목걸이를 만들고 있어."

린과 민은 그 일이 있던 후로 올해는 계속 기숙사에서 지내기로 했다.

"목걸이? 갑자기 왜?"

민이 린의 침대에 걸터앉으며 물었다.

"응, 엄마의 마지막 흔적을 잃어버리지 않으려고."

린이 돌아보지도 않고 대답했다.

"응? 무슨 흔적?"

민이 물었지만 돌아오는 건 침묵뿐이었다.

"아이고, 야, 벌써 11시야. 어서 자."

민은 이 말을 남기고 방으로 가 버렸다.

린은 옛날에 엄마께서 주신 보석으로 목걸이를 만들고 있었다. 투명한 자주색의 보석에서 광채가 났다. 보석이 뚜껑이 되도록 작은 판을 경첩으로 연결해 달아 열고 닫기를 반복해 보았다. 린은 목걸이 뚜껑을 열고 그 안에 엄마의 사진과 쪽지를 넣었다. 그런 다음 목걸이에 입을 맞추며 속삭였다.

"엄마, 이 목걸이에는 그 어떤 마법도 안 썼어요. 엄마 그대로의 모습이 내 곁에 남아 있을 수 있게요."

린은 침대로 들어가 이불을 머리끝까지 덮어쓰고 행복을 만끽했다. 곧 달콤한 잠에 빠져들었다.

다음 날, 린은 체오가 우는 소리에 잠이 깼다.

"으음…… 체오, 잘 잤어?"

린이 체오를 쓰다듬었다.

"어후…… 졸려. 몇 시지? 악!"

린은 시계를 보고는 경악하며 옷장을 뒤졌다.

'9시 30분.'

다행히 린은 시간 맞춰 준비할 수 있었다.

"린! 준비 다 됐어?"

민이 부르는 소리가 들렸다.

"응! 나, 나갈게!"

린이 후다닥 뛰어나오자 민은 쿡 웃음을 터뜨리고는 길을 걷기 시작했다. 유나판타지아의 길은 아주 아름다웠다. 특히 아침에는. 싱그러운 아침 공기가 린과 민의 머릿결을 부드럽게 감싸 주었고 따스한 햇빛은 눈이 부시도록 밝았다. 가지각색의 꽃들은 산들바람에 맞춰 춤을 추면서 인사를 건넸다.

'똑똑'

민이 노란 해바라기가 가득 핀 하얀 집 앞에 서서 문을 두드리자 안경을 쓴 단발머리의 여자가 나왔다.

"오! 민! 그리고…… 네가 린이지?"

여자는 린이 숨이 막히도록 꽉 껴안았다.

"오! 하나님! 너 정말 주아랑 똑같이 생겼구나!"

여자는 린의 얼굴을 보더니 감탄하면서 다시 한번 꽉 껴안았다.

"아, 아녀하세여."

린은 눌려서 잘 움직이지 않는 혀를 있는 힘껏 움직여서 말했다.

"어, 그, 그래. 너무 꽉 안았니? 린, 나는 강수정이란다. 너희 엄마의 친구야. 우리가 12년 만에 처음 보다니. 그게 다 흑여우 때문이지. 자, 들어오너라."

수정은 문을 열었다. 린은 들어가서 소파에 앉았지만 할 얘기가 없었다.

"음, 린. 주아 얘기는 들었다. 마음이 아프겠지만 현실을 똑바로 봐야 해."

수정은 린을 쳐다보면서 말했다.

"네."

린은 두 손으로 목걸이를 꽉 쥐었다.

"아직 네가 이해하고 받아들이기 어려울 수 있어. 내 얘기를 잘 들거라. 부모님이 두 분 다 안 계시고 친척 한 명 없는 너 같은 경우는 아주…… 드물어. 하지만 너는 불행 중 다행으로 여기 유나판타지아에 있단다."

수정이 작지만 단호한 목소리로 말했다.

"그러면 어떻게 되는데요?"

린이 다급히 물었다.

"상황이 더 나아지지."

수정이 짧게 대답했다.

"네, 네!?"

린이 되묻자 수정은 설명을 해 주었다.

"이곳에서는 아직 너와 민이 이곳 일원으로 등록이 안 되어 있어. 이곳에 온 지 일 년이 아직 안 되었기 때문이지. 그렇기 때문에 네가 원한다면, 그리고 민도 찬성한다면 나와 민의 아빠가 등록상으로 너의 부모가 될 수 있어. 자, 어떠니?"

수정이 물었다.

린은 잠시 망설이다 말했다.

"저희 엄마가…… 진짜 돌아가셨을까요?"

"오, 린. 주아는 분명 어딘가에 살아 있을 거야. 하지만 너는 아직 어른이 안 되었기 때문에 보호자가 필요해. 그리고 더 큰 문제는 네가 반년 안에 정하지 못하면 너는 자무들의 세계에서 보육원으로 가게 될 거야."

수정은 지금의 상황을 설명했다. 린이 고개를 푹 숙이고 대답하지 않자 수정은 마음이 아파 견딜 수가 없었다. 차마 린에게 '너희 엄마는 곧 돌아가실 거고 너희 엄마가 나에게 너를 맡겼다.'라고 말할 수는 없었다.

'주아야, 왜 사라졌니…… 꼭 그럴 수밖에 없었니?'

수정은 생각했다. 어젯밤에도 수도 없이 생각했던 똑같은 이야기를, 또 생각했다. 그러나 결국 생각은 원점으로 돌아와 '주아야, 왜 사라졌니? 꼭 그럴 수밖에 없었니?'로 끝이 났다. 수정은 잠자코 린을 기다려 주었다. 12살 여자아이가 겪은 일들이 며칠 사이에 극복해 내기는 힘들다는 것을 잘 알고 있었기에. 그때, 민이 말했다.

"저는 괜찮아요."

수정은 고개를 들어 자신의 딸을 쳐다보았다. 린도 민을 쳐다보았다. 그러다가 린도 용기를 냈다.

그래, 지금이 아니면 기회가 없을지도 몰라.

"저도 좋아요. 정말 감사합니다."

"린, 민. 정말 힘든 결정이었을 텐데 둘 다 이렇게 흔쾌히 허락해 주어서 고맙구나."

수정은 아이들을 꽉 껴안고는 주방으로 뛰어갔다. 아이들은 소파에 앉아 그녀를 기다렸다.

'주아야…… 왜 저렇게 예쁜 아이를 두고 떠난 거니…….'

수정은 흘러나오는 눈물을 쓱 문질러 닦고 애써 밝은 표정을 지어 보이고는 소리 높여 말했다.

"자! 쿠키를 만들어 볼까!?"

13.
위험한 대결

학기가 시작되었지만 린은 아무래도 수업에 집중할 수 없었다.

"린! 뭘 그렇게 멀뚱멀뚱 앉아 있는 거냐?"

홍 교수가 소리쳤다. 홍 교수는 수학을 맡고 있는, 교감이기도 한 마녀였다.

"예? 아, 아닙니다."

린은 손사래를 치고는 다시 턱을 괴고 앉아 멍하니 창밖을 내다보았다. 방학 동안에 있었던 일들은 금세 일상으로 돌아와 적응할 수 있는 그런 쉽고 간단한 일들이 아니었다. 시간만이 그 모든 문제를 해결할 수 있었다.

'딩~동~댕~동~ 딩~동~댕~동~'

"수업 끝!"

홍 교수의 말이 끝나자마자 아이들은 우르르 달려 나갔다.

"린, 오늘 수업 끝이야. 너 괜찮아?"

민이 물었다.

"린, 너 무슨 일 있어?"

은하도 물었다.

"응, 나 괜찮아. 민, 있다가 내 방으로 와."

린은 이렇게 말하고는 먼저 가 버렸다.

린은 잠시 3호에 들렀다.

"이준우, 있다가 내 방으로 와."

린이 준우에게 속삭였다.

"응."

준우는 고개를 끄덕였다.

"꼭 와야 돼."

린이 준우에게 당부했다.

"응, 알겠다니까."

준우가 방으로 들어가 버리자 린은 그제야 방으로 돌아갔다.

밤 12시 10분 전. 린은 가방에 손전등, 사진, 투명 물약 조금을 챙겨 넣었다.

"린, 나야."

민의 소리가 방 밖에서 들리자 린은 문을 열어 주었다.

"어후, 더워."

민은 방에 들어오자마자 물을 꿀꺽꿀꺽 들이켰다.

"이제 준우만 오면 되는데."

'똑똑'

"호랑이도 제 말 한다면 온다더니. 야, 들어와."

린이 문을 열자 준우가 들어왔다.

"자, 가자."

린이 길을 나섰다.

"저, 지, 진짜 갈 거야?"

준우가 소심하게 물었다.

"응. 가야지."

린이 당연하다는 듯 뚜벅뚜벅 복도를 걸어갔다. 준우가 신발을
다 신고 뒤늦게 달려오자 민이 주의를 주었다.

"쉬잇! 뛰지 마."

그러자 준우는 고양이 걸음으로 살금살금 걸었다.

"됐다, 다 왔어. 도서관이 너무 멀다."

린이 도서관 문을 열었다.

"도서관이 문도 안 잠겨 있네."

린이 이상하다는 듯 툭 내뱉은 말이었다. 그때였다.

'댕~댕~댕~댕~댕~댕~댕~댕~댕~댕~댕~댕~'

도서관 한가운데에 있는 괘종시계였다. 그러자 휘익 바람 한 줌

이 불어와 문을 닫았다.

"문 그냥 닫힌 거지?"

민이 벌벌 떨면서 물었다.

"아니. 잠겼어."

린이 문을 힘껏 흔들어 보았다.

"지금 열두 시 맞지?"

"우리 갇힌 거 맞지?"

민과 준우가 동시에 물었다.

"응, 정확해. 지금 열두 시고, 우리는 갇혔어."

린이 시계를 보면서 대답했다.

"으, 좀, 오, 오싹하다."

준우가 떠는 게 느껴졌는지 유령 하나가 모습을 드러냈다.

"으아악!"

유령을 처음 본 준우는 소름 끼치는 비명을 질렀다. 그러나 이미 유령을 많이 본 린과 민은 그다지 놀라지 않았다.

"안녕, 넌 누구니?"

린이 유령에게 다가가며 물었다.

"예끼! '너'라니! 나는 운동장을 지키는 수호신 유령이란 말이다!"

유령이 린의 손을 탁 쳐 내며 버럭 호통을 쳤다. 유령은 얼굴이 투명해서 주름살이 몇 개나 있는지, 어린지 늙었는지를 확인하기가 쉽지 않았다. 특히나 밤에는 더욱더 그랬다.

"죄, 죄송합니다. 그런데 왜 도서관에 계세요?"

린이 조심스럽게 물었다.

"운동장은 겨울에는 너무 춥고 여름에는 너무 더워! 밤에는 도서관에 있는 게 좋아."

유령이 말했다.

"아 참! 그리고 도서관 안쪽으로 갈 거면 조심해. 나은이라고 도서관에서 숨어 사는 공부 유령인데, 걔 성질 되게 사나워."

유령이 주의를 주었다.

"나은? 하은이랑 가은이랑 나은이? 흠, 비슷한 것도 같은데."

린이 곰곰 생각해 보면서 말했다.

"어이쿠, 하은이를 알아? 옳아, 그래서 아까 나한테 '너'라고 했구나. 나도 어린애인 줄 알고. 나은이가 그 집 첫째야. 나은, 하은, 가은. 나은이는 가은이 태어나기도 전에 죽었으니까 가은이는 모르지. 나은이도 가은이를 잘 몰라. 태어났다는 것만 알지. 아마 여기 있는 줄도 모를걸."

그 유령은 엄청난 수다쟁이였다. 린은 더 이상 시간을 끌면 안 될 것 같아서 꾸벅 인사를 하고 지나왔다.

"자, 여기가 나은이 유령이 산다는 곳이야. 조심해."

린이 도서관 한복판을 지날 때 조용히 말했다.

"누구……? 나……?"

비밀의 도서관

가늘고 섬뜩한 목소리가 물었다.

"꺄아악!"

아이들이 소리를 지르자 목소리는 말을 그만두었다.

"누, 누구세요?"

린이 겁먹은 목소리로 묻자, 목소리가 살짝 더 부드러운 목소리로 물었다.

"혹시 가은이를 알아……?"

"어, 언니가 나은이에요?"

린이 되묻자 목소리가 사나워졌다.

"나은이? 난 그 이름보다는 차라리 유령 언니로 불리길 원해. 그 이름은 낡아 빠졌어!"

린은 참 이상한 유령도 다 있다 싶었다.

"아, 알겠어요, 유령 언니. 우리는 가은이를 알아요. 별로 친절한 애는 아니지요."

린이 어깨를 으쓱해 보이면서 말했다. 그러자 민이 린을 툭 치면서 말했다.

"야!"

"왜?"

린이 되묻자 민은 어이없다는 듯 말했다.

"그런 식으로 말하면 어떡해! 저 유령은 걔 언니잖아!"

"아, 그, 그런가?"

린이 당황하여 묻는 순간, 호탕한 웃음소리가 도서관 가득 울려
퍼졌다.

"아―하하하하하!"

유령 언니가 처음으로 인간다운 목소리를 낸 것이다.

"역시! 사람들은 내가 성질이 고약하다고 하지만 나만 그런 게
아니었어! 오―호호호호!"

유령 언니가 가느다란 웃음소리를 내자 린은 조용히 지나가려고
했다.

"거기, 잠깐만. 너희 어디 가니?"

유령 언니가 린의 어깨를 꼭 잡았다.

"아, 아파요!"

린이 몸을 비틀며 신음했다.

"그러니까 말해. 어디 가⋯⋯?"

유령 언니의 음산한 목소리가 들려왔다.

'이건 아니야! 유령 언니는 다른 유령들과 달라. 위험해!'

"꼬마야⋯⋯ 내 말을 무시한 거니? 너 어디 가?!"

유령 언니가 마침내 소리를 지르며 한 손으로 린을 위로 번쩍 들
어올렸다.

"아악!"

"린!!!"

민이 린을 향해 손을 뻗었지만 유령 언니는 나머지 한 손으로 민

의 손을 꽈악 잡으며 물었다.

"자…… 언니 두고 어디 가…… 어디 가…… 어디……?"

민에게 유령 언니의 차가운 기운이 전해졌다. 민은 점점 기운이
빠지는 것을 느끼며 마지막 힘을 다해 말했다.

"아아악! 언니, 아파요…… 힘이…… 힘이…… 점……저……
점……어…….."

'쿵!'

"민!"

민이 곧 쓰러지고 말았다. 준우는 무서운 상황을 눈앞에서 보며
아무 말도 할 수 없었다. 그런 준우를 보고는 유령 언니는 입가에
차가운 미소를 떠올리며 말했다.

"귀여운 남자아이야? 곧 있으면 얘도 이렇게 될 텐데……?"

유령 언니가 손바닥 위에서 린을 빙글빙글 돌리고 있었다.

"린!"

준우가 놀라 린을 향해 손을 뻗었다. 린은 축 늘어져 유령 언니
가 돌리는 대로 휘휘 돌아가고 있었다. 유령 언니는 린을 계속 돌
리며 다른 한 손으로 준우가 뻗은 손을 차갑게 내쳤다. 유령 언니
는 아까보다도 더 차가운 표정으로(이제는 미소도 짓지 않고 있었
다) 물었다.

"어떻게 할래? 얘를 구해도 되고 도망가도 좋아…… 네 마음대로
해…… 네가 가던 곳이 어딘지는 말하고!"

린과 비밀의 도서관

유령 언니는 준우를 집어삼킬 듯이 사납게 굴었다가 다시 얌전해졌다. 준우는 침을 꿀꺽 삼켰다. 준우의 솔직한 심정은 도망치고 싶었다. 그러나 준우가 도망치지 못하는 이유가 둘 있었다.

첫째, 만약 내일까지도 린과 민이 돌아오지 못하고 결국 여기서 숨을 거둔다고 생각해 보아라. 그럼 분명 교수들은 '혹시 어제 린과 민을 본 사람 없니?'라고 물어볼 것이다. 준우는 원래 거짓말을 못하기도 하지만, 만약에, 정말 만약에, 준우가 입을 다문다고 해도, 지독한 성격의 교감은 몇 시간 동안 전교생을 들들 볶다가 결국 마법을 써서라도 알아낼 것이다. 어쨌거나 교수들이 준우를 찾아내어 '린과 민은 어디로 갔니?'라고 묻는다면, 도대체 어떻게 대답해야 되겠는가? '어젯밤에 도서관에 사는 유령 언니에게 잡혀갔어요. 그후 어떻게 됐는지는 저도 몰라요. 왜냐하면, 저는 어젯밤에 의리 없게 혼자 도망쳤거든요.'라고 대답할 수는 없을 것이다. 만약 '의리 없게 혼자 도망쳤거든요.'라는 문장을 빼고 말한다고 해도, 교수들이 왜 모르냐고 물으면 결국은 그렇게 대답해야 할 것이다.

그리고 더 결정적인 문제는 두 번째 문제였다. 유령 언니는 분명 아이들이 가던 곳을 알고 싶어 했다. 그리고 그것을 알려 주어야 준우는 도망을 치든 말든 할 수 있었다. 그런데 준우는 도대체 자기가 어디를 가는지는커녕, 왜 지금 자신의 의지와는 상관도 없이 이 오밤중에 도서관에서 죽을 고비를 넘기고 있는지도 알 수 없었다. 그러니 도망 후 걱정은 접어 두더라도, 아예 도망치는 것 자체가 불가능한 상황이었던 것이다. 그러나 일단은 살고 봐야 했기 때문에 지금까지 배웠던 유령을 물리치는 방법들을 열심히 궁리했다.

갑자기 환하게 불이 켜지듯 머리에 떠오르는, 지금 당장 쉽게 살 수 있는 방법이 생각났다. 준우는 '일단은 살고 보자!'라는 마음으로 유령 언니와의 거래를 시도했다.

"저…… 유령 누나, 제가 수수께끼를 하나 낼게요. 맞추신다면 저는 누나가 원하는 대로 할게요. 하지만 다만 못 맞추신다면…… 저 애들을 풀어 주세요."

준우가 말했다.

"오호호호! 소년이여! 어리석구나! 도서관에서 사는 내가 모르는 수수께끼가 있을까 봐? 내 보거라!"

유령 언니가 자신하며 말했다.

"흡…… 좋아요, 낼게요. 아침에는 네발이고 점심에는 두 발이고, 저녁에는 세 발인 것은 무엇일까요?"

준우가 숨을 깊게 들이마시고는 물었다.

"오호호호! 내가 그런 것도 모를까 봐? 그건 스핑크스가 냈던 식상한 문제지. 그건 이…… 헉!"

유령 언니가 숨을 멈추었다.

"네…… 네 이놈! 넌 내가 그것에 약하다는 걸 알고 있었던 거야! 이…… 으아악!"

하늘이 조금씩 밝아 오기 시작하자 유령 언니는 더 이상 말을 잇지 못하고 사라져 버렸다.

"됐다!"

준우가 크게 소리치며 민과 린을 흔들어 깨웠다.

"린, 민!"

"으음……."

린과 민이 깨어나자 준우는 갑자기 한 가지 의문이 떠올랐다.

"자, 잠깐! 지금 몇 시지?"

준우가 린과 민을 돌아보며 물었다.

"새벽 1시 30분."

린이 시계를 보고는 말했다.

"지, 지금 해 뜰 시간이 아닌데! 거기 누구야!"

준우가 부스럭거리는 소리를 듣고 소리가 난 곳으로 가 보았다. 그렇지만 의문의 인기척은 사라져 버렸고, 하늘은 점차 어두워지더니 곧 새까만 어둠으로 뒤덮였다. 린은 고개를 들어 하늘을 바라보았다. 준우도, 민도 하늘을 바라보았다. 새까만 하늘에 작게만 보이는 별들이 아름답게 수를 놓고 있었다.

"누구였을까?"

린이 물었다.

"모르지. 하지만 누군가 우리를 도와주고 있어."

준우가 답했다.

"아, 근데 아까 어떻게 한 거야?"

린이 물었다.

"아, 그거? 그거 별거 아냐. 살아 있을 때 고통이 많았던 유령은 '인간'이나 '사람', '이승' 같은 말을 하는 것을 두려워한대."

준우가 조금 뒤에 덧붙였다.

"잘 기억해 둬. 다음에 올 땐 우리 모두 잘 준비해야지."

"아 참! 그 '유령 쫓는 방법'인가 뭔가에 쓰여 있었던 거 맞지?"

린이 말했다. 준우는 말없이 고개를 끄덕이고는 무표정으로 서 있었다.

"그래, 일단 오늘은 가고 다음 주에 다시 오자. 준비를 단단히 하고."

민이 말했다.

"그래, 다음에는 베개랑 이불도 가져올까 봐."

린이 장난스레 툭 던졌다.

"맘대로 하셔."

민이 린의 장난에 이제는 질렸다는 듯 고개를 흔들며 말했다.

"자, 잠깐! 다음에도 나도 와야 해!?"

준우가 놀라 물었다.

"당연하지!"

민이 창문을 열면서 절규하는 준우를 못 본 척하고는 태연히 말했다.

"어? 민, 창문 왜 열어? 환기하려고?"

창문을 여는 민을 보며 린이 물었다.

"야, 문 잠겼잖아. 어디로 나가게. 우리 이대로라면 아침 10시까지 기다려야 돼."

민이 한쪽 다리를 창밖으로 쑥 내밀었다.

"나, 간다!"

민이 쑥 떨어졌다.

"민!?"

민이 쑥 올라오면서 웃었다.

"장난이야. 야, 여기 빗자루가 있어."

"빗자루? 와아— 한 번도 못 타 봤는데!"

린이 신난 목소리로 호들갑을 떨었다.

"안 돼! 그렇게 하다가는……."

준우가 말리려 했지만, 준우는 그러지 못했다.

'부스럭'

"아앗! 거기! 너 아까 그 애지!? 거기 서!"

준우는 그 아이를 쫓아 어디론가 사라져 버렸다.

"에휴, 뭐 알아서 나오겠지. 가자."

린은 빗자루에 올라탔다.

'철컥'

린은 창문을 열고 자신의 기숙사 방 안으로 들어갔다. 린은 창가 바로 옆에 있는 자신의 침대에 무릎 꿇고 앉은 다음 빗자루를 창밖으로 날려 보냈다.

"안녕, 고마웠어~!"

린이 빗자루를 향해 손을 흔들었다. 빗자루도 인사를 하는 듯 나무 막대를 몇 번 흔들더니 날아갔다.

"하아~ 망했다! 망했다! 망했어! 으앙~!"

린은 자신의 머리를 콩콩 쥐어박았다.

"으앙~ 유령 언니한테 들킬 게 뭐람! 다음에 가도 우리 얼굴을 기억하고 있을 텐데."

린은 울면서 침대에 풀썩 쓰러졌다. 그때까지도 자신의 가방이 몇 배나 무거워졌다는 것도 모른 채로.

린은 유나판타지아에 온 뒤로부터 시간이 정말 빨리 가는 것을 느꼈다. 쉴 틈도 없는(짧디짧은 쉬는 시간은 교실을 옮겨 가면 끝나기 일쑤였다) 수업의 연속, 엄청난 양의 숙제와 여름방학에 일어난 일들, 그리고 도서관에 갈 계획까지 린은 이 많은 일들을 하루하루 감당해 나가는 것을 자신의 몸이 견뎌 내지 못하고 있는 것을 깨달았다. 린은 곧 그 많은 일들 중에서 하나를 포기해야 한다는 것을 알게 되었다.

"어떡하지…… 수업이나 숙제를 포기할 수는 없고…… 여름방학에 일어난 일은 내가 뭐 어떻게 할 수도 없고…… 도서관을 포기해야 되나?"

린이 물통을 찾기 위해 가방을 뒤적거리면서 말했다.

"아니! 이게 뭐야? 이게 왜 여기 있어!?"

린이 이상한 책 한 권을 가방 속에서 발견하고는 놀라 소리를 질렀다. 한순간 학생들의 눈길이 온통 린에게 쏠렸다가 곧 잠잠해졌다.

"하아…… 도서관에서 떨어졌나?"

이렇게 되면 이 책 한 권은 대출 기록이 없으니 뻔뻔하게 반납해 달라거나 자리를 찾아 달라고 할 수도 없고, 결국 네 가지 일 중에서 그 어느 하나도 포기할 수 없게 된다는 뜻이었다. 린이 아픈 머리를 움켜쥐었다.

"어쩌지? 아, 어떡해……."

"어! 린! 너 뭐 해?"

준우였다.

"어! 준우야……."

"어!? 민이 없네. 원래 늘 같이 다녔잖아?"

준우가 주위를 둘러보더니 말했다.

"잠깐 화장실 갔어. 야, 너 이리 와 봐."

린이 준우의 팔을 홱 잡아챘다.

"으앗!"

준우는 힘없이 딸려 왔다.

"야, 이 책 뭔지 알아!?"

린이 다급히 물었다.

"응? 내가 그걸 어떻게 알아? 아, 은하가 그런 것 잘 안다던데. 걔한테 가 봐."

준우가 곰곰 생각하다가 말했다.

"은하가? 몰랐네. 있다가 저녁에 물어봐야겠다. 알겠어. 알려 줘서 고마워."

린은 감사 인사를 하고 털썩 주저앉았다. 준우는 이미 저만치 걸어가고 있었다.

"하아~ 어쩌다가 이게 내 배낭에 들어온 거야?"

린은 한숨을 내쉬었다. 그때, 도서관 저 안쪽에서 이상한 소리가 들려왔다.

"꺄아악! 살려 주세요!"

가은이다!

린은 본능적으로 주위를 둘러보았다.

"아…… 아니…… 이게 뭐야……?"

모든 것이 멈춰져 있었다. 도서관 안쪽도 마찬가지였다. 정말, 모든 것이…… 물을 마시던 아이의 물줄기도 물병과 아이의 입 사이에서 멈췄고, 뛰어다니던 아이, 책을 읽던 아이 등, 정말 모든 것이 다 멈췄다.

"어떻게…… 아! 가은이!"

린은 도서관 안쪽으로 후닥닥 뛰어 들어갔다. (원래 도서관에서 뛰면 혼이 나지만 지금은 혼을 낼 사서 선생님까지 모두 멈춰져 있었다.) 그곳에는 나은이가 가은이를 꽉 움켜쥐고 있었다. 가은이는 몸부림을 치다가 멈췄는지 허우적거리는 손과 발이 그대로 있었다.

"오가은!"

"가은이는 이제 없어……."

유령 언니가 더 섬뜩한 목소리로 말했다.

"가, 가은이한테 무슨 짓을 한 거…… 이건 피…….."

린은 너무 놀라 더 이상 말을 잇지 못했다.

"가은이의 몸은 이미 내가 누르는 압력을 이겨 내지 못하고 있어……."

유령 언니가 사악한 미소를 지으며 말했다.

"도, 도대체 왜?"

린이 두려워 도망치려는 본능을 타이르며 물었다. 린은 물었지만 만약 대답을 듣는다 해도 가은이를 구하지 못할 것 같았다. 유령 언니가 린에게 얼굴을 바짝 갖다 대며 미소를 지었다. 보기만 해도 아주 소름 돋는…….

"도와주세요! 도와주세요!"

린이 바락바락 악을 쓰자 유령 언니는 손에 힘을 더 꽉 쥐어 버렸다.

"가은아!"

가은이는 움직이지 않았다.

"도대체…… 왜!? 왜 그렇게 가은이를 미워해!?"

린이 소리를 꽤액 내지르자 유령 언니는 린을 노려보았다.

"그건 내 맘이지. 자, 꼬마야, 너 갈 길이나 가렴. 아니, 잠깐!"

유령 언니가 린을 불러 세우자 린은 온몸의 털이 곤두서는 것을 느꼈다.

"왜……요……?"

린이 슬그머니 뒷걸음질 치자 유령 언니는 린을 꽉 잡고 물었다. 아주, 사악하고, 소름 끼치게.

"너, 정체가 뭐야? 어째서 넌 멈추지 않은 거지?"

그제야 정신이 든 린은 무언가로 머리를 얻어맞은 듯했다.

"아…… 진짜, 난 멈추지 않았잖아!? 이, 이게 어떻게 된 거지……?"

린이 중얼거리자 유령 언니가 한심하다는 듯 콧방귀를 뀌면서 말했다.

"나, 참. 자기가 자기 자신에 대해서 그렇게 모르면 어쩌자는 거냐! 잠깐, 후후훗, 이게 재미있어지겠는걸."

유령 언니의 소름끼치는 목소리에 린은 더 이상 한 발자국도 움직일 수 없었다.

"뭐…… 어쩌자는 거야, 지금 이건……우리 둘밖에 없는데…… 아…… 설마!?"

린은 두려운 생각이 들자 온몸의 힘이 풀리고 정지한 것을 느낄 수 있게 되었다.

이런 게 죽는 건가……?

린이 정신이 없는 그 상황에서도 유령 언니는 사악한 미소를 잃지 않으며 말했다.

"빙고! 내기를 하자꾸나. 너와 이 아이의 영혼을 걸고……"

유령 언니가 사악하기 그지없는 미소를 지으면서 말했다. 그녀에게 '미소'란 상대를 겁먹게 하는 수단일 뿐인 것 같았다.

"무, 무슨 소리야! 무슨 내기……?"

린이 당황하여 주춤하자, 유령 언니는 더욱더 사악한 미소를 지어 보였다.

"위험한 내기다."

"위, 위험한 내기? 그, 그게 뭔데……요?"

린이 더듬거리자 유령 언니가 아주 재미있다는 표정으로 말했다.

"이런! 마녀가 '위험한 내기'도 모르나? 요즘 어린 마녀들은 상식이 없어, 상식이! 바로 너처럼……."

유령 언니가 차갑고 가느다란 손가락으로 린의 이마를 톡톡 튕기면서 말했다. 그러나 말이 튕기는 거지, 린은 그 엄청난 힘과 살기, 한기까지 아주 죽을 지경이었다.

"그, 그래! 네가 원하는 게 뭔데……요?"

린이 묻자 유령 언니는 사악하고 오싹한 미소를 지어 보이며 말했다.

"내가 원하는 건 단 하나다! 너의 영혼……! 크하하하!"

끝났어. 이 유령 지금 제정신이 아니야.

린은 생각했다.

나, 이대로 죽는 건가?

아직은 알 수 없었다.

뭐, 일단 내기를 하긴 해야겠지.

린은 피할 수 없다면 즐기라는 말을 떠올렸다. 그러나 지금 상황은 아무리 봐도 즐길 수 있는 상황이 아니었다.

"좋, 좋아! 어떻게 하는 건데……요?"

린이 유령 언니를 똑바로 바라보며 물었다.

"특별한 대결 방식은 없어. 그냥 질 때가 되면 알아서 느끼게 될 거야."

유령 언니는 알 수 없는 말만 했다.

"트, 특별한 대결 방식이 없다고? 도대체 뭐지?"

린이 아랫입술을 꼭 깨물었다.

"꼬마 마녀, 시작한다!"

유령 언니가 말했다.

"네!"

린도 당당하게 말했다.

뭐, 뭔가 방법이 있겠지.

"린, 네 엄마가 보고 싶으냐?"

유령 언니가 물었다. 씨익 웃어 보이면서.

"내가 보게 해 줄 수 있는데…… 나한테 지면 말이다!"

안 돼! 이건 그냥 유혹이야! 저 유령이 그런 걸 할 수 있을 리 없잖아!

린은 아랫입술을 더욱 꼬옥 깨물었다.

"너, 두렵잖아. 영영 혼자 남을까 봐."

유령 언니는 린에 대해 너무 잘 알고 있었다. 지나가는 말로 도서관 유령은 모르는 것이 없다는 말을 들었는데 그것이 사실이라는 것을 이제 린은 확실히 알 수 있었다. 린은 마음속 깊이 감춰 뒀던 걱정들이 빠져나오고 있는 것을 느꼈다. 유령 언니의 공격은 확실히 효과가 있었다. 린은 마음을 다잡았다.

아니야, 다 유혹일 뿐이야!

그러나 그녀의 마지막 말을 듣는 순간, 린은 온몸의 힘이 다 빠지는 것을 느꼈다.

"결국 넌 혼자 남게 될 거야. 누가 널 맡아 주겠어?"

린의 마음속 둑이 와르르 무너지는 순간이었다. 그렇다. 모두 사실이었다. 유령 언니가 아까 뭐라고 했던가? 질 때가 되면 알아서 알게 될 거라고 하지 않았는가? 린은 이제야 그 말을 이해할 수 있었다. 그러나 마지막 순간에도 린은 머리를 굴려 보았다.

이렇게 죽을 수는 없어! 안 돼, 안 돼, 뭔가 약점이 있을 거야!

린은 한참 만에 공격적인 발언을 내놓았다.

"너 같은 언니를 누가 좋아하겠어?"

분명히 유령 언니도 충격을 받은 것 같았지만, 이미 가족을 잊고 언니로서의 사랑과 책임, 의무를 잊은 그녀에게는 아무래도 그것으로는 부족했다.

"어떡하지……? 아! 아까 그 책! 마법 관련 책이니까 뭔가 쓰여 있을 거야!"

린은 유령 언니가 잠깐 고개를 돌린 사이 온 힘을 다해 가방을 향해 달려갔다. 그때였다.

"앗?"

린은 갑자기 몸이 무거워지는 것을 느꼈다.

"으윽! 뭐, 뭐지?"

린은 고개를 돌려 보았다. 빛나는 주황색의 밧줄같이 생긴 물체가 린의 몸을 꽉 누르고 있었다.

"시합 규칙 제105조! 중간에 도망가지 않기. 이것도 모르는 거냐, 꼬마?"

고개를 돌리는 것조차 버거워진 무거운 몸으로 간신히 고개를 들어 유령 언니가 들고 있는 규칙이 적힌 종이를 보았다.

뭔가 나에게 도움이 될 수 있는 규칙이 있을지도 몰라!

그리고 잘 움직이지도 않는 혀를 놀려 말했다.

"끄으윽…… 시합 규칙 제……40……4조…… 시합에 방해가 되지 않는…… 일은…… 허용한……다…… 나……난…… 도망가는…… 게…… 아니……야…….”

그 말을 듣고는 어쩔 수 없이 유령 언니는 손을 머리 위로 들어 올렸다. 그러자 빛나는 주황색 물체는 사라졌다.

“좋아! 꼬마, 보통내기가 아니군. 그래, 하던 걸 해라.”

유령 언니가 인심 쓴다는 듯한 표정으로 말하자 린은 짜증이 확 솟구쳤다.

‘으윽! 참자, 참아. 이러다가 또 무슨 일이 생기려고.’

린은 솟구치는 화를 억누르고 가방을 향해 달려갔다. 린은 가방을 뒤적거렸지만, 책은 보이지 않았다.

“아악! 어디 간 거야!”

“크크…… 3초 남았다…… 1…… 2…….”

그때였다. 린이 유령 언니의 손에 들린 ‘그 책’을 본 것은.

“아앗! 그 책! 내놔!”

린이 유령 언니에게 매달렸다.

“후후…… 그러서? 그래, 이게 뭐길래? 허억!”

유령 언니가 갑자기 소리를 질렀다. 그러다가 점점 사라지기 시작하였다.

“허억! 컥…… 크억…… 너, 넌…… 도대체 어떻게 된 애가…… 무슨 이런 책을 갖고 다녀……!?”

‘툭’

조금 뒤, 유령 언니의 모습이 완전히 보이지 않게 되고 유령 언니가 들고 있던 책만이 남아 바닥에 떨어졌다.

"하아~! 끝났다."

린은 다리 힘이 풀려 자리에 털썩 주저앉고 말았다. 그러고는 엉금엉금 기어가 책을 주워 들었다.

"이, 이게 뭐길래……? 앗, 참!"

린은 주위를 둘러보았지만, 어디에도 가은이의 모습은 보이지 않았다. 린은 책 속에 쪽지 하나가 끼워져 있는 것을 발견했다. 온통 까만 잉크로 물들어 있는 것같이 까만 종이는 조금씩 흰색으로 변해 가기 시작했다. 쪽지가 마침내 완전한 흰빛을 띠게 되자, 린은 쪽지를 펼쳐 보았다.

'언니 나 캠프 갔다 와서 내일 봐♥'

잠시 뒤, 까만 하트도 하얗게 바뀌었다. 린은 아마도 그 쪽지가 하은이가 어렸을 때 나은이에게 보낸 것이리라 짐작했다. 린은 다시 쪽지를 책 속에 집어넣었다. 쪽지는 원래 쓴 사람에게, 아니 유령에게 돌려줄 생각이었다. 린은 기숙사로 다시 발걸음을 옮기려고 했다.

"아! 잠깐! 여기는……?"

'쿠당탕!'

린은 너무 놀라 엉덩방아를 찧었다.

"아야야~ 여, 여기는 아까 그 도서관이 아니잖아!? 어, 어떻게…… 아! 혹시 이 책……."

린이 책을 이모저모 뜯어보며 말했다. 그때 어디에서인가 소리가 들려왔다.

"린~! 리이인~!"

"민!? 민! 민~! 나 여기 있어~ 민~!"

린이 크게 소리쳤지만 민은 듣지 못한 듯했다.

"아, 어떻게 된 거야…… 왜 계속 나한테만 이런 일이…….”

린은 주저앉아서 탄식했다.

그때, 어디에선가 준우의 목소리가 들려왔다.

"야! 린! 너, 그렇게 말하면 안 되지! 너, 우리 처음 도서관에 숨어들어 왔을 때, 내가 너랑 민을 구했거든!?”

비록 화내는 목소리였지만 린은 그 사나운 목소리가 눈물 날 만큼 반가웠다. 그러나 어떤 다른 목소리가 들려오자 린은 다시 절망에 빠지고 말았다.

"미안하지만 그건 환상일 뿐이랍니다.”

"아, 그래요……? 휴우…… 어쩌지……?”

"내 목소리를 듣고도 별로 놀라지 않으시는군요. 역시, 여와……”

목소리가 말을 이어 나가자 린은 심드렁하게 말했다.

"반년 동안 별의별 일이 다 있었거든요…… 아! 근데 여와 뭐요?”

"아, 아닙니다. 린. 어째서 당신이 이곳에 오게 되었는지 알고 계십니까?”

목소리가 물었다.

“아, 아니요. 그런 것까지 알아야 하나요? 나는 여기가 어딘지도 모르는데……."

린이 당황한 목소리로 물었다.

“아, 아닙니다, 그런 뜻은 아닙니다만…… 린, 지금 이 세계는 위협에 처해 있어요. 당신이 필요합니다. 자, 이 책이 무슨 책인지 아십니까?"

목소리가 더 당황한 목소리로 말했지만 린은 아랑곳하지 않고 물었다.

“뭔데요? 제발 알려 주세요. 아까부터 궁금했어요!"

“이것 참, 난감하군요. 그럼 힌트만 드리겠습니다. 린, 이 책이 당신의 인생에 큰 역할을 하는 '열쇠'가 될 것입니다."

목소리와 함께 린은 눈앞이 화악 밝아지는 것을 느꼈다.

“린! 리인!"

곧이어 자신의 이름을 부르는 소리가 들리자 린은 눈이 확 떠졌다.

“민!?"

“린!"

민이 린을 꼬옥 껴안았다.

“린! 너 안 깨어나는 줄 알았잖아!"

민이 눈물을 펑펑 쏟았다.

“미, 미안……."

옆에는 준우도 있었고 그 옆에는 은하도 있었다.

"어, 내가…… 어떻게 됐었던 거야? 설마 또 기절했었던 거야?"

린이 물었다.

"응, 넌 도대체 왜 자꾸 기절하는 거야?"

준우가 못마땅하다는 투로 말했다.

"헤헤, 미안. 이제 기절 안 할게. 약속!"

린이 새끼손가락을 내밀었다.

"약속이다, 너. 또 기절하기만 해 봐."

준우가 마지못해 손가락을 내걸었다.

"알겠다니까!"

린이 바락 소리를 질렀다.

"자, 이제 다 괜찮아진 것 같으니 가 보거라."

보건 선생님이 아이들을 지켜보다가 말했다.

"네? 아, 네. 죄송합니다."

린이 서둘러 침대에서 일어났다.

"아니야, 죄송할 건 없단다. 지금 너랑 같이 들어온 환자가 있어서…… 시끄러우면 안 되거든."

보건 선생님이 손가락을 입술에 갖다 대면서 말했다.

"네…… 아! 잠깐! 저랑 같이 들어왔다면……."

린은 옆 침대에 쳐져 있던 천막을 휙 걷어냈다.

"오가은!"

그렇다. 그 환자는…….

"오가은!? 얘가 왜 여기 있어?"

민도 놀라 소리쳤다.

"쉬잇!"

보건 선생님이 더 놀라서 손가락으로 입술을 때리면서 말했다.

"아, 죄송해요. 같은 호실 애거든요."

민이 허리를 90°로 굽히며 말했다. 가은이의 허리에는 하얀 붕대가 감겨 있었다. 하얀 붕대에는 피가 배어 나와 붉게 물들어 있었다. 가은이는 편안한 표정으로 작은 미동 하나 없이 잠들어 있었다. 상처는 그렇게 깊어 보이지 않았다. 다행인 일이었다. 린은 잠들어 있는 가은이를 보며 안도의 미소를 지었다. 유령 언니는 사라진 것 같았다. 가은이는 오늘 일을 기억할까? 린은 가은이가 오늘 일을 차라리 기억하지 못했으면 싶었다. 자신의 언니가 자신에게 무슨 짓을 했는지 알게 된다면 가은이가 많이 마음 아파할 것이 분명했다. 린은 그런 가은이가 어쩐지 불쌍하게 생각되어 가은이를 오래도록 바라보았다.

첫날 하은이를 매섭게 대하던 가은이는 이런 일이 두려웠던 건지도……

가은이는 하은이를 받아들이면 결국에는 나은이를 만나게 될 거라는 것을 알고 있었는지도 몰랐다. 나은이가 두려웠던 걸까? 린은 유령 언니 나은이와 대결을 할 때, 나은의 눈에 비친 슬픈 기색을 보았다. 나은도 좋은 언니가 되고 싶었는지도…… 어쩌면 그럴 기회가 없어서, 그래서 나은은 그렇게까지 동생을 미워하게 된 건지도 모르겠다. 아니면 동생도 차라리 유령으로 만들어 버리려고 했던 걸까? 잘은 모르지만, 그 검게 물든 쪽지는 나은의 원래 하얀 마음이 검게 물들었다는 표식일지도 모른다. 린은 그녀가 불쌍하게 느껴졌지만, 그녀는 이제 동생에게 돌이킬 수 없는 상처를 주고 말았다.

그녀는 동생을 너무나 사랑했을지도 모른다. 그 사랑을 제대로 실천할 기회가 있었다면 얼마나 좋았을까. 린은 그 쪽지처럼 다시 나은이의 마음도 하얗게 되기를 기도했다. 또 린은 언젠가 나은이 자신의 잘못을 뉘우치고 하은이와 가은이랑 모두 행복하게 살 수 있기를, 그때는 그들의 마음에 단 하나의 증오도 없기를 기도했다. 가은이는 그 마음의 상처를 숨기기 위해 더 매몰차게 굴었던 건 아닐까. 오랜 시간이 흐른 뒤, 상처가 모두 사라지면 그들이 다시 가족이 되기를……

"같은 호실 애야?"

보건 선생님이 다급히 물었다.

"네…… 그런데요?"

린이 당황하여 물었다.

"오, 다행이구나. 이 학생이 그냥 문 앞에 쓰러져 있어서 몇 학년 무슨 기숙사 몇 호 누구인지 알 길이 없었거든. 환자를 두고 내가 일일이 조사할 수도 없고 말이야. 그래, 몇 학년, 무슨 기숙사 몇 호, 누구니?”

보건 선생님이 물었다.

“아, 네. 1학년, A나 4층 8호 한린이에요.”

린이 말하자 옆에서 듣고 있던 민이 린을 툭 치면서 속삭였다.

“아니! 너 말고 얘!”

“아, 맞지. 1학년, A나……”

“아니, 그냥 이름만 말해 주겠니?”

린이 다시 처음부터 다시 말하자 보건 선생님이 중간에 끊고 말했다.

“아, 네. 오가은이에요.”

“그래, 고맙구나. 이제 진짜 가 보거라.”

보건 선생님이 웃으며 아이들을 배웅했다.

아이들은 걷기 시작했다.

“야, 오늘 무슨 요일이냐?”

린이 민에게 물었다.

“응? 오늘 화요일인데.”

민이 태연히 대답하자 린이 놀라서 물었다.

“화요일!? 그럼 수업이 있잖아!”

그러자 민이 대답 없이 시계를 내밀었다.

“아, 8시. 수업 없는 한가로운…… 아! 8시부터 시험 본다고 했잖아!”

린이 깜짝 놀라서 소리쳤다.

"악! 맞다!"

은하도 소리쳤고 민은 이미 저 앞에 가 있었다.

"수학 시험? 나는 어제 봤는데."

준우가 웃으며 말했다.

아이들은 기숙사 방 호수에 따라 수업을 따로 받기 때문에 시험도 따로 보았다.

"아~ 좋겠다! 아, 아니지. 내가 이러고 있을 때가 아닌데! 내일 11시에 내 방으로 와!"

린이 준우에게 속삭이고는 뛰어갔다. 준우는 한가로이 기숙사로 향하기 시작했다.

14.
모험

다음 날 아침이 밝았다. 린이 늘어지게 하품을 하며 말했다.

"오늘 첫 수업이 뭐지?"

민이 주간 학습표를 보며 말했다. 손바닥 크기의 시간표를 들여다보자니 눈이 좀 아팠다. 뻑뻑한 눈을 감았다 떴다를 반복하던 민이 답했다.

"역사. 저쪽 탑에 있는 곳. 많이 걸어야겠다."

린과 아이들이 사는 곳은 학교 뒤쪽의 기숙사였다. 네모난 박스 모양의 기숙사 건물 위에는 뾰족한 지붕이 있었는데, 그 위에는 창고가 있다는 말도 있었고, 또 누구는 귀신이 살고 있다고 했다. 또 어떤 아이는 그곳이 유령들의 아지트라고 주장했다. 어쨌거나 그 위가 막힌 공간은 아니라고 했다. 교수들도 가끔 아이들에게 말을 안 들으면 지붕 위의 공간으로 보내겠다고 했다. 그러면 아이들은 금세 얌전해지기 마련이었다. 얼마 전, 장난꾸러기인 한 아이가 불려 간 적이 있다. 한동안 그 아이가 그곳에 갇혀 있었다는 소문이 돌았었는데, 무엇을 물어봐도 그 아이는 입도 뻥긋 안 했다. 그 때문에 이런저런 소문이 더욱 활개를 치고 다녔었다. 지금은 다 지난 얘기들이지만.

학교 건물은 옛날이야기에 나올 법한 고성 모양이었다. 처음 지어질 때는 꽤 화려하게 지은 것 같았는데 지금은 너무 낡아서 그 화려함은 어디 가고 그저 낡은 성 하나가 서 있을 뿐이었다. 성의 중심에는 실험실이 있었는데, 일 학년들은 들어오지 못하게 했다. 실험실의 굳센 철문에는 '일 학년은 출입 금지!'라는 낡은 푯말이 걸려 있었다. 그 실험실을 중심으로 교실들이 둘러싸여 있었고, 동서남북에 각각 탑이 하나씩 있었다. 서쪽 탑은 역사 교실, 동쪽 탑은 감시탑, 남쪽 탑은 전시관, 그리고 북쪽 탑은 뭔지는 몰라도 중요한 곳임에 틀림없었다. 린이 볼 때마다 그 앞에 보초가 서서 지키고 있었기 때문이다. 특이한 것은 학교는 높은 산 위, 넓은 공터에 있었는데 산과의 간격을 조금 두고 떨어져 있다는 것이었다. 한마디로 공중에 떠 있는 학교였다. 멀리서 보면 그냥 높은 산처럼 보였다.

잠깐 창밖을 보고 있던 린은 수업을 듣기 위해 걸음을 재촉했다. 시간이 얼마 없었다. 수업이 시작했다.

"얼른 앉으렴."

결국 늦었다. 린은 울상을 지으며 자리에 앉았다.

"자, 어디까지 얘기했지? 아, 위험한 내기. 그래, 그것은 18세기 즈음에 유행했던 내기였어. 상대방의 화를 돋워서 상대방이 견딜 수 없을 때까지 말을 잇는 거지. 보통의 사람들보단 흑마녀, 흑마법사가 주로 했다. 평범한 자들은 그런 세계에 발을 들이지 않지. 지금은 법적으로 금지되었단다. 상대의 인권 침해라고 말이지."

교수가 설명하자 린의 얼굴이 더 구겨졌다.

'내가 불법을 한 거야?'

정확히 린이 저지른 것은 아니었다. 어쨌거나 린은 몰랐으니까. 불법은 유령 언니가 한 것이었다. 교수님한테 말씀을 드려야 하나? 린은 잠시 고민했다. 그런 린의 마음을 알아채기라도 한 듯 안 교수가 말했다.

"모두, 수업 끝! 린, 잠깐 남으렴."

린의 얼굴을 보던 안 교수가 물었다.

"도서관에 갔었니?

린이 고개를 끄덕였다.

"괜찮아, 무슨 일인지 알겠구나. 그, 몹쓸 유령이 시킨 거지? 전에도 그런 일이 있었단다."

"네…… 교수님."

"그 일을 나에게 이야기해 줄 수 있겠니?"

"그게……."

린이 그간 있었던 일들을 모두 이야기하자 안 교수가 린을 토닥여 주며 말했다.

"괜찮아, 다 안다. 오래된 도서관 유령들은 흑마법에 빠지는 경우가 많지. 너무 많은 지식과 너무 많은 세계를 알아 버렸기 때문에 금지된 곳까지도 가고 싶어 하는 거야. 선을 넘은 게지. 전에도 그런 꼬임에 넘어가 그 대결을 한 학생이 몇 있었지. 그중 한 학생 이야기를 해 주마."

린은 물끄러미 안 교수를 올려다보았다. 아무 말도 할 수 없었다. 안 교수는 책상으로 가서 낡은 흑백사진 하나를 꺼내 왔다. 낡고 빛바랜 사진 안에는 병원이 있었다. 순간 린은 그 안으로 빨려 들어가는 기분이 들었다. 린이 다시 눈을 떴을 때 린은 그 병원 안이었다. 안 교수는 어느새 린의 옆으로 와서 말했다.

"마법이란다."

린은 싱긋 웃었다. 안 교수도 웃었다. 그녀가 입을 열었다.

"저기, 4호 침대에 앉아 있는 아이가 보이니?"

사진 속 세상은 멈추어 있었다. 린은 천천히 움직이지 않는 세상 속에서 4호 침대로 움직였다. 그 침대에는 짧은 단발의 한 아이가 웅크리고 있었다. 그 아이는 그리 예쁘지도, 못생기지도 않았고, 특별나게 키가 크거나 작거나, 또는 뚱뚱하거나 마르거나 하지 않았다. 안 교수가 말했다.

"어느새 35년이 훌쩍 넘은 일이구나. 이 아이는 어느 날 도서관 깊숙이까지 들어갔지. 매우 똑똑한 아이였다. 이 아이는 금지된 책들까지도 보고 싶어 했어. 그때 저주에 걸린 한 유령을 만났단다."

린이 소리쳤다.

"그때 나은이 언니는 태어나지도 않았어요!"

안 교수가 손가락을 입술에 갖다 댔다.

"쉿! 아가, 나도 안단다. 그건 나은이가 아니야. 전혀 다른 유령이란다. 이름은 잘 모르겠어. 이 아이는 그 기억을 잊고 싶어 했거든."

안 교수는 자신의 오른손을 자신의 가슴에 갖다 대고 왼손으로는 린의 오른손을 잡아 린의 가슴 위에 올려놓았다.

"모든 것은 마음에 달려 있듯이, 그 기억은 잊혀져 갔단다. 그 아이는 매우 가난한 집 아이였어. 책을 읽는 것 외에는 아무것도 할 줄 모르는 아이였다. '위험한 대결' 이후, 큰 상처를 받은 아이는, 곧 또 다른 비극이 닥쳐올 것을 느낌으로 알았지. 곧이어 그 아이의 어머니가 돌아가셨어. 아이는 큰 충격을 받았고, 지금 우리가 있는 이곳, 퀜트리 정신병원에 입원했지. 아이는 자신에게도 미래가 있을 거라는 생각은 해 보지 않았단다. 그러던 어느 날, 한 여자가 그 병원을 찾아와서 그 아이를 포함한 그 병원에 있던 아이들을 모두 데려갔단다. 그분은 조금 다른 교육을 시작하셨어. 일 년쯤 지난 어느 날, 그 아이와 다른 몇몇 아이들은 매아블랙으로 돌아올 수 있었어."

린은 다시 누군가 몸을 잡아당기는 느낌을 받았다. 잠시 뒤, 그들은 다시 역사 교실에 돌아와 있었다. 안 교수는 자신의 책상 의자에 앉았다.

"그 아이는 교수가 되었다. 지금은 일 년에 한 번씩 켄트리 병원에 가서 아이들을 데리고 오지. 자신의 인생을 바꾸어 준 사람에게 보답하는 방법은 그것뿐이라고 생각했거든."

안 교수는 눈을 지그시 감았다 뜨며 말했다.

"린, 괜찮다. 넌 충분한 역량을 가진 아이야. 다만, 그 내기는 다시 하지 말렴."

안 교수는 웃었다. 그때, 린은 안 교수의 얼굴에 비친 어두운 기색을 보았다. 그녀는 슬퍼 보였다.

죄송해요, 다시는 안 그럴게요.

린은 가슴이 아팠다. 고의가 아니었지만 누군가의 마음을 아프게 한 것이 슬펐다. 안 교수가 자리에서 일어나며 말했다.

"늦었구나. 가 보거라."

린은 꾸벅 인사를 하고 자리에서 일어나 문으로 발걸음을 옮겼다. 린은 차가운 문고리를 잡았다. 서늘한 느낌이 올라왔다. 그때, 린이 뒤를 휙 돌아보고는 말했다.

"그 아이가 교수님이군요."

안 교수는 그저 웃었다. 그러고는 나지막이 말했다.

"그 아이는 나일 수도 있고, 어쩌면 너일 수도 있단다. 하지만 너는 그 아이보다 마음이 강했던 것 같구나.”

안 교수는 자신의 오른손을 가슴에 갖다 댔다. 린도 그렇게 했다. 린은 나지막이 말했다.

“모든 건 마음에 달려 있는 법이니까요.”

11시.

린은 가방에 책을 넣었다. 그리고 오늘은 꼭 그 비밀을 밝혀내리라 다짐했다.

“린~ 린! 문 열어!”

린은 당연히 민이겠거니 문을 열었다.

“어? 오가은?”

가은이는 린의 반응은 아랑곳하지 않고 침대에 주저앉았다.

“린. 너, 큰언니랑 무슨 일이 있었던 거지?”

가은이가 물었다. 린은 나은과의 일을 얘기해 주어야 하는지 비밀에 부쳐야 하는지 고민이 되었다.

“린, 제발 말해 줘.”

가은이가 린에게 매달리자 린은 거짓을 말하기로 마음먹었다. 어쩔 수 없었다.

“으응? 무슨 말이야? 네 큰언니? 내가 나은이 언니를 어떻게 알아?”

그러자 가은이가 말했다.

“봐. 넌 우리 큰언니 이름까지 알잖아! 제발…… 언니에게 잡히고 몽롱한 상태로 굳었는데 얼핏 네 얼굴을 본 게 기억이 나서 찾아온 거야. 제발…… 말해 줘."

가은이의 눈에 맺힌 눈물을 보자 린은 더 이상 거짓말을 할 수 없었다.

"그래, 무슨 일이 있긴 있었어. 하지만 아직은 나도 어떻게 된 건지 모르겠어. 그러니까 조금만 기다려 줘."

린이 힘들게 말하자 가은이는 그걸로 충분하다는 듯 고개를 끄덕이며 눈물을 훔쳤다. 그때였다.

"린, 왜 문 안 열어 줘? 노크했는…… 어? 오가은?"

민이었다. 한순간 린은 자기가 한 잘못을 깨달았다.

'아! 빨리 돌려보냈어야 했는데…….'

하필이면 그때, 준우까지 들어와 상황은 더욱 악화되고 말았다.

"너, 너희……."

가은이가 놀란 눈으로 아이들을 말똥말똥 쳐다보았다.

"가은아……."

린이 침묵 속에서 조용히 가은이를 불렀다. 그런데 예상치 못한 일이 벌어졌다. 가은이가 일어나며 이렇게 말한 것이다.

"고마워, 오늘 일은 없었던 거로 하자."

가은이가 돌아서며 살짝 손가락을 입술에 갖다 댔다. 린도 방긋 웃으며 손가락을 입술에 갖다 댔다.

'철컥'

가은이는 갔지만 분위기는 가라앉았다.

"야! 린! 쟤를 이 시간에 방에 들이면 어떡해!?"

민이 린에게 따졌다.

"내, 내가 들인 게 아니야. 쟤가 들어온 거지, 난 쟤가 너희들인 줄 알았다고."

린이 우물쭈물 변명하자 준우가 방문을 열면서 말했다.

"어서 가자. 12시 전에 가야 해."

그러자 민도 다그치는 걸 멈추고 일어섰다.

"그래."

아이들은 다시 도서관으로 향했다. 도서관에 거의 다 왔을 때 즈음, 어디에선가 말소리가 들려왔다.

"도서관 단속을 더 삼엄하게 하세요. 학생들이 봐서는 안 돼요. 올해 학생들 중에서 '그 아이'가 있어요. '마법의 딸'이 있다고요."

여자의 목소리였다. 잠시 뒤, 남자의 목소리가 들려왔다.

"하지만 그건 그 아이가 통과해야 할 관문이에요. 우리가 막아서는 안 돼요."

다시 여자가 반박하는 소리가 들려왔다.

"물론 그것도 맞는 말이에요, 박 교수님. 하지만 지금은 그럴 때가 아니에요. 그 애의 목숨이 위태로워요! 용들을 보셨잖아요. 심지어 배에도 나타났는데, 더 이상의 현실 부정은 안 돼요. 상황을 똑바로 보고 판단해야죠. 그 애의 목숨에 이 세상의 운명이 달려 있어요. 흑여우도 '그 아이'가 돌아왔다는 것을 알아요…… 분명 그 애를 죽이려고 할 거예요……."

린은 숨이 턱 막혔다.

누군가의 목숨이 위태로워. 그 아이에게 이 세상의 운명이 달려 있고. 만약 그 아이가 죽으면 우리는 어떻게 되는 거지?

민과 준우도 상당히 겁을 먹은 표정이었다.

"돌아가자."

아이들은 발걸음을 돌려 기숙사로 돌아왔다.

"지, 진짜였어."

준우가 떨면서 말했다.

"그래, 하지만 이건 간단한 문제가 아니야."

린이 조용한 분위기를 깨고 말했다. 민도 고개를 끄덕였다.

"그래, 한 사람의 목숨과 이 세상의 운명이 달려 있다니."

그때, 준우가 물었다.

"정말일까? 도서관 하나에 이 세상의 운명이 달려 있다는 게."

린이 입술을 깨물었다.

"믿어야지. 교수님들이 우리가 있는 걸 알고 말했을 리도 없고."

그러자 다시 준우가 말했다.

"알았을 수도 있어. 그분들은 우리가 생각하는 것보다 더 강한 마법사와 마녀들이셔."

그러자 린이 말했다.

"우리…… 이제 다시 도서관에 가면 안 돼. 정말 알고 싶었는데……."

린이 울상을 지었다. 린은 그곳에 뭐가 있는지 알지 못한 채 포기해야만 하는 것이 너무나 아쉬웠지만, 어쩔 수 없었다.

막 잠자리에 들려는데, 갑자기 한 가지 의문이 들었다.

'그 애'가 누굴까?

하지만 그게 뭐가 중요하랴. 린은 마음을 비우고 잠이 들었다.

그러나 다음 날 아침, 그 문제에 대해서 다시 한번 생각하지 않을 수 없었다. 기숙사 건물 일 층 게시판에 이런 공고문이 나붙었던 것이다.

'우리 기숙사에 '마법의 딸'이 있다! 김○○가 직접 목격! 찍은 사진'

그 아래에는 린과 민, 준우의 뒷모습인 사진이 붙어 있었다. 사진 안의 민은 가끔 흠칫 놀라며 어깨를 들썩였고, 린은 뒤돌아볼 듯 말 듯 했다. 준우는 작은 미동도 없이 가만히 있었다. 린은 어젯밤 뒤를 돌아본 기억이 없었지만, 만에 하나 사진 속의 린이 뒤돌아볼까 가슴을 졸였다. 그 공고는 오류일 것이었다. 린과 민, 준우는 '마법의 딸'이 아니기 때문이다. 그러나 밤에 몰래 나갔던 것이 들통나면 큰 벌을 받을 것이 분명했기 때문에 조용히 입 다물고 있는 게 상책이었다. 린을 제외한 나머지 두 아이도 같은 생각인지 조용했다.

세 아이의 침묵은 거의 한 달 동안 계속됐다. 가끔 준우가 린이나 민에게 부족한 준비물을 빌려 가는 것이 그들이 마주치는 전부였다. 계속되는 침묵보다도 참기 힘들었던 것은 지루한 수업이었다. '마법'을 가르치는 교수는 어찌나 말을 재미없게 하던지 학생의 반이 그 시간을 낮잠 시간으로 여겼다. 그 교수는 이런 것들을 가르치곤 했다.

"피니레는 어떤 주문을 끝낼 때 쓰는 주문이에요."

물론 린뿐만 아닌 모든 아이들이 아는 것이었다. 참기 힘든 것이 두 개나 겹치자, 린은 견디기 버거웠다. 수업을 포기할 수는 없었고, 침묵이 깨져야 하는 상황이었다.

역시나 한 달하고도 일주일이 지나자, 침묵은 점점 깨지려는 조짐이 보였다. 결국 준우가 그 침묵을 깨 버렸다.

"그래, 그럼 이제 어떡할 거야?"

린이 그 질문에 침묵을 깨고 대답했다.

"뭘 어째. 이제 못 가는 거지."

"아니, 우리 기숙사에 '마법의 딸'이 있다는 거. 그럼 도서관의 비밀이 밝혀지는 순간, 그 아이는……."

준우가 말했다. 그러자 린이 말했다.

"중요한 건 그게 나나 너, 민이 아니라는 거야. 나는 그 애의 죽음을 괜히 앞당기고 싶지 않아. 그러니까 제발 그 일에는 조용히 하고 있어."

준우는 끈질기게 물었다.

"우리 기숙사에 우리 학년이면, 나나 너, 민일 수도 있는 거지."

그러자 이제 린은 조금 화나는 듯한 목소리로 말했다.

"넌 여자가 아니잖아. 어떻게 네가 딸일 수 있겠어? 그리고 누가 그 애가 일 학년이래?"

그러자 준우가 말했다.

"'올해 학생'이라잖아. 만약 그 위 학년이었으면 작년에도 있었겠지."

린은 이제 매우 화를 내며 소리쳤다.

"A나 기숙사 일 학년만 오십 명이라고!"

"그중 여학생은 스물다섯 명인데."

준우가 중얼거렸다.

그때, 민이 자지러지게 소리를 지르는 바람에 세 사람은 사서인 미지 부인에 의해 도서관에서 쫓겨나고 말았다. 도서관 밖에서 린이 민에게 짜증을 내며 물었다.

"도대체 소리는 또 왜 지른 거야?"

민은 파랗게 질려서 사시나무 떨듯 떨고 있었다.

"왜 그러는데?"

말이 또 가시처럼 뾰족하게 나가고 말았다. 민이 많이 놀란 것은 이해하겠지만, 지금 린은 그 애의 감정까지 다 이해할 정도로 마음의 여유가 있지 않았다. 잠시 뒤, 민은 가까스로 입을 열었다.

"그 공고문이 맞았어."

"무슨 공고문?"

린이 따지듯 물었다.

"마법의 딸에 대한 공고문…… 일 학년이래! 그 애 이름은 아직 모르고 그 애 머리칼이……."

더 이상 민은 말하지 못했다.

"왜? 걔 이름이 머리칼이야? 미스 머리칼 같은 거냐고!?"

린이 이제 완전히 소리를 내지르며 물었다.

"아니, 아니. 거기까지밖엔 나도 못 들었어……."

민이 조금 진정이 된 듯 조금 차분해진 목소리로 말했다.

"이제 어쩌지? 우린 너무 많이 알아 버렸어."

준우가 두려운 목소리로 말했다. 민도 고개를 끄덕였다.

"그래, 내 생각도 그래. 다시 가 봐야겠어!"

린이 말했다.

결국 세 명의 아이는 일주일 뒤 밤, 다시 도서관 앞에 서 있었다.

"또 문이 닫히면 어쩌지?"

민이 걱정했다.

"후후, 그래서 준비한 게 있지."

비밀의 도서관

준우가 씩 웃으며 가방에서 문에 걸어 놓는 물건을 꺼냈다.

"야! 그거 자무들의 거잖아!"

린과 민이 동시에 빽 소리를 질렀다.

"뭐 어때~ 문만 안 닫히면 됐지."

준우가 웃으며 문과 벽 사이에 '그것'을 끼웠다.

"그게 아니라……"

린이 말을 꺼내는 찰나, 바람이 휘익 불어왔다.

'쾅!'

어김없이 문은 닫혔고 '그것'은 바깥쪽으로 튕겨져 나갔다.

"…… 마법을 감당하기에는 너무 약하다고……"

린이 말을 끝맺자 준우는 '그것'을 다시 가방에 넣고 아무 말도 하지 않았다. 린과 민도 준우에게는 아무 말도 하지 않았다.

조금 뒤, 유령들이 사는 곳이 나왔지만 쌕쌕 고른 숨소리만 들리는 것이 수호신 유령이 잠들어 있는 것 같았다. 게다가 아마 유령 언니 나은이는 더 이상 나타나지 않을 것 같았다.

"조용히 가자."

린이 쉬잇 소리를 내며 살금살금 걸었다.

"자, 여기인데…… 아!?"

린이 갑자기 걸음을 멈추는 바람에 아이들은 줄줄이 부딪히고 말았다. 린과 부딪혀 넘어질 뻔한 민이 린에게 버럭 성을 냈다.

"아야! 린! 왜 갑자기 멈추는 거야!"

민의 성을 린은 들었는지 못 들었는지 린이 얼빠진 목소리로 말했다.

"어…… 없어!"

"없어? 뭐가? 설마……?"

민이 걱정스러운 표정으로 린이 보고 있는 곳을 보았다.

"아…… 아무것도 없네. 린……."

민도 린이 얼마나 기대했는지 잘 알았기에 아쉬운 마음을 감출 수 없었다.

"아! 잠깐! 린, 네 가방!"

준우가 외쳤다.

"어? 내 가방이 왜……? 앗!"

린도 가방을 보고는 너무나 놀라 소리를 지르고 말았다. 가방에서 빛이 나고 있었다.

"그, 그러고 보니 도서관이 너무 밝지 않아?"

린은 가방에서 책을 꺼냈다. 책이 환하게 빛을 뿜어내고 있었다.

"린! 그 책 뭐야!?"

민이 린에게 물었다. 린은 사뭇 진지하게 말했다.

"응, 저번에 도서관에 몰래 숨어들어 왔을 때, 내 가방에 떨어졌나 봐. 나도 이게 뭔지 모르겠어."

"린! 저기 좀 봐! 저기도 빛나!"

민이 아무것도 없던 벽을 가리키며 말했다. 준우가 벽을 살펴보며 말했다.

"어? 무슨 구멍이 있어!"

구멍은 책과 같은 강렬한 빛을 뿜어내며 도서관을 환하게 밝히고 있었다.

"구멍!? 이 책이 열쇠가 될 것이다⋯⋯ 그래! 그거야! 준우야, 비켜 봐."

준우가 비켜나자 린은 그 구멍 앞에 쪼그려 앉아 책을 똑바로 들었다.

그리고⋯⋯ 끼웠다.

'쿠구구구구구궁'

갑자기 엄청난 진동이 일어나기 시작했다.

"꺄악!"

린이 갑자기 흔들리는 바닥에 놀라 어쩔 줄 모르고 엉덩방아를 찧으며 소리를 질렀다.

"린! 민!"

차례로 넘어지는 린과 민을 보며 준우가 외쳤다.

"나 좀 잡아 줘!"

민도 휘청거리며 외쳤다. 세 아이의 비명이 그칠 때 즈음 진동이 끝나고 벽에는 커다란 구멍이 생겼다.

"아까보다 구멍이 커졌어!"

민이 외쳤다.

"어? 여기로 들어갈 수 있겠는데?"

린이 머리를 구멍으로 쑥 밀어 넣으며 말했다.

"린! 생각 좀 하고 행동해!"

민이 소리치며 린을 구멍에서 끌어냈다.

"알았어. 그런데 저기는 안전한 것 같아. 들어가자."

린이 몸의 반은 빠져나오지 않도록 구멍의 턱을 양손으로 꽉 잡고 버텼다.

"알겠어. 들어가면 될 것 아냐!"

결국 지친 민과 준우도 린은 따라 엉금엉금 기어서 구멍을 지나갔다.

"와—아! 온통 새하얘!"

뒤따라 들어온 준우가 소리쳤다.

"와—아! 온통 새하얘!"

진짜로 그 방은 티 한 점 없이 깨끗하고 밝은 하얀색이었다.

"아! 메아리인가 봐."

민이 준우가 말하는 소리를 듣고는 말했다.

"아! 메아리인가 봐."

"와, 진짜."

"와, 진짜."

세 아이는 한참 동안 메아리를 들으며 놀다가 지치자 방 한가운데에 있는 의자에 앉았다. 그곳은 도서관과는 달리 무척 밝았고,

있는 것이라고는 의자 3개와 탁자 하나뿐이었다. 린이 한가운데에 있는 탁자에 가방을 올려놓으며 물었다.

"이제 어쩌지?"

"이제 어쩌지?"

아무 대답 없는 공허함을 메아리만이 허무하게 채웠다.

"글쎄? 난들 아냐? 이제 곧 해 뜰 시간인데."

민이 말했다.

"글쎄? 난들 아냐? 이제 곧 해 뜰 시간인데."

메아리도 민을 따라 했다.

잠시 뒤, 민의 말대로 해가 뜨고 아이들이 있는 방에도 어디에서인가 햇빛 한 줄기가 비쳤다. 너무나 새하얘 눈이 부신 그 방에서 눈을 둘 곳이 없자 린은 멍하니 벽과 바닥에 비친 그림자를 바라보았다. 그때였다. 린은 그림자가 무언가 잘못되었다는 것을 깨달았다. 갑자기 린이 주위를 두리번거리더니 다급히 소리쳤다.

"헉! 여…… 여기 문이 있었어!"

"뭐!? 문!?"

금세 아이들이 모였다.

"응, 그림자가 비칠 게 없는데 이렇게 작게 문 모양 그림자가……."

린이 그림자를 가리키며 말했다. 진짜 벽에는 작게 문 모양의 그림자가 비치고 있었다.

"린, 그 문을 만져 봐."

민이 말했다. 겁도 없이 린은 문을 건드렸고 그러자 문은 갑자기 쑥쑥 커지더니 곧 아이들의 방문만큼 커졌다.

"들어가 볼까?"

말은 차분히 했지만, 쿵쿵 가슴은 방망이질을 했다.

"들어가 보자."

린이 묻고 민과 준우가 답했다. 아이들은 그 문을 열고 들어갔다.

"여기는……?"

린이 황당하다는 투로 말했다. 그곳은 정원이었다. 야외 정원.

우리가 이 정원을 찾기 위해서 이 모든 일을 했단 말인가?

린의 머릿속에는 짙은 절망감만이 남아 있었다. 물론 정원은 멋졌다. 그러나 린이 기대했던 것과는 달랐다. 지금까지 린은 말은 안 했지만 은근히 기대하는 것이 있었다. 린이 이곳 유나판타지아에 온 이유. 린이 이 모험을 시작한 이유.

내가 누구인지 알 수 있는 기회일지도 몰라!

린의 꿈이 산산조각 나는 순간이었다.

푸른 풍경은 보는 사람의 기분을 절로 좋게 했다. 여기저기서 풀벌레 소리가 들려오고 저 멀리서 여유롭게 풀을 뜯고 있는 양들도 보였다. 나무 위에는 사자가 낮잠을 자고 있었고 사슴은 한가로이 풀을 뜯고 있었다. 저 멀리 유니콘이 날갯짓하고 있었고 그 옆에서 몸은 뱀이고 얼굴은 염소, 꼬리는 말의 형태를 가진 이상한 동물이 늘어지게 자고 있었다. 기린은 높은 나무의 풀을 뜯어 먹고 있었고, 여우는 굴속에서 잠을 자고 있는지 꼬리밖에 보이지 않았다. 그러나 지금은 풍경을 감상하고 있을 상황이 아니었다.

이거 뭐야, 왜 애들이 다 같이 살고 있는 거야? 원래 다 다른 곳에 사는 애들 아닌가? 여기 정원 맞아? 도대체 여기는⋯⋯.

린은 당황해서 주위를 둘러보았다. 그러자 미처 보지 못했던 풍경들이 성큼 앞으로 다가왔다. 끝없이 펼쳐져 있는 넓은 들판, 곳곳에 활짝 펴 있는 아름다운 꽃들, 높이 우거져 있는 나무들, 그리고 하늘을 찌를 듯 높은 탑.

이게 뭐야, 내 정체가 정원사라는 거야?

그때, 린의 머리를 번개처럼 스치는 생각이 있었다. 잠깐, 이곳에 어울리지 않는 것이 하나 있잖아!?

탑!

린이 눈을 크게 떴다. 다시 가슴이 뛰기 시작했다. 린은 흥분된 마음을 간신히 가라앉히고 달리기 시작했다. 빨리. 더 빨리.

빨리. 빨리. 빨리. 달려. 달려. 달려. 어서!

린의 머릿속에는 오로지 한 가지 생각밖에는 없었다. 린이 갑자기 달리는 것을 보고 놀란 민과 준우가 따라 달리기 시작했다. 준우는 육식 동물들이 있는 것이 불안했는지 계속 주위를 둘러보았지만, 다행히도 육식 동물들은 모두 깊은 잠에 빠져 있었다. 끝없이 펼쳐져 있는 들판은 끝날 기미가 보이지 않았지만 린의 가슴은 점점 더 부풀어 올랐다.

어느 순간, 린은 길이 점점 어두워지고 있다는 것을 깨달았다. 린이 우뚝 멈추어 서자, 뒤따라오던 민이 멈추어 섰다. 린이 잠깐 뒤돌아보았다. 저 멀리서 준우도 보였다. 다시 앞을 보니 어느새 준우는 바로 앞에 와 있었다.

"야! 너 진짜 빠르다. 어떻게 한 거야?"

린이 물었다.

"몰라, 어릴 때부터 달리기만 했다 하면 일등이었거든."

준우가 대수롭지 않다는 듯 태연히 대답했다.

"그런데 좀 어두워지지 않았어?"

민이 주변을 둘러보며 걱정된다는 듯 물었다.

"우리 너무 멀리 온 것 같아."

민이 덧붙였다. 말은 하지 않았지만 린도 같은 생각이었다. 그렇다. 이미 길은 너무 어두워졌고 탑은 어디에 있는지 보이지 않았다. 준우가 밖으로 삐죽 솟아 있는 큰 나무뿌리에 앉아 나무에 몸을 기댔다. 준우가 나무뿌리를 퉁퉁 치며 말했다.

"여기 앉아. 잠깐 쉬었다 가자."

린은 곧바로 탑으로 가고 싶었지만, 길도 모르고 너무나 어두워서 앞으로 나아갈 수가 없었다. 하는 수 없이 린은 준우 옆 조금 더 작은 뿌리에 걸터앉았다. 민은 주위를 둘러보더니 말했다.

"뿌리가 더 없네. 에이, 할 수 없다. 나는 그냥 땅바닥에 앉지 뭐."

민이 그러면서 울퉁불퉁한 땅바닥에 털썩 주저앉았다. 린이 절망적으로 하늘을 한번 올려다보았다. 어두웠다. 그때, 린의 머릿속에 퍼뜩 스치는 생각이 하나 있었다.

가만, 언제부터 이렇게 큰 나무가 있었지?

린이 자리에서 갑자기 벌떡 일어나자 민과 준우가 린을 쳐다보았다. 린이 주변을 둘러보고는 외쳤다.

"우리는 숲속으로 들어온 거야!"

'웬 숲속? 얘가 뭘 잘못 먹었나?'

민과 준우가 이상하다는 눈초리로 린을 쳐다보았다.

"린, 무슨 말이야? 아까 볼 때 숲은 없었잖아. 넓은 들판뿐이었다구."

민이 말했다. 그러자 린이 두 팔을 양옆으로 쭉 벌리고 말했다.

"아냐, 여기를 좀 봐! 이 풍경을 보라고. 햇빛 한 줄기 들어오지 못하게 빽빽이 들어서 있는 큰 나무들, 이름도 들어보지 못한 각종 식물들과 여기저기서 들려오는 동물과 벌레 소리. 이게 숲이 아니면 뭐야!?"

그제야 민과 준우도 순응하는 듯 천천히 주위를 둘러보았다. 처음에는 별거 아니겠지, 하고 말하던 표정은 점점 더 굳어졌고, 온몸에서 뿜어져 나오는 놀라움과 당황함을 감출 수 없었다. 민이 넋이 나가서는 나무뿌리에 주저앉자, 일어나서 주변을 둘러보던 준우는 자리를 빼앗기고 땅바닥에 털썩 주저앉았다. 린은 넋이 나간 두 아이에게 말했다.

"정신 차려! 어떻게든 살아 나가야 할 것 아냐."

그러자 번뜩 정신이 들었는지 민이 물었다.

"살아서라니? 그럼 죽을 수도 있나?"

그러자 린이 고개를 끄덕였다.

"그럼! 여기 야생동물과 음…… 또 뭐가 있는지는 모르지만, 길을 빨리 못 찾으면 당장에 먹을 것과 마실 것도 없는데 죽지 뭐."

린의 말에 준우는 해롱거리며 "난 어디? 여긴 누구? 아니, 여긴 어디? 난 누구? 아니, 아닌가? 난 여긴? 누구 어디?"를 반복했다.

린이 한숨을 내쉬며 준우를 흔들어 댔다.

"야! 정신 차려! 일단 어떻게든 길을 찾아야 할 것 아냐!"

세 아이는 한참을 걸었다. 걷고, 걷고, 또 걷고…… 걷는 것 외에는 할 일이 없기 때문이기도 했고, 아까 말했듯 일단은 어떻게든 길을 찾아야 하기 때문이기도 했다. 숲은 점점 더 어두워지는 것 같았다. 준우가 물었다.

"우리, 무사히 나갈 수 있는 거지?"

아마 준우는 '응'이나 아니면 '물론이지, 우리는 꼭 길을 찾을 거야!'와 같은 답을 원했겠지만, 민의 대답은 예상 밖이었다.

"글쎄, 난 지금은 여기서 죽을 수도 있다는 생각이 드는데."

준우는 민의 대답을 듣고는 더 축 늘어져 흐물흐물 해파리처럼 걸었다. 린이 준우의 등을 툭툭 치며 말했다.

"어서 일어나, 길을 찾아야 살지."

그러나 준우는 여전히 그렇게 걸었다. 잠시 뒤, 준우는 린에게 등을 한 대 얻어맞고 난 후에야 정신을 차렸다. 그렇게 다시 한참을 걸었는데, 멀리서 빛이 보였다.

"와! 빛이다! 숲에서 빠져나갈 수 있을지도 몰라!"

린이 그곳을 손가락으로 가리키며 외쳤다. '숲에서 빠져나갈 수 있다'라니…… 준우가 총알같이 잽싸게 뛰어나갔다. 준우가 제일 먼저 도착하고, 민과 린이 차례로 도착했다. 그곳에는 신기하게도 나무가 없었다. 덕분에 환한 햇빛이 비쳤다. 그곳은 바위 몇 개와 잡초, 그리고 한가운데 작은 호수가 있는 넓은 공터였다. 준우는 호수에 제일 관심을 보였다. 하긴 그럴 만도 했다. 몇 시간째 물 한 모금 마시지 못하고 걷고 있으니 말이다. 준우는 린과 민이 말릴 틈도 없이 물을 들이켰다.

"준우야! 그걸 마시면 어떡해!"

린이 급히 준우의 팔목을 잡았지만, 이미 늦은 뒤였다.

"캬악!"

준우가 괴상한 소리를 내며 린에게 달려들었다.

"꺅!"

린이 비명을 지르며 넘어지자 민이 서둘러 달려왔다.

"린! 괜찮아!?"

"응, 그런데 준우가……."

준우는 두 아이 곁을 계속해서 맴돌고 있었다.

"어떡하지?"

민이 물었다. 린도 특별히 대답할 만한 말이 없었다. 그렇게 잠깐의 경계 뒤, 준우는 다시 달려들었다.

"크아악!"

이번에는 민이 고꾸라졌다.

"민!"

린이 소리쳤지만 발목이 꺾인 탓에 움직일 수가 없었다.

'어쩌지?'

린이 이러지도 저러지도 못하는데, 그때 가느다란 나뭇가지가 눈에 띄었다.

"그래!"

린은 팔을 있는 힘껏 뻗었다.

"으으⋯⋯."

마침내 팔이 나뭇가지에 닿았다. 그때였다.

"캬아악-!"

"헉! 들켰다!"

린이 몸을 움찔 떨었다. 준우가 움직이지도 못하는 린에게 달려들었다.

"하지 마사사⋯⋯."

린이 지팡이를 번쩍 치켜들며 비명을 질렀다.

“다아아악!”

놀라 발음이 꼬부라졌다. 하지만 준우는 그대로였다. 하긴, 하지 말라고 하지 않을 것 같으면 왜 이러겠는가? 린은 눈을 질끈 감았다. 그때, 큰 소리가 들렸다. 처음에는 준우의 목소리인 줄 알았다. 그런데 아니었다. 민의 소리였다.

“까악! 린! 네가 해냈어! 뭘 했는지는 몰라도, 어쨌거나 해냈다고!”

민이 린에게 달려들어 린을 껴안았다. 멈췄다. 준우가 린에게 달려들려는 찰나, 그대로 딱 멈춰 버린 것이었다. 린이 민을 밀어내며 물었다.

“그런데 이제 어쩌지?”

그 물음에 그만 민도 입을 꾹 다물고 말았다. 린의 눈에 지금 띄는 것은 나무와 호수, 바위와 잡초뿐이었다. 그나마 쓸모 있는 건 아까 그 물이었다. 뭔지는 몰라도 뭔가 마법의 힘이 있는 것 같았다. 린은 아픈 다리를 이끌고 간신히 호숫가로 갔다. 가서 두 손 가득 물을 떠서 멈춰 서 있는 준우의 입에 조금씩 흘려 넣었다. 그리고는 외쳤다.

“피니레.”

무슨 주문이었는지는 몰라도 어쨌거나 마법을 걸었으니 풀어야 할 것이었다. 준우가 다시 움직이기 시작했다. 이제 린과 민을 덮치거나, 운이 좋으면 원래대로 돌아올 것이었다.

“으음…… 뭐지!? 뭐가 어떻게 된 거야?”

준우가 벌떡 일어나며 말했다.

원래대로 돌아왔어!

린은 기뻐서 환호성이라도 지르고 싶었다.

"뭐야, 뭔데!?"

준우가 물었지만 린은 웃음으로만 답했다.

호숫가에서 조금 더 걷자 다시 어두운 숲이 계속되었다. 이제 너무나 피곤했고 세 아이 중 누구도 그것을 감출 수는 없었다. 린은 주위를 둘러보았다. 작은 동굴 하나가 보였다.

"좋아, 오늘은 저기서 보내자!"

린이 외쳤다.

"저기서!?"

민과 준우가 동시에 황당하다는 듯 물었고, 린은 당당하게 고개를 끄덕였다. 민과 준우도 어쩔 도리가 없었으므로 린의 말에 따라야만 했다. 눈꺼풀 위에 코끼리들이 하나둘씩 올라타고 있기 때문이기도 했다. 세 아이는 쉴 틈도 없이 커다란 나뭇잎들을 따다가 바닥에 깔기 시작했다. 덩굴을 엮어서 해먹을 만들기도 했지만, 걸어 둘 데가 없어 그냥 깔고 앉기로 했다. 세 아이는 간격을 조금 두고 앉아서 천장을 바라보았다. 동굴 안은 정말 어두웠다. 세 아이는 이를 악물었다. 아무리 졸려도 여기서 잠들면 안 됐다. 어떤 맹수가 들이닥칠지 모르기 때문이었다. 밤이 점점 더 깊어 갔다.

다음 날 아침, 린은 새 소리에 정신을 차렸다. 자리에서 일어나 보니 민은 먼저 일어나 음식을 만들고 있었고, 아직 준우는 꾸벅꾸벅 졸고 있었다.

"민, 뭐해?"

린이 졸음에 겨운 눈을 비비며 물었다.

"어, 린, 안 졸려? 뭐라도 먹어야 할 것 같아서. 그냥, 뭐 좀 만들고 있었어."

민이 이마에 흐른 땀을 닦으며 말했다. 동굴 안은 이른 아침인데도 무척 더웠다. 린도 땀을 식히기 위해 손목에 있던 고무줄로 긴 머리를 묶었다. 허리까지 내려오는 긴 머리 때문에 더 더울 것이었다. 머리를 묶으니 한결 시원해졌다. 린은 민을 도와 두 팔을 걷어붙였다. 그렇게 한창 음식을 만들고 있는데, 준우가 일어나서 물었다.

"으음, 너희 뭐 하는 거야?"

그러자 민이 뒤도 안 돌아보고 말했다.

"음식 만들어."

린이 뒤를 돌아보며 말했다.

"자! 음식은 이 정도면 되겠지?"

민이 또다시 흐른 땀을 닦으며 말했다. 밤새 잠을 제대로 자지 못한 탓에 매우 피곤했지만 시간이 없었다.

"응! 충분해. 그럼 다시 출발!"

린이 동굴 밖으로 한 걸음을 내디디며 말했다.

그때, 자지러지는 비명이 들려왔다.

"으아악!"

분명 민의 목소리였다.

"왜……? 으악! 아아악!"

이 목소리는 분명 준우의 목소리고 말이다. 린이 무슨 상황인지 몰라 뒤를 돌아보자 민과 준우는 손가락으로 린의 앞을 가리키고 있었다. 린이 앞을 보자, 커다랗고, 갈색이고 털이 가득한 무언가가 길을 떡하니 가로막고 있었다.

"……?"

린이 위를 올려다보자,

"꺄아악!"

린이 제일 크게 비명을 지르고 말았다.

"아악! 고, 곰이다-!"

곰!

커다란 곰이 린의 앞을 떡하니 막고 서 있었던 것이었다.

"이리 비켜서!"

준우가 외쳤다. 엉겁결에 린과 민은 뒤로 주춤주춤 물러섰지만, 준우가 뭘 어떻게 할 수 있을 것 같지는 않았다. 곰은 커다란 앞발을 들어 올렸고, 역시나 준우는 아무것도 하지 못하고 주춤거렸다. 그러자 린이 준우에게 외쳤다.

"준우야! 그 나뭇가지를 나에게 던져!"

"뭐, 뭐? 이거?"

준우가 자신 앞에 있던 나뭇가지 하나를 집어 들고 물었다. 린이 곰의 눈치를 보며 고개를 끄덕이자 준우는 몇 번 반동을 주더니 힘차게 나뭇가지를 던졌다. 그러나 나뭇가지는 얼마 가지 못하고 떨어지고 말았다. 곰은 이제 진짜 화가 났는지 준우를 잡아먹을 기세로 으르렁댔다.

어떻게든 해내야만 해!

린은 눈을 부릅뜨고 곰이 잠깐 신경 줄을 놓을 때를 기다렸다. 그러나 곰은 단 한순간도 틈을 주지 않았다. 하는 수 없이 린은 준우에게 소리쳤다.

"이준우! 그 곰 좀 유인해 봐!"

"뭐? 뭘 어쩌라고!?"

준우는 계속해서 묻다가 하는 수 없이 곰을 유인하기 시작했다. 곰이 준우 쪽으로 휙 쏠리자 린은 그 틈을 이용해 나뭇가지를 집었다.

꼭 성공해야 해!

린이 지팡이 끝으로 곰을 겨눴다. 린은 눈을 질끈 감았다. 그리고 될 수 있는 한 크게 외쳤다.

"멈춰!"

린이 소리쳤다. 민이 당황해서 린을 쳐다보았다.

'멈춰라니? 말도 안 되는 엉터리 주문이잖아!'

준우도 당황한 것 같았다. 단 하나, 말을 못 알아듣는 곰만이 아무런 기색도 없이 준우에게 달려들었다.

"아아악!"

준우가 비명을 질렀다.

"도망가!"

"어서!"

린과 민도 있는 힘껏 외쳤다.

"으르르…… 크헝!"

곰도 외쳤다. 모든 것이 순식간에 일어난 일이었다. 중요한 것은 곰이 멈췄다는 것이다. 준우를 덮치기 직전에, 바로 직전에, 곰이 *멈췄다.* 린은 놀란 가슴을 쓸어내렸고, 준우는 그 자리에 주저앉았다. 모두가 놀랐고, 모두가 긴장을 했다.

도대체 어떻게 된 거지? 그 엉터리 주문이 먹힌 거야?

린은 의아한 마음에 몇 번이나 곰을 돌아보았다. 곰은 여전히 몸이 앞으로 쏠린 채로 두터운 앞발을 앞으로 내밀고 입을 크게 벌리고 멈춰서 있었다.

'뭐가 어떻게 된 걸까?'

린이 생각했다. 린은 두 손을 가슴 위에다가 얹고 생각했다.

아주 위험했어.

아까 그 순간만 생각만 하면 아직도 가슴이 떨렸다. 하마터면 준우가 잘못됐을 수도 있는 일이었다. 잠깐 동안 긴장이 풀리지 않아 모두 조용했다. 잠시 뒤, 마침내 정적을 깨고 민이 말했다.

"어서 떠나야 해."

린과 준우 역시 그 말에 동의했으므로, 아이들은 즉시 다시 길을 나섰다. 동굴 밖의 세상은 밝았다. 고작 하루 만이었지만 린은 그 밝은 빛이 너무나도 반가웠다. 린은 힘차게 동굴 밖으로 걸음을 내디뎠다. 그리고 모험을 계속했다.

린과 비밀의 도서관

15.

비밀의 도서관

마침내 탑 앞에 다 왔을 때, 탑은 멀리서 봤던 것보다 훨씬 높았다. 끝이 보이지 않을 정도로.

잠깐, 이렇게 높은 탑을 어떻게 있는지도 모르고 살았지?

그때, 퍼뜩 린의 머릿속에 '그곳'이 떠올랐다.

북쪽 탑!

탑은 오래된 돌로 만들어져 있었다. 회색의 돌들로 견고하게 세워져 있는 높은 탑은 작은 틈조차도 보이지 않았다. 린은 높은 탑을 올려다보며 침을 꿀꺽 삼켰다. 웬만해서는 열리지 않을 것 같은 육중한 돌문이 린의 앞을 떡하니 막아서고 있었다. 린이 커다란 돌문을 있는 힘껏 밀었다. 문은 무거운 소리를 내며 느리게 열렸고, 아이들은 문이 열리자 바람에 실려 들어온 풀잎과 함께 그 안으로 소리 없이 들어섰다. 그러나 곧 문은 닫히고 말았고 뒤에 있던 예쁜 벽돌담과 꽃들, 들판과 나무, 아름다운 풍경들은 한순간에 시야에서 사라졌다. 어둡다. 탑 안에서 드는 생각은 오로지 그것뿐이었다. 그도 그럴 것이 한 치 앞도 보이지 않는 칠흑 같은 어둠 속에서 린과 민, 그리고 준우는 오로지 감에 의해서만 앞으로 나아가야 했다. 꼭 밖에서 보았던 대로였다.

아니, 어떻게 작은 틈 하나조차도 없을 수가 있지?

린은 벽을 더듬으며 생각했다. 그때, 민이 자지러지게 소리를 질렀다.

"꺄악!"

'후드득'

"민! 무슨 일이야, 괜찮아?"

린은 놀라 민 쪽으로 다가가려고 했지만 한 치 앞도 보이지 않는 새까만 어둠 속에서 민을 찾기란 쉬운 일이 아니었다.

"민! 괜찮아!? 린! 어딨어!?"

준우도 린과 민을 찾고 있는 것 같았지만 아마 준우도 린과 비슷한 상황인 것 같았다. 그렇게 셋은 한참 동안 서로를 찾았다.

그때였다. 믿을 수 없는 일이 일어났다. 있었는지도 몰랐던 수많은 햇불에 갑자기 불이 붙으며 길을 환하게 비추었다. 그들은 탑의 맨 아래층에 있는 것 같았다. 원형의 둥근 바닥이 있었고, 그들이 나아갈 수 있는 길은 딱 하나였다. 계단. 원형의 벽면을 따라 계단이 있었고, 그 옆엔 횃불이 밝혀져 있었다. 어디선가 가느다란 노랫소리도 들려왔다.

"들어요, 모르겠나요, 전설이 현실이 되는 날, 우리의 소원이 이루어지는 날, 그날이 찾아올 때가 되었다는 것을. 우리에게 도움을 주실 자가 오시고, 어디에선가 우리의 지도자가 오시고, 이곳에 평화가 찾아오는 날, 그날이 멀지 않았도다."

그 노랫소리는 교회에서 듣던 찬양가와 비슷한 음이었는데 훨씬 가늘고 얇은 소리이고…… 아름다운 소리였다. 린은 주위를 둘러보았지만 그 노래가 어디에서 흘러나오는지는 알 수 없었다.

그러나 이 상황에 그것이 중요한 것은 아니었다. 일단은 불이 켜졌다는 것, 서로를 볼 수 있다는 게 중요했다. 급히 주위를 둘러보니 민이 바닥에 넘어져 있었다.

"민! 왜 그렇게 넘어져 있는 거야!?"

린이 황급히 물었다. 그러자 민이 울먹이며 대답했다.

"누, 누군가가 내 발목을 잡아당겼어."

그러자 린이 준우에게 물었다.

"네가 민 발목 잡았니?"

그러자 준우가 놀라서 손을 휘저으며 말했다.

"무…… 무슨 소리야! 어두워서 앞이 안 보이긴 했지만, 난 아무것도 안 잡았는데?"

"그, 그럼 누구지? 나도 아닌데……."

린이 놀라 주위를 이리저리 둘러보았다. 그때, 섬뜩한 소리가 들렸다.

"우하하하하."

분명 사람의 소리는 아니었고 아마 무슨 동물의 소리일 것이었다.

'뭐지? 동물? 아까 같이 들어온 걸까? 그보다 육식동물이면 큰일 나는데!'

린의 머리는 이런저런 생각으로 뒤엉켜 어지러웠다. 그때, 다시 한번 그 소리가 들렸다.

"우하하하하."

셋은 겁에 질려서 점점 구석으로 모였다. 린이 민에게 물었다.

"민, 나뭇가지 있어?"

민이 급히 주위를 둘러보고는 말했다.

"아니, 없는 것 같은데."

린은 입술을 깨물었다. 그 와중에도 소리는 계속 났다. 아니, 오히려 소리는 점점 더 커졌다. 다시 들으니 하나가 아니라 여럿인 것 같기도 했다. 소리는 점점 더 커졌고 린과 민, 준우는 점점 더 궁지에 몰렸다. 마침내 '그것', 아니 '그것들'이 모습을 드러내었다. '그것들'은 신생아 정도의 키에, 비쩍 말랐는데 주름이 많아 꼭 많이 늙은 것처럼 보였다. 커다란 눈(눈은 노란색이었는데 자꾸만 번뜩여서 꽤, 아니 아주 위협적으로 보였다)과 커서 바람에 펄럭이는 귀를 가지고 있는 '그것'들은 아이들을 향해 씩 미소를 지어 보였다. 그때 안 것은 '그것들'은 생각보다 이빨이 뾰족하고 위협적이라는 것이었다.

"자…… 장난꾸러기 요정들이야."

민이 콩알만 한 목소리로 말했다.

"뭐?"

린이 민에게 묻자 민은 조금 더 또렷한 목소리로 말했다.

"장난꾸러기 요정. 책에서 봤어. 원래 이름은 푸르마 요정이지만, 위험한 장난을 많이 쳐서 보통은 장난꾸러기 요정이라고 불러. 그런데……."

민이 말을 하다 갑자기 뭐가 생각난 듯 말을 멈췄다. 갑자기 민이 말을 멈추자 민의 말을 듣고 있던 린과 준우도 민을 쳐다보며 잠깐 정지했다. 푸르마 요정들도 덩달아 잠깐 멈췄지만, 곧 다시 움직이기 시작한 요정들은 린과 민, 준우를 기다려 줄 생각이 별로 없는 것 같았다. 잠깐의 침묵을 깨고 린이 민에게 외쳤다.

"그런데 뭐!? 시간이 없으니 빨리 말해!"

린은 민에게 소리쳤지만 민은 린에게 조용히 말했다.

"조용히 해. 큰 소리는 요정들을 자극한단 말이야. 그리고 네가 궁금해하는 건……그건…… 저 요정들의 특징인데…… 그게 아무거나 먹는 거야! 뛰어!"

민이 갑자기 소리를 지르자 요정들이 고개를 홱 돌렸다.

"뭐!? 그런 건 빨리 말해 줬어야지!"

린도 질겁하며 소리쳤다. 준우는 이미 뛰고 있었다. 뛰던 준우는 갑자기 고개를 돌리며 물었다.

"그런데 아무거나 먹으면 사람도 먹어?"

그러자 민이 버럭 화를 내며 외쳤다.

"당연하지! 그러니 머핀이 되고 싶지 않으면 더 빨리 뛰어!"

"우가 자가! 우가 자가!"

푸르마 요정들이 뾰족한 나뭇가지를 들고 쫓아왔다. 아마도 뾰족한 나뭇가지는 포크나 칼 대용일 것 같았다. 동그란 탑 안을 뺑뺑 돌며 린이 느낀 단 한 가지는 그 탑이 꽤 넓다는 것이었다. 다섯 바퀴쯤 돌자 린은 지쳤는데, 요정들을 지치지도 않았는지 계속 쫓아오고 있었다.

"우가 자가! 우가 자가!"

요정들을 조금 더 빠른 박자로 말했고 거리는 점점 좁혀지고 있었다.

시간이 없어!

린이 생각했다. 하지만 린이 생각하는 그 순간에도 요정들은 날카로운 이빨을 드러내고 웃으며 세 아이를 뒤쫓고 있었다. 린은 죽기 살기로 뛰면서 계속 생각했다. 그나마 다행인 것은 요정들의 지능이 그리 높지 않아 아직 시간이 있다는 것이었다. 물론 많지는 않았지만. 린은 곰곰이 생각하다가 나뭇가지를 하나씩 들고 세 아이를 바짝 쫓아오고 있는 요정들을 보았다. 그러고는 린의 머릿속에 종이 울렸다.

나뭇가지!

린은 갑자기 우뚝 멈춰 섰다. 그러자 그를 지켜보던 민과 준우가 린에게 너 뭐하냐는 눈빛을 보냈다. 그러자 린은 안심하라는 눈빛을 보내고는 제일 앞에 있던 요정의 발을 걸었다.

"우꺅꺅!"

요정은 알 수 없는 소리를 내더니 큰 소리를 내며 고꾸라졌다. 운이 좋아 요정의 손에서 나뭇가지가 빠져 공중으로 날아올랐다.

"우갸걍!"

다른 요정이 나뭇가지를 잡으려 뛰어올랐지만, 아무래도 키가 더 큰 린이 훨씬 유리했다.

"됐다!"

린이 손 안에 나뭇가지를 넣자 그 순간, 요정들은 잠시 굳었다. 그때였다. 고꾸라졌던 요정이 가루가 되어 바닥에 떨어졌다. 그때, 한 점 바람이 불어오자 가루는 흔적도 없이 사라져 버렸다. 린은 도대체 어느 틈으로 바람이 들어왔나 궁금했지만 지금 그런 걸 신경 쓸 타이밍이 아니었다. 고꾸라졌던 요정이 사라지자 굳어 있었던 다른 요정들은 점점 분노가 치밀어 오르는 듯 더 위협적으로 다가왔다.

"우가 자가…… 우가…… 자가갸걍!"

요정들의 목소리는 아래로 착 가라앉아 있었다. 요정들은 마침내 사방에서 셋을 포위하기 시작했다. 그것도 빠른 속도로. 결국 린과 민, 준우는 다시 궁지에 몰렸고 상황은 아까보다 더 안 좋았다. 요정이 점점 더 다가오자 민은 눈을 질끈 감았고 준우는 울상을 지었다. 그때, 린이 눈을 질끈 감고 아무거나 기억나는 주문을 온 힘을 다해 외쳤다.

"그라지오!"

린이 힘겹게 눈을 떴을 때, 참 절망적으로도 요정들은 멀쩡히 세 아이를 향해 다가오고 있었다.

더 이상은 나도 모르겠다!

린이 눈을 질끈 다시 감아 버리는 찰나에 둔탁한 소리가 났다.

'쿠웅—'

린이 감았던 눈을 살짝 떠 보니 제일 앞에 있었던 요정이 린의 바로 앞에서 쓰러진 것이었다. 게다가 뒤를 보니 차례차례 다른 요정들도 쓰러지기 시작했다. 린이 안도하자 민이 린의 팔을 거칠게 잡아끌며 외쳤다.

"시간이 얼마 없어! 곧 깨어날지도 몰라, 어서 계단을 향해 뛰어!"

세 아이는 무작정 계단을 향해 뛰기 시작했다. 별다른 생각은 없었지만 일단은 앞으로 나아갈 수 있다는 것이 더 중요했다. 정신을 차리고 보니 아이들의 앞에는 끝없이 이어지는 나선형 계단이 놓여 있었다. 린은 힘차게 그 계단으로 첫걸음을 내디뎠다.

얼마나 올라왔을까. 한 몇백 층은 올라온 느낌이 들었지만 실제로는 많아 봤자 백 몇 층일 것이었다. 이제는 계단 사이의 틈만 보아도 아찔했다. 고소공포증이 있는 준우는 아까부터 무섭다며 찡얼대고 있었다. 아까까지 괜찮던 린도 이제는 너무 높이 올라왔는지 현기증이 일어나기 시작했다. 서로 말은 나누지 않았지만 아마 민도 비슷한 상황인 것 같았다. 낡을 대로 낡은 계단은 오랜만에 온 사람들이 무거운지 한시도 쉬지 않고 삐걱대었다. 덕분에 더 음산한 분위기가 들었다. 게다가 위로 올라갈수록 등잔이 더 뜸해져 더욱 어두워졌다. 그나마 위로 올라갈수록 작은 구멍이 있어 빛이 조금이나마 새어 들었다. 린은 이 분위기를 조금이라도 낮게 만들기 위해 아무 말이나 했다.

"근데 왜 푸르마 요정이야?"

"응? 아까 못 봤어? 푸른색이잖아. 그래서 그런 거 아닌가?"

민이 대답했다. 그러자 이번에는 린이 다른 질문을 했다.

"그런데 아까 그게 무슨 주문이었길래, 요정들이 다 쓰러진 거지?"

린이 물었다. 그러자 민이 그 자리에 우뚝 서서 말했다.

"뭐야, 너 아무것도 모르고 한 거야!?"

"응, 그냥 머릿속에 떠오르는 주문을 말했는데."

린이 태연히 계속 올라가면서 말하자 민이 린의 등을 한 대 후려쳤다.

"아악!"

린이 등을 문지르며 껑충껑충 뛰자 민은 한심하다는 듯 한숨을 내쉬고 준우는 소리를 질렀다.

"아악! 뛰지 마! 계단 무너져!"

그러자 린이 그 자리에 우뚝 멈춰 서서 소리를 질렀다.

"아악! 아악! 너무 아파!"

그러자 민이 황당하다는 표정으로 소리쳤다.

"뭐래! 세게 치지도 않았거든!?"

그러자 린이 아무 말도 않고 다른 의문점을 제기했다.

"아야야, 아파라, 그런데, 아까 내가 나뭇가지를 잡았을 때, 그 요정이 왜 그렇게 된 거지?"

"그, 그건, 그…… 아, 맞아!"

민은 자신의 머릿속에 들어있는 수많은 책들을 훑어보느라 미간을 살짝 찌푸리더니 말했다.

"그 나뭇가지는 그 요정의 생명선 같은 거야. 푸르마 요정은 무리를 짓고 살아. 그리고 제일 힘이 세고 똑똑한…… 물론 푸르마 요정이 똑똑하다는 말은 들은 적은 없지만, 어쨌거나 걔들 딴에 말이야. 어쨌든 그런 요정이 대장이 돼. 아기 요정이 태어나면 족장은 아기에게서 제일 가까이 있는 나뭇가지를 아기 요정의 손에 쥐여 줘. 그때부터 그 나뭇가지는 그 요정의 일부가 되는 거야. 그런 나뭇가지가 다른 사람의 손에 들어가면 그 나뭇가지의 주인인 요정은 가루가 되어 사라져. 한마디로 죽는다고."

린과 비밀의 도서관

민이 그 자리에 가만히 서서 말했다.

"알겠어, 좀 움직여 봐. 그런데 그럼 그 나뭇가지가 다른 사람 손에 들어가지 않는 이상 안 죽는 거야?"

린이 물었다.

"응, 푸르마 요정은 아직까지는 영생을 산다고 알려져 있어. 다만, 거의 모든 푸르마 요정이 한 이십 년에서 삼십 년 사이에 모두 나뭇가지를 빼앗겨서, 얼마나 오래 사는지는 몰라. 그래도 삼사십 년이면 요정들 중에서 꽤 오래 사는 편이야."

민이 조금씩 움직이며 말했다. 린의 의도대로 분위기는 바뀌었지만, 속도가 너무 더뎌지고 있었다. 린은 힘을 내서 한 걸음을 더 옮겼다. 그러나 다리가 점점 더 죄어 오는 게 더는 무리였다. 조금 더 올라가 이제 더 이상은 못 올라가겠다는 생각이 들 때쯤, 드디어 고동색의 낡은 나무문이 보였다. 린은 녹슨 손잡이 앞으로 손을 내밀었지만, 선뜻 손잡이를 잡지 못했다. 지금까지의 흥분이 이제는 말할 수 없는 묘한 감정으로 변해 있었다. 진짜 나를 만날 수 있을 거라는 설렘과 두려움, 그리고 기쁨과 슬픔이 뒤섞인 기분.

어쩌면 이 문을 열면 지금의 나는 사라질지도 몰라.

눈을 감고 지금의 자신을, 있는 그대로를 느꼈다. 감았던 눈을 뜨자 확신이 섰다.

그래, 지금은 새로운 나를 개척해 나갈 시점이야!

드디어 손잡이를 손으로 움켜쥐었다. 차가움이 손끝에서 온몸으로 찌릿 흘렀다. 숨을 크게 들이마셨다. 손잡이를 돌리자 새로운 광경이 펼쳐졌다. 문 반대편에 걸려 있던 푯말이 덜컥 흔들렸다.

'비밀의 도서관'

왔어, 드디어!

린의 가슴이 벅찬 감동으로 차올랐다. 그곳은 아이들이 찾던 바로 그곳이었다. 지도에 있었던 곳. 숨겨진 방! 책이 빽빽이 꽂힌 책장, 낡은 나무 탁자와 의자, 그리고 보이지 않지만 온몸으로 느껴지는 경이로운 마법의 기운이 한데 어우러져 그곳은 이미 이 세상의 구역이 아니었다.

"그래! 이제 알겠어! 목소리가 날 이끌던 곳은 바로 여기, 유나판타지아의 비밀의 도서관이었어!"

린이 드디어 가끔씩 들려오던 목소리가 가리키던 곳을 알 수 있었다. 그곳에는 책장에 책이 빽빽이 꽂혀 있었지만 그 어느 책도 이름도 들어 보지 못한 책들이었다. 그 방은 어딘지 모르게 고풍스러운 분위기를 사방에서 풍기고 있었다. 어두운 조명은 고즈넉한 분위기를 더해 주었다. 그곳은 아주 오랫동안 사람의 발길이 닿지 않은 듯했다. 뽀얀 먼지가 도서관 가득 쌓여 있어서 단번에 알아챌 수 있었다.

오랫동안 사람의 발길이 닿지 않은 역사의 흔적에서 린은 처음으로 느껴 보는 신비한 기분이 들었다. 옛날 역사책에서나 볼 법한 풍경, 아니 이 세상이 아닌 하늘 저 어디 끝에서나 볼 법한 풍경이었지만 그 비밀의 도서관은 분명 린과 민, 그리고 준우의 눈앞에 있었다.

"우와아…… 어! 어!?"

린이 넋을 놓고 구경을 하다가 갑자기 소리를 지르자 민과 준우는 생각보다 빠르게 반응했다.

"어! 뭐야!?"

그러나 민과 준우가 아무리 빨리 반응했다고 해도 린은 이미 열쇠 책에 이끌려 어디론가 끌려가고 있었다.

"으아아!"

"린!"

책이 아이들을 이끈 곳은 다름 아닌 한 책꽂이였다. 책은 린의 손에서 떠올라 가지런히 꽂혀 있는 책들 중 한 권을 쳐서 꺼내더니 빈자리에 들어가 꽂혔다.

"아…… 뭐지?"

워낙 순식간에 일어난 일이라 린은 어리둥절할 뿐이었다. 린은 그 책을 다시 꽂으려고 했지만 헛수고였다.

"이게 뭐지……?"

린은 책을 펼쳐 보았다. 그러나 책에는 아무것도 쓰여 있지 않았다. 그다음 장도, 그, 그다음 장도. 누런색의 종이만 끝없이 있었다.

"책아! 뭐라는 거야!"

린이 답답한 마음에 버럭 소리를 질렀는데 그 순간, 마법 같은 일이 벌어졌다.

　넌 선택받은 아이, 마법의 딸이야.

　책에 글씨가 나타났다.
"뭐?"
린이 이럴 수는 없다는 듯 천천히 고개를 흔들고 있었다.

　넌 여왕이야.

　책에 새로운 글씨가 나타나기 시작했다. 그러고는 화살표가 나타나 린이 있는 방향을 가리켰다. 린은 왼쪽으로 두발 움직였다. 성큼. 성큼. 그러자 화살표도 린을 따라 움직였다. 휘익. 린은 그 뒤로도 계속 움직였지만 화살표의 고집은 셌다. 결국 지친 린은 물었다.
"진짜야?"

　진짜야, 린.

　"호, 혹시 동명이인 아닐까?"
린이 민을 돌아보면서 물었다.

"여기 누가 또 있다고 화살표가 쫓아다녀! 게다가 네 목소리에만 반응하잖아."

민이 말했다. 진짜였다. 준우나 민의 목소리에는 반응하지 않았다. 린은 다음 장을 넘겼다.

"보여 줘."

린이 말했다. 그러자 이상한 숫자가 나타났다.

7115151

"이게 뭐야!?"

린이 숫자를 보고 놀라 소리쳤다.

"진짜 뭐지……?"

민도 알지 못하는 듯했다. 그때였다.

'부스럭'

"앗!"

준우가 갑자기 휙 사라졌다. 저 책장 뒤로.

"아, 쟤 원래 엄청 빨랐잖아."

민이 준우를 처음 만났던 날을 회상하며 말했다.

"아, 그렇지."

린도 기억나는 듯 했다. 곧이어 준우의 외침이 들려왔다.

"잡았다!"

"잡았나 봐! 어서 가 보자!"

린이 민의 손목을 움켜쥐며 말했다.

"응!"

민이 달리자 린도 딸려가기 시작했다.

가 보자 준우가 가면을 쓴 여자아이를 잡고 있었다.

"으윽……."

여자아이가 신음했다. 린은 잠시 여자아이를 바라보다가 떨리는 목소리로 말했다.

"이준우, 놔 줘. 그리고 이은하, 가면 벗어."

"이, 이은하!?"

민이 놀라서 소리쳤다. 동시에 준우가 손을 놓았고 은하가 내동댕이쳐졌다.

"응, 나야."

은하가 가면을 벗으며 말했다.

"그, 그럼, 예전에 하늘이 밝아진 것도……."

준우가 더듬거리며 물었다.

"응, 내가 한 거야."

은하가 대답했다.

"그, 그럼……."

"다 나았어."

은하가 고개를 떨구고 말했다. 은하의 고개를 따라 은하의 땋은 갈빛 머리칼이 아래로 축 처졌다.

"그, 그럼 다 알고 있었던 거야?"

민도 물었다.

"응, 처음부터."

은하가 대답했다.

"하아…… 우리는 몰랐는데. 혹시 저 숫자가 뭔지 알아?"

린이 물었다.

"야! 내가 그걸 어떻게 알아!"

은하가 너무하다는 표정을 지으며 말했다.

"하아…… 역시 모르는구나."

린이 한숨을 내쉬었다.

"네가 여기 있다는 거 다른 사람들은 모르지?"

준우가 걱정스럽게 물었다.

"당연하지, 숨어서 왔어."

은하가 대답했다.

"야, 은하한테 그만 좀 물어보고 이 숫자가 뭔지 좀 맞춰 봐."

린이 책을 내밀었다.

"어? 이 7…… 거꾸로 보면 L 같지 않아?"

은하가 말했다.

"어……? 진짜! 그럼 11은……."

린이 말했다.

"작대기 2개가 들어가는 건 V, L, T인데……."

민이 말했다.

"흐익! 진짜? 그렇게 많아!?"

준우가 기겁을 했다. 그러자 민이 거들었다.

"소문자이기는 하지만 y도 있어."

"일단 전후 글자를 맞춰 보자."

은하가 말했다.

"그래, 5는…… 뒤집어서……."

5는 제일 어려웠다. 그도 그럴 것이 뒤집어도 글자가 안 되고, 돌리거나 어떻게 봐도 글자는 되지 않았다.

시간이 얼마나 지났을까. 은하가 주변을 둘러보기 시작했다.

"은하야, 뭐 해? 뭐 찾아?"

그러자 은하가 대답했다.

"시계가 없나 해서. 벌써 수업이 시작했을까? 영어든, 숫자든, 로마 숫자든…… 시계가 있었으면 좋겠……."

그러다가 갑자기 은하는 말을 멈추더니 기쁨에 차서 외쳤다.

"아! 알았다! 옛날 로마 숫자야! V!"

"그럼 V인가?"

민이 물었다.

"그럼 옆에 1은? L하고 작대기 두 개인 알파벳에 VLVL? 이게 뭐야?"

린이 말했다. 그때 준우가 하품을 하며 책을 툭 쳤다. 그 바람에 책이 핑그르르 돌아 뒤집어졌다.

"뒤집어진다…… 그거야! 그거야, 린! V를 뒤집고……."

은하가 린에게 버럭 소리를 쳤다.

"그다음에 그 옆에 1을 붙이면……?"

린이 은하의 소리는 전혀 듣지도 않고 물었다.

"N이 되지!"

은하가 언제 성을 냈냐는 듯 대답했다.

"그래! 그래서 옆에 1이 있던 거였어!"

준우가 책상을 탕 치며 소리쳤다.

"그럼 LNN인데…… 이게 뭐지? 이런 단어가 있나?"

린이 물었다.

"아! 하나 있어!"

은하가 외쳤다.

"뭐?"

린과 민, 준우가 동시에 물었다.

"네 이름! LyNN! 아니, LYNN!"

은하가 외쳤다.

"아! 그래! 그거다!"

아이들도 동시에 외쳤다. 아무리 해도 풀리지 않던 어려운 매듭이 풀리는 순간이었다. 그러자 책에도 다음 문장이 나타났다.

린, 당신은 이 땅의, 마법의 딸입니다.

린은 이상한 기분에 휩싸였다. 잠시 뒤, 다음 문장이 나타났다.

알아야 합니다, 당신의 정체를. 당신을. 이곳을. 모든 것을.

계속해서 많은 글들이 나타났다,

기억하세요. 당신을. 그리고 이곳을.

용기를 내야 해요. 다가오는 어둠의 그림자를 막아 주세요.

많은 문장들이 지나가고 책은 휘리릭 넘어가다가 마지막 페이지에서 멈추었다. 그곳에는 새로운, 또 다른 문장이 있었다. 그 페이지는 다른 페이지보다 유난히 낡아 보였다. 어쩐지 신비로운 느낌도 들었다. 빛이 은은히 나는 것 같기도 했다. 린은 그 문장을 오래도록 보았다.

린은 여왕입니다.

그리고 잠시 뒤, 마침내 린이 그 문장을 읽기 시작했다.
"린……은 여왕……입니……다……?"
그러자 갑자기 책이 붕 뜨더니 환한 빛을 내뿜기 시작했다. 책장이 휘리릭 넘어가더니 빛은 린을 비췄다.

"린!"

그러나 더 이상 린은 들을 수 없었다. 린의 몸은 점점 더 공중으로 떠오르기 시작했다. 책은 더 위로 떠올라 린을 계속 비췄다. 아이들은 이 황당한 상황에 신음을 흘렸다. 그때, 린의 입에서 한 음성이 새어 나왔다.

"내 명하노니 린을 체인 다음의 후계자로 지목하노라.

그동안 숨겨 왔던 핏줄이 밝혀지노니,

여왕 후계자, 린은 듣도록 하여라!"

린은 그렇게 한참을 떠 있다가 끝끝내 정신을 잃고 말았다.

비밀의 도서관

16.
밝혀진 진실

"린…… 린!"

민이 부르는 소리에 린은 깨어났다.

"으음…… 미안. 나 또 기절했었니? 준우야, 미안……."

린이 힘겹게 말했다.

"약속 못 지켰네……."

린이 준우 쪽으로 고개를 돌렸다. 준우는 린을 못 본 척 고개를 저편으로 획 돌려 버렸다. 주위를 둘러보니 보건실인 듯했다. 몸을 움직일 수가 없었다.

"내가 이번에는 또 왜 기절한 거지……?

린이 어지러운 머리를 감싸 쥐고 물었다.

"린, 기억 안 나?"

민이 울먹였다.

"아! 기억 나. 나를…… 여왕…… 후계자라고 했는데……?"

린이 기억을 되짚으며 말했다.

"여러분, 나가 있으세요. 린. 나와 이야기를 좀 할까요?"

인자한 음성이 들려왔다. 문 바로 앞에 교장 제인이 서 있었다.

"교……교장 선생님!"

린이 외쳤다.

"저, 저는 괜찮아요. 많이 아프지 않아요."

린이 벌떡 일어나 앉으며 손사래를 쳤다.

"린, 누워요. 그것 때문에 온 게 아니에요."

교장이 부드럽게 말했다.

"네? 네……."

린은 교장의 말대로 다시 누웠다. 그렇게 많이 아프지는 않았지
만 일단은 누워 있어야 할 것 같은 느낌적인 느낌이었다.

"린, 나는 당신이 은빛 망토를 가졌을 때부터 당신을 알아봤어요."

교장이 말했다.

"어, 어떻게요? 저 자신도 몰랐는걸요."

린이 말했다.

"나는 당신보다 많은 걸 알고 있었으니까요. 은빛 망토는 진정한
후계자가 왔을 때 자신의 주인을 찾아갈 것이라고 유나님이 예언
해, 당신의 은빛 망토를 흑여우를 피해 봉인시켜 놓으셨지요. 아무

도 모르는 곳에……."

교장이 말했다.

"그런데 오랜 세월 봉인되어 있던 은빛 망토가 드디어 세상에 나온 것이랍니다."

교장이 감격스러운 표정으로 린이 매고 있던 은빛 망토를 만져보았다. 교장의 손끝으로 부드럽고 매끈한 감촉이 느껴졌다. 교장은 눈을 감았다.

'드디어 오셨군요, 진정한 여왕님. 이제 저는 물러나야 할 때입니다.'

그녀는 숨을 깊게 들이쉬었다.

"당신은 진정한 여왕이에요. 유나가 선택한, 그리고 이 세상이 선택한……."

"제가…… 제가 유나의 후손이라고요?"

린이 조용히 물었다. 교장은 천천히 고개를 끄덕였다. 린은 믿을 수가 없었다. 교장이 잠시 뜸을 들이더니 말했다.

"린, 하지만 지금 이 시기에 말하지 않을 수 없는 사실이 있어요. 바로 흑여우에 대한 거죠."

그 순간, 린의 가슴이 철렁 떨어졌다. 그렇다. 이렇게 되면 린은 흑여우와도 혈연관계가 되는 것이다. 어쨌거나 그녀는 유나의 동생이니까. 잠시 린의 표정을 살피던 교장이 말했다.

"그녀는 평생 복수를 목표로 살아왔어요. 몇 년 전에 사라졌지만, 다시 나타날 거예요. 그럼 당신은 안전하지 않아요. 이 세계도……."

린과 비밀의 도서관

"하지만…… 교수님은 강하시잖아요. 흑여우와 대적할 수 있을 만큼."

린이 걱정스러운 목소리로 말했다.

"그래요. 물론…… 하지만 나도 나이가 많이 들었다는 것을 인정하지 않을 수 없군요."

린은 고개를 끄덕였다. 이 모든 것을 알고 있었다. 다만 그 주인공이 자신이라는 것을 몰랐을 뿐. 린은 천천히 고개를 끄덕였다. 인정해야만 했다. 이제 자신은 안전하지 않다는 것을. 깊게 숨을 들이마셨다. 한결 기분이 나아졌다.

"린, 아마 계보가 없을 거예요."

교장이 말했다.

"네? 네. 저는 제사 같은 것도 지내본 적이 없어요."

린이 작게 말했다.

"종교의 영향도 없지 않겠지만 조상을 모르기 때문이었을 거예요. 윤하님은 평생 자신의 신분과 정체를 감추고 살았으니까요."

교장이 말했다.

"그리고…… 그녀는 자신의 강한 마법력을 영영 감추어 두었어요. 유나에게서 나온 그 마법력을. 하지만, 그 마법은 대를 이어 피에서 피를 타고 전수됐지요. 지금 당신의 몸속에도 그 피가 흐르고 있어요."

"제가 유나의 마법력을 가지고 있다는 말씀이세요?"

린이 우왕좌왕 말했다.

"네, 바로 그거예요!"

교장의 대답에 린은 정신이 없었다. 이 갑작스런 상황을 이해하기에는 시간이 좀 필요했다.

'아! 그래서 유령 언니의 마법에도 나만 멈추지 않았던 걸까? 내 몸에 흐르는 마법의 힘이 더 강해서? 그럼 아까 그 책도 관련이 있는 걸까? 엉터리 주문은? 그것도 관련이 있는 걸까? 궁금한 것이 너무 많아. 과연 교장 선생님이 설명해 주실 수 있을까?'

많은 의문들이 꼬리에 꼬리를 물고 떠올랐다. 모두 아직은 알 수 없는 의문들 이었지만.

"그런데 지도에는 왜 그렇게 되어 있었던 거예요?"

린이 물었다.

"그건 우리도 어디인지 몰랐으니까요. 그곳은 오랜 시간 동안 사람의 발길이 닿은 적이 없어요. 유나님이 진정한 후계자가 아니라면 그 누구도 들어갈 수 없게 단단히 봉인시켜 놓으셨기 때문이지요. 어딘지도 모르고 사람의 발길이 닿아서도 안 된다고 생각했기 때문에…… 대대로 비밀을 지켜왔어요. 이제 당신이 그 비밀을 지켜야 해요."

제인은 린의 계속되는 질문에도 차분히 대답했다.

"왜 아직도 비밀을 지켜야 하죠?"

린이 또다시 질문했다.

"처음에 비밀의 도서관을 만든 목적은 진정한 후계자를 찾기 위함이었지만 많은 세월이 지나며 그곳에는 이미 자연적인 생태계가 보존되고 있어요. 인간이 그 자연의 아름다움을 망가뜨려서는 안 돼요."

교장이 웃으며 말했다.

'자연적 생태계요? 잘 지켜지고는 있는데 말이죠…….'

하지만 린은 속으로만 생각하고 소리를 내지는 않기로 했다. 어쨌거나 잘 살고 있는 건 사실이었으니까. 조금 뜸을 두던 교장이 말문을 열었다.

"린, 이 책이 무슨 책인지 아나요?"

"예? 아, 아니요."

린이 당황해서 말했다. 교장은 책의 첫 장을 펼쳐 보였다.

'유나판타지아 그 마법 역사의 시작 강유나 씀.'

린의 몸에 찌릿 전율이 흘렀다. 린은 오래됐지만 아름다운 작은 책을 품속에 껴안았다.

내 가족을…… 진정한 나를…… 드디어 찾았어!

린의 눈에서 뜨거운 눈물이 흘렀다.

"이제 모든 것은 제자리로 갔어요."

교장이 말했다.

"유령 언니도요?"

— 끄덕

"그 책도요?"

— 끄덕

"저도…… 이제 제 자리를 찾은 것 같아요……."

린의 눈에서 눈물이 조금 흘러내렸다. 슬프지는 않았다. 하지만 그렇다고 기쁘지만도 않았다. 아직은 혼란스러울 뿐이었다. 자신의 정체를 찾는다는 것이 이렇게 많은 변화가 일어날 줄은…… 상상도 못한 일이었다. 하지만…… 언젠가는 이 순간도, 자신도, 모든 것이 기억될 것이라는 것을 린은 알았다. 좋은 기억이 될 거라는 사실을. 린은 엄마에게서도, 할머니에게서도 그 위 조상들이나 자신에 대한 이야기를 단 한 번도 들은 적이 없었다. 심지어는 사진 한 장조차도 본 적이 없었다. 자신은 이대로 조상도 모른 채, 자기 자신이 누군지도 모른 채 살아갈 것이라고 생각한 것도 한두 번이 아니었다. 그런데 드디어 자신이 누구인지를 알게 된 것이다.

"아! 그럼 처음에 엄마가 쉽게 허락해 주신 것도……!"

린이 그제야 깨달았다는 듯 목소리가 높아졌다.

"네, 아마 자신의 딸이 후계자라는 것을 알고 있었을 거예요."

어쩌면 엄마는 내가 왕위에서 위험한 일들을 행하기를 바라지 않은 것일지도 몰라. 어쩌면 날 지키려던 것일지도…….

교장은 웃으며 대답했지만 린은 다시 볼 수 없을지도 모를 엄마의 얼굴이 떠올라 가슴이 쓰라려 왔다. 조금은 엄마의 마음이 느껴졌다. 린은 눈을 감고 생각했다.

엄마, 지금까지 나를 지켜 줘서 고맙습니다. 하지만, 엄마, 이제 저는 제 인생을 향한, 이 세상을 향한 첫걸음을 내딛었어요. 나, 앞으로도…….

어딘가 살아 있을지도 모르는 엄마를 린은 기다려 주기로 했다. 아직은 가슴이 쓰라려도 언젠가 엄마를 다시 만났을 때 웃을 수 있도록.

그 후 몇 달은 어떻게 보면 평범하게 어떻게 보면 정신없이 지나갔다. 린에게 생긴 작은 변화는 학교, 아니, 유나판타지아 전체를 뒤흔들어 놓았고, 린이 그 작지만 엄청난 변화를 받아들이기에는 긴 시간이 필요했다. 두려운 건 사실이었다.

어쩌면 정말 힘든 일일지도 몰라.

잘 해낼 수 있을 지도 의문이었다.

어쩌면 너무나 부족한 나일지도 몰라.

그러나 이거 단 하나만은 확실했다.

하지만 난 해낼 수 있을 거야.

무엇이든지 함께 힘을 합치면 못 할 게 없다는 것. 그것은 확실했고 린의 곁에는 언제나 변함없이 든든한 친구들이 서 있을 것이다.

"난 할 수 있어!"

린이 외쳤다. 자신에게, 그리고 미처 끝마치지 못한 엄마에게 전하는 말을. 린은 며칠 전 책에서 떨어진 쪽지를 읽고 또 읽었다. 낡아 누래진 종이, 아니 아직 남아 있다는 것이 놀라운 쪽지였다. 매우 오래전 과거, 진정 이 나라를 사랑하고 행복하게 하기 위해 온몸을 던져 헌신했던 전설의 여왕에게서 받은 편지.

미래의 진정한 여왕 후계자에게.

그때가 얼마나 먼 미래인지는 몰라도 당신은 나를 알고 있을 것이라 생각합니다.

당신은 진정한 지도자가 갖춰야 할 덕목이 무엇인지 아십니까?

그것은 '사랑'입니다.

나라를 위한 마음도, 그 나라를 위해 온몸을 바쳐 헌신할 수 있었던 것도 모두 나라를 향한 사랑 덕분이었습니다.

물론 사랑만으로는 불가능한 일입니다.

다만, 사랑이 기둥이 되어야, 사랑이 바닥이 되어야, 사랑이 벽이 되어야 웅장한 궁전을 지을 수 있는 법입니다.

그와 같이 나라를 사랑하는 마음이 있어야 나라를 위한 일들이 이루어지고 비로소 나라가 잘 돌아가게 되는 법이지요.

사랑은 힘이 되고 희망은 미래가 되는 법입니다.

당신도 사랑과 믿음, 그리고 희망을 갖고 이 나라를 잘 다스려주기를 바랍니다.

이것이 제가, 당신의 조상이자 선배, 그리고 한 나라의 여왕으로서 당신에게 해 드릴 수 있는 조언입니다.

제가 사라진 후에, 그때에도 이 나라를 부탁합니다.

우리의 혼이 담긴 이 나라, 이 나라를 당신에게 맡깁니다.

유나판타지아의 선대 여왕 강유나 드림.

그녀는 린에게 자신의 처음이자 마지막 조언을 남긴 것이었다. 린에게는 그 편지가 큰 힘이 되었다. 혼자가 아니라는 생각이 들었다.

그래, 내 곁에는 친구들과 날 사랑하는 사람들이 있어.

린은 그 편지를 잘 간직하겠다고 다짐했다. 언젠가, 자신이 시련에 흔들릴 때, 그 편지가 자신에게 작은 힘이라도 될 것을 믿으며…….

지난 몇 달간 린은 환절기를 겪었다. 평범한 여자아이에서 여왕 후계자 린으로 바뀌어 가는 환절기를. 아직은 조금 두렵고 힘들지만, 린은 알고 있었다. 자신은 혼자가 아니라는 걸. 함께 힘을 합치면 못할 게 없다는 것을. 린은 용기를 냈다. 처음 몇 달간은 너무나 두려워서 민과 교장 선생님께 안 한다고 투정도 많이 부렸었다. 이미 그것 말고도 감당해야 할 힘든 일이 많았기에. 그러나 이제 깨달았다. 자신 말고는 이 일을 할 수 있는 사람이 없다는 것을. 그리고 자신은 충분히 할 수 있다는 것을. 그게 린이 용기를 내서 한 발자국 더 다가간 이유였다.

어느새 겨울이 지나가고 해가 바뀌고 있었다. 겨우내 뽀얀 눈이 쌓여 있던 가느다란 나뭇가지 위에는 이제 꽃이 피어났다. 작은 꽃들은 처음 보는 밝은 햇살에 얼굴을 찡그렸다. 엄마 나무가 꽃들을 어루만졌다. 꽃들은 조심스레 실눈을 떴다.

용기를 내서. 누구에게나 두려운 일은 있는 법이다.

린은 조용히 눈을 감았다 떴다. 시원한 바람이 어디에서인가 불어와 땀을 식혀 주었다. 짧은 시간이었지만 작은 행복을 느끼기에는 충분한 시간이었다. 린은 살포시 입가에 웃음을 떠올렸다. 린은 민에게 말했다.

"여왕, 해 보기로 했어. 아직은 시간이 남았으니까, 충분히 할 수 있을 거야."

린의 말을 조용히 듣고 있던 민은 얼굴에 활짝 환한 미소를 떠올렸다.

"그래, 이래야 린, 너답지!"

민이 린의 등을 툭 치면서 말했다.

"민─! 너어─!"

민이 도망가고 린은 민을 쫓아가기 시작했다. 어디선가에서 불어온 부드러운 봄바람이 꽃잎으로 부드럽게 린과 민을 감싸 주었다.

『린과 검은 편지』에서 이어집니다.

작가의 말

2020년 봄이 오고 있습니다.

어느새 느껴지는 바람에는 봄이 실려 오고 있는데, 아쉬운 듯 거리의 나무들은 아직 갈색 나뭇잎들을 달고 있습니다. 그저께 온 눈도 가끔씩 거리에 남아 있는 것이 보입니다. 시간은 계절의 끝을 달리고 있습니다. 그 계절의 끝에서 저는 햇볕이 쏟아지는 창가에 앉아 오늘도 새로운 이야기를 쓰고 있습니다. 가을에서 겨울로 다시 봄으로 계절이 변해도 햇빛은 늘 변함없이 우리를 비춰 주고 있습니다.

우리의 계절이 두 번 지나가는 동안 이곳 유나판타지아에서는 한 해가 지나갔습니다. 유나판타지아에서 봄일 때 제 마음도 함께 봄을 걷고 있었고, 여름이 되자 제 마음도 여름을 달렸습니다. 유나판타지아를 처음 만난 것은 지난가을 초였습니다. 어느 날 꿈속에서 본 신비한 세상은 저의 어린 마음을 설레게 했고, 저는 그 이야기들을 글로 쏟아 내기 시작했습니다. 저는 현실과는 다른, 어디에선가 경험해 본 적도 없는 세상을 마주하게 되었습니다. 그 세상에서 지내는 동안 제 눈은 더 많은 것을 보게 했고, 제 귀는 더 많은 것을 들을 수 있었고, 제 마음은 더 많은 것을 느낄 수 있었습니다. 유나판타지아에는 아직 풀리지 않은 비밀도 있고 밝혀지지 않은 진실도 있습니다. 저는 유나판타지아의 모든 의문이 풀릴 때까지, 그리고 그 이후에도 계속 글을 쓸 생각입니다.

  새해에도 모두 함께 있기에, 린과 민, 준우와 은하, 그리고 유나판타지아가 우리 가까이에서 숨 쉬고 있기에 저는 오늘도 많은 행복을 느낍니다.

2020년 2월
겨울 햇살 따뜻한 창가에서

이형서

린과 비밀의 도서관

ⓒ 이형서, 2020

초판 1쇄 발행 2020년 2월 28일

지은이   이형서
펴낸이   이기봉
편집   좋은땅 편집팀
펴낸곳   도서출판 좋은땅
주소   서울 마포구 성지길 25 보광빌딩 2층
전화   02)374-8616~7
팩스   02)374-8614
이메일   gworldbook@naver.com
홈페이지   www.g-world.co.kr

ISBN   979-11-6536-194-5 (03810)

이 도서의 국립중앙도서관 출판예정도서목록(CIP)은 서지정보유통지원시스템 홈페이지(http://seoji.nl.go.kr)와 국가자료공동목록시스템 (http://www.nl.go.kr/kolisnet)에서 이용하실 수 있습니다. (CIP제어번호 : CIP2020008523)